河童
京極夏彦

今昔百鬼拾遺　河童

京極夏彦

角川文庫
21613

今昔百鬼拾遺

河童

◎河童

◎河童《かっぱ》——
川太郎ともいふ

——畫圖百鬼夜行／陰
鳥山石燕／安永五年

1

「何て品のないお話なの——」

そうとも思わない。

呉美由紀《くれみゆき》は、別に何とも思わなかったのだけれど、橋本佳奈《はしもとかな》は顔を顰《しか》めた。そう云う謂《い》い伝えなんですもの仕方がないですわと市成裕美《いちなりひろみ》は云う。

「私が創ったお話じゃなくってよ、佳奈さん」

「だってその、お、お」

お尻《しり》、と云う言葉が云えないのだと、美由紀は暫《しばら》くしてから気付いた。お尻だって手や足と変わらない身体の部位なのだから、口にも出来ないと云うのはどうか。

紫色のお尻が好《い》いんですってと裕美は云う。

「紫色？　そんなその、お」

橋本さんはオシリと口に出せないんですよと美由紀が云うと、裕美はあらイヤだと云い、佳奈はきゃあと云って顔を手で覆った。

「でもさ、じゃあお尻を怪我したりした時、橋本さんはどうやって説明するの？」

そんな処《ところ》は怪我しないわ美由紀さんと佳奈は云う。

「だって虫に刺されるかもしれないでしょ？」

「嫌だ、美由紀さん。そんな恥ずかしい処は虫なんかに刺されないでしょう。だって
その、剝《む》き出しにしている訳でもないのに」

「剝き出しって――」

佳奈さんの方が品がなくってよと裕美は笑った。

「剝き出しと云うのは、お仕置きされてる小さい子《ひと》みたいな格好なの？　そこを、蚊
が狙っているのね。それは可笑《おか》しいわ」

それは慥《たし》かに可笑しいと思ったから、美由紀は声を出して笑った。それを見た裕美
は、美由紀さんうちのお祖母様《ばあ》みたいな笑い方よと云った。

「お祖母様と云うか――婆《ば》っちゃんね」

「ば？」

「私の祖母は岩手《いわて》の人よ。とっても訛《なま》っているわ。お父様も婆っちゃんと話す時はお
訛りになるの」

「お訛りって」

その云い方も可笑しい。

どうもこの人達は特殊な言葉を使う。みんなそうだ。この環境下では尻を尻と言えないのも解らないでもない。

美由紀はそう云う同調圧力には屈しない。いいや、屈しないのではなく、上手に出来ないのだ。何にでも御を付けたり、語尾を不必要に丁寧にしてみたり、一応やってはみるのだが、どうにもいけない。すぐに馬脚を露《あらわ》す。

それこそ尻の据わりが悪いのだ。

美由紀がそんなに言葉が違うのと尋《たず》ねると、時時意味が通じませんのと裕美は云った。

「べえとか云いますの」

「それはうちのお祖父《じい》ちゃんも云う」

「そうですの？　美由紀さんは、千葉《ちば》ですわよね？」

「房総《ぼうそう》の漁師の孫。もう漁は止《や》めちゃったけど」

「千葉にはいませんの？」

——河童《かっぱ》。

河童なんか何処《どこ》にもいないだろう。

いや、それを云ってしまっては身も蓋《ふた》もないのか。

しかし美由紀は、幼い頃からあまり河童の話を聞いた記憶がない。

海入道の話なら聞いた気がするのだが。それは河童じゃないだろう。

「海に河童っているの？」

「さあ。川魚は海では獲《と》れないのですから、河童もいないのじゃなくて？」

「でも、佳奈さん。鮭《さけ》なんかは、海から川を遡《さかのぼ》って来るのじゃなくって？　なら判りませんわ」

「それは逆じゃないかしら。遡るのじゃなくて海まで流れて行くことならあるかもしれませんわよ。河童の川流れとか云うのじゃなくって？」

級友二人はころころと笑った。

木漏れ陽が時に眩《まぶ》しい。夏が近いからだろう。

土曜の午後、美由紀達は校庭のベンチに腰を下ろして、他愛《たわい》もない会話を交わしている。

能《よ》くある光景ではあるのだろうが、話題にしているのは凡《およ》そ世間の人が考えるだろう女学生らしいそれではない。

どうやら世間の人人は、女学生と云う生き物は寄ると触るとお菓子の話だの恋の話だの、そう云う甘ったるい話ばかりしているものと考えている節があるのだが――実際そう云う話も多く耳にするのだけれど――でも、そんな訳はないのだ。極めて普通だと美由紀は思う。

何をして普通と云うのか美由紀は知らないし、普通なんてないようにも思うのだけれども、でも学内が取り分け特殊だとは思わない。全寮制で半分隔離されたような状況なのだから、口の端《は》に上るものごとは限定されているし、年代も近いから自《おの》ずと傾向も偏るのは事実だ。だから偏ったものではあるのだけれど、それだって流行のようなもので常に一定している訳ではない。

女学生で一括《ひとくく》りにされては敵《かな》わない。

現に今も、お菓子の話も恋の話もしていない。

美由紀達は選《よ》りに選《よ》って河童の話をしている。幾ら何でも女学生の話題の中心が河童と云うのはどうかと思うが。

もしかしたら呼び方が違っているのじゃなくってと裕美は真顔になって云った。

「呼び方って――河童はカッパじゃないの？」

「お祖母様は河童のことをメドツとかメドチと呼ぶの。ツとチの間くらいの発音。何のことだか判らなかったからそう云う動物がいるのだと思っていたわ」

「それ、能く解らない名前。と云うか日本語なの？」

「岩手は日本だもの。日本語よ。でも牛もベココとか云うから、言葉は少し違うのですわ。雌牛はメッカ」

「べこは何となく判る。雌牛はほぼ外国語」

「ですから、私もそのメドチって何ですのと婆っちゃんにお尋《き》きしたんですわ。そしたら、フッザルだぁって」

「より不明」

「フチ、サル。淵、猿だったのですわ」

「淵って、あの、水の溜《た》まった淵のこと？　溜まったと云うか、あの川の深くなってるとこ？」

そんな処に猿がいるのか。

「猿がいるのは山じゃないの？」

「猿じゃないんですわ。川の中にいるんですもの。猿と同じような姿だからそう呼ぶんじゃなくって？」

それはどうかしらと佳奈が云う。

「河童と猿は似ていないわ」

「似ていますでしょう。お顔が赤いんですもの」

「はあ？」

佳奈は今まで見せたことのない表情になった。

「赤い顔？　そんなお話は聞いたことがないですわ」

美由紀も河童が赤いと思ったことはない。

「佳奈さんは南の方のご出身でしょ？」

宮崎《みやざき》ですわと佳奈は答えた。

「六つの時まで宮崎におりました」

九州は河童が多いんですすと佳奈は云った。

「多いって――」

「呼び方も色色ですわよ。ヒョウズンボとか。セコンボとか。カリコンボとか」

全く以《もっ》て意味不明である。

それは別のものなんじゃないのと美由紀は尋いた。

「少しずつ違うようだけど、みんな似たようなもの、河童ですわ。地域で違っていたのでしょうけれど、もう混ざってしまったのではっきり区別は出来ませんの。ひょうひょうと鳴いて冬の間は山で暮らしますの」

今度は裕美がえー、と柄にもない声を上げた。

美由紀は少し楽しい気持ちになる。

いつも取り澄ました言動を心掛けている級友達が、高が河童の話でこんなに取り乱している。これが地なのだとは云わないが、こう云う一面もあるのだろう。美由紀は常にこんな感じなのだが。

「山で暮らしていたら河童じゃないですわ」

「ですから、河童じゃなくてヒョウズンボですもの。名前に川の要素はなくってよ」

「ならそれは河童じゃないのじゃなくって？」

「河童ですわ。そのメ——」

メドチと裕美は云う。

「メドチだって、河童じゃないのじゃありません？　だってうちの地方では、猿は河童除《よ》けになるのですもの」

「河童除けにお猿を飼うの？」

そう美由紀が問うと、飼いませんわと佳奈は答えた。

「聞いたところに依《よ》れば、猿は河童と仲が悪いのですわ。猿は、陸《おか》で河童を見付けると必ず喧嘩《けんか》を仕掛けるのですって。しかも水の中でも河童より長く息が持つので、猿の方が強いんだそうですの」

それは承服し兼ねますわと裕美は云う。

「猿の方が水中に長く居られると佳奈さんは仰《おっしゃ》るの？　猿はお魚じゃなくってよ。無理ですわ」

「わたくしじゃなくって、わたくしの住んでいた地域ではそう謂い伝えていると云うだけですわ。それ、信じるも何もありませんでしょう。そもそもわたくし猿は見たことがありますけど、ヒョウズンボを見たことがなくってよ」

「私だってメドチは見たことありませんわ」

そもそもいないだろうと美由紀は思ったのだが、黙っていた。

子供の頃はそんな風に思っていなかった――かもしれない。いや、美由紀は生まれてこの方河童がいるとかいないとか云うことを――否、河童そのものを意識したことがなかったように思う。

馬を引きますでしょと佳奈は云う。

「引く？　どういうこと？」

馬を引っ張るのですわと佳奈は云った。馬は大きいだろうに。美由紀の認識だと河童は子供くらいの大きさなのだが、力があるのか。

「岩手では引きません？　宮崎では引きますの」

「それは引きますわ。引くって、馬を水に引き込むと云うことですわね？　河童はそうするものですわ」

そこは一緒なんだと美由紀は思った。

「ですから、猿の手を馬小屋の軒に提げておく村もありますのよ。そうすると、河童は近寄らないんですって」

「サルの手？」

まあ残酷と裕美は云う。

「変ですわ、それ。岩手の婆っちゃんの話では、メドチと猿は仲は悪いけど、同類ですのよ。猿は育つと猿のフッタチというお化けになって、そのうちメドチになるんですって」

それは——ないと思う。

そもそもフッタチって意味が判らない。

「経立《ふったち》は、長生きした動物が化けるのですわ。鶏《にわとり》や狼、お魚も長く生きると経立になりますのよ。で、猿の経立はメドチになることがあって、そのメドチは家に住み付くと、ザシキワラシになりますの」

「それ何?」

何ひとつ判らない。

「座敷にいる、童衆《わらし》」

「ワラシって何?　童《わらべ》ってこと?　子供なの?」

「子供ですわ」

「人間の?」

それではただの子供よと云って裕美は笑う。

「座敷にいる童だから、ザシキワラシ。河童って、川の童なのでしょう。同じように座敷にいるから座敷童衆。子供の姿してるってだけで、人ではないの」

「え？　人間じゃないなら、じゃあ何ですの？　お化けなの？　そんなものが家の中にいる訳ないでしょ」

　知りませんわと裕美は云う。

「私は見たことがありませんもの。人の目には見えないのかもしれませんわ。だって人じゃないんですもの」

「河童が家に上がり込むと見えなくなるの？」

　それは変な気がする。

　河童は姿が消せると云うお話は耳にしましたわと佳奈が云う。

「見えなくなるのですわ。お化けですもの」

「動物じゃないの？」

「動物は口を利かないのじゃなくて？　それにお相撲もしないと思いますわ」

「お相撲するのか」

　美由紀は知らなかった。

　とは云え、想像は難しい。

　実在しようがしまいが、いずれ河童は小動物のようなものなのだろうに。そんなものが相撲を取るだろうか。猿だって相撲なんか取らないだろう。

「犬がじゃれ合っているみたいな感じなの？」

「人間に挑むのですわ。九州ではそうですわ」

「東北でもそうよ。お相撲を取りましょうと云って来るようですわ」

「って、じゃあ矢《や》っ張《ば》り喋《しゃべ》るんだ河童――」

何だか、美由紀の認識とはかなりの隔たりがある。

美由紀は河童に関してはかなり特殊な思い込みを持っているのかもしれない。

「動物でもお化けでも、喋ったら気味が悪いでしょうに。そんなものに話し掛けられても困るんじゃない？　誘われるがままにお相撲取ったりするものなの？」

お話ですものと二人は声を揃えて云った。

「東北の方はどうか知りませんけれど、九州では昔昔のお話ですわ。わたくしの小さい頃は、まだ見たと云う人がいたようですけれども、お相撲を取ったと云う話は、昔話でしたわ」

「あら嫌だ。東北が未開の土地のような仰り様は失礼ですわよ佳奈さん。東京から離れていると云うのでしたら、九州だって同じようなものよ。岩手でも、お相撲を取ったと云うお話は謂い伝えでしかありませんのよ。その謂い伝えでは、河童は齢経《としふ》りし猿で、家に入ると座敷童衆になるんですの。座敷童衆が住み付いている家は栄えるとも聞きますわ。出て行くと、その家が滅ぶんですわ」

困りましたわねと佳奈は云う。

「何がお困り？　座敷童衆が出て行ったのかしら？」

「そんなもの聞いたことがなくってよ。そもそも見えないのでしたら出て行っても判らないのじゃなくって？　そんな変梃《へんてこ》なものではなくってよ。河童は河童。わたくしの故郷では、河童はお人形の化けたもののようよ」

次から次へと何を云い出すのだと美由紀は思う。

全く以て。

それはあり得ないですわと裕美が笑う。

「お人形って、お人形さんのこと？　何を仰るのかしら。お人形って、それはお雛《ひな》様とか、市松人形とか、着せ替え人形とかの人形のことなの？　それって、生きものでさえないわ」

どうせお化けなんでしょと美由紀は云った。

「なら何でも有りなんじゃないの？」

猿だって人形だって河童にはなるまい。

「何でも有りと云ってしまったのではお話がそこで終わってしまいますでしょう。このままでは何だか——口惜《くちお》しい気がしてしまいますわ」

こんなことで張り合ってどうすると美由紀は思ったのだが、矢張り面白いから黙っていた。

そもそも、平素この級友達はきらきらとした夢のような話ばかり好んでしているのだ。お尻と云う単語すら口に出来ないような娘が、こともあろうに河童なんぞの話を真剣にしているのであるから、これはさせておいた方が面白いに決まっている。

「これはわたくしの地元のお話ではなくって、近隣の他県から転入して来た方にお聞きしたお話なの。人形と云うのは、何か案山子《かかし》のようなものだと思いますわ。何でもその昔、有名な大工の棟梁《とうりょう》の方が大きな工事をする際に、どうしても人手が足りなくなって、人形に生命を吹き込んで人足としてお使いになったんだそうですわ」

「それは——魔法?」

「存じませんわ。昔のお話ですもの。工事が終わった後、その大工さんは使い終わった人形達の始末に困って、みんな川に棄てちゃったのですわ。それで——」

それが河童になったと云うの——と、裕美は不服そうに云った。

「そんなの変ですわ。だって、案山子なんか河童には似ても似つかないのじゃなくって?」

「そうかしら。河童って手が長いのじゃない? あの手は左右繋《つな》がっているの。右手を引っ張ると伸びるけど、その分左手が縮むのですわ。ほら、案山子って、両手が一本の棒だったりしませんか? あれと一緒よ。でも、お猿はそんな風になっていないのじゃなくって?」

「それを云うなら、案山子には毛も生えていませんわ。動きもしませんわよ。案山子じゃなくたって、人形には毛はなくってよ」

「あら。市松人形にはちゃんとお髪《ぐし》が生えていてよ」

あれは——植えてあるのではないのかと美由紀は思ったが、でも黙っていた。

「しかもおかっぱに切り揃えてありましてよ」

だからカッパって可笑しいわと云って、裕美は笑う。

「だっておかっぱじゃないの。そんな、なんとか童とかいうお化けなんて、聞いたことがありませんもの。大体ヒョウズンボは夏は川にいるけれど、秋口になると山に入るのですわ」

「それじゃあ河童ではなくって、山の童になってしまうのじゃなくって。それは一体何と呼ぶんですの？　ヤマワラシ？　ヤマッパですの？」

そうですわと佳奈は答える。

「だからヒョウズンボとかセコと云うのは、山にいる時の呼び名なのかもしれなくってよ。どっちにしても河童は渡り鳥のように渡ると聞いていますわ」

「渡り鳥？　メドチが？」

「ヒョウズンボですわ。だってヒョウズンボは飛ぶんですもの」

裕美は眼をまん円《まる》にした。

「余計に有り得ないですわ。羽もないのにどうやって飛ぶのかしら。水掻きをばたばたさせますの？　弓矢のようにびゅんと跳ぶの？　それとも雲のようにふわふわ飛ぶのかしら？　案山子は飛びませんでしょう。そんな奇天烈《きてれつ》なお話は、謂い伝えでも考えられませんわ。山にいる猿が劫《こう》を経て淵の猿になり、川に住んで悪さをして、やがて家に入って守り神のようになるの。その方がお話としてもずっと能《よ》く出来たお話だと思わない？」

でも幾ら齢《とし》を取ったってお猿は水の中で暮らしたりしませんでしょう、と佳奈は云う。それは美由紀もそう思う。

「お魚は陸に上がったりしませんわよね？」

「案山子も空は飛びませんわ」

「案山子じゃないの。何か、魔法の掛かったお人形が化けたものですの。どっちにしたって、そんな、齢取ったお猿さんじゃなくってよ」

「そうかしら」

意地になっている——と云うよりも、二人とも面白がってやっているのだ。

「矢《や》っ張《ぱ》り猿よ。それが証拠に、猿も、河童も、座敷童衆も、みんな顔が赤いのですわ。猿の顔は赤いじゃない。座敷童衆も赤いのですもの」

そのワラシを存じませんわと佳奈は云う。

「それにヒョウズンボは赤くないわ。何と云うのかしら、茶色と云うか、褐色ですのよ。能《よ》くある動物の色。河童ってそう云う色ですわ。犬とか鼬《いたち》とか、そう云う色なのよ。川獺《かわうそ》とか、そう云うものと同じですわよ。赤くないですわ。ねえ、美由紀さん」

「河童って――青くない？」

美由紀がそう云うと、級友二人はぽかんとした顔になって一瞬黙った。

面白い。

「青いって云うか、緑っぽくない？　ほら、あの蛙とかみたいな」

それはどうかしら――と、対立していた筈《はず》の二人は突然共闘した。

「そんな色の訳はなくってよ。考えられませんわ。緑なら赤の方がまだ近いと思いますわ。赤と云うか、赤黒い感じなら――ですから、亀の色ならまあ判りますわ」

「そうねえ。蛙は違いますでしょう。でも色は赤いの。顔なんかは真っ赤ですわ。大体、そんな、全身に緑色の毛を生やした動物なんかおりませんわよ、美由紀さん」

「毛？」

体毛があるのか。

「なんか、ぬるぬるしてるんじゃなくて？　ぬるぬるって云うか、だからその、家守《やもり》とかそう云うのみたいに」

そう云う絵しか見た覚えはないのだが。

と――云うか美由紀の河童の姿の記憶は、描かれた河童に限られているようだ。いつ、何処《どこ》で目にしたのかは判らないけれど、河童の絵姿は至る処に描かれている。

　それは漫画ですわと裕美が云う。

「のらくろだって犬ですけど、あんな犬は見たことがありませんわ。狸だって、絵や置物だとあんな形ですけど、本当は犬みたいな動物なのではなくて？　色だってまるで違いますわ。本物の狸は全体に黒っぽいもの」

「そうですわ。わたくし、お家《うち》に戻った時、お兄様が読んでいた漫画本を偶《たま》に覧《み》ることがあるのですわ。それには変なものが出て参りますの。蛸《たこ》だって茹《ゆ》でてもいないのに赤いし、熊なんか真っ黒ですわよ」

　まあ、実物と絵は違う。形も違うし色も違う。

　でもみんなそれっぽい色ではある。

　実物の蛸は灰色だ。でも茹でれば赤っぽくなる。漁師の孫である美由紀はそれを能《よ》く知っている。でも、一般の人は多く茹でた蛸ばかりを見ているから、漫画になれば赤くなるのだろう。大勢が見馴《みな》れていて、大勢が蛸は赤いと勘違いしているからその色に塗られるのだろう。

　でも、蛸を緑色に描く者はいない。揚げようが冷やそうが、どんな風にしたって日本の蛸は緑色にはならないからだ。

　ならば河童もそうだろう。

　緑色に描くなら描くだけの理由がある。大勢が緑色だと考えているから、その色に塗るのではないか。

　でも河童は緑だと思うと美由紀は云った。

　それはないわと二人は応《こた》えた。

「メドチも淵猿も、顔は赤いのですわ」

「ヒョウズンボもセコンボも、カリコンボも、緑色なんかじゃないですわ」

　寸暇《ちょっと》待ってと美由紀は止める。

「あのね、基本的なこと尋くけども、それって、本当に同じものなの？　それ、みんなカッパ？」

　河童だと思いますわと二人は異口同音に云った。

「メ──何だっけ。メダチ？　メドツ？　それと、淵猿は同じなの？」

　同じような違うようなと裕美は云った。

「九州はどうなの？　そのヒョとかセとか、色色あるんでしょう？　それは全部同じもの？」

「わたくしは存じませんわ。でも、大体同じようなことをしますの。呼び方が違うだけのようにも思えますわ」

「それって、犬をわんわんとかわんわんちゃんとか呼ぶようなもの？　それとも方言と云うことなの？」

何だか、そうではない気がする。

「カッパのカの字もないでしょ。そんなに違っていて、どうしてそれが河童だとお二人は云い切れるのかな。そこ、少し疑問」

二人は顔を見合わせた。

「きっと緑色の河童もいるのですわ」

突然、声がした。

ベンチの後ろの大きな楡《にれ》の木の背後から、小泉《こいずみ》清花《さやか》が顔を覗《のぞ》かせた。

「――小泉さん」

矢張り美由紀と同じクラスの娘である。

「あら嫌だ。清花さん、立ち聞きですの？　お行儀が悪いですわ。盗み聞きは良くなくってよ」

「座っていたので立ち聞きではありませんわ。それに聞こうとも思っていないので盗み聞きでもなくってよ。私はこの樹の後ろに座って、貴女《あなた》達が来るずっと前からご本を読んでいましたの。厭《いや》でも聞こえてしまいます」

まあ、と云って裕美と佳奈はまた目を合わせた。

囂《かしま》しくって、気が散って読書なんか出来ませんわと云い乍《なが》ら、清花はベンチの横に立った。スカートに草がくっ付いているから、本当に座っていたのだろう。半巾《ハンケチ》くらい敷けばいいのにと美由紀は思った。

「私は東京の生まれですの。代代東京。江戸っ子なんですわ。東京にだって河童は沢山います」

「いるんだ――」

美由紀は立ち上がって、席を譲った。清花は不思議そうな顔で有り難うと云ってから、スカートに付いた草を念入りに払ってから座った。

「皆さん、能《よ》くって。狆《ちん》と柴犬《しばいぬ》は全く見た目が似ていませんでしょう？　柴犬はあんなギョロ目じゃないですし、狆はあんな短い毛じゃなくってよ。土佐犬《とさいぬ》なんか、迚《とて》も恐ろしい顔しているじゃない？」

でも全部、犬――と清花は云った。

「そうでしょ？」

「まあ、犬ですわ」

「でも、犬と云えば土佐犬しか知らないと云う人が狆を見て犬だと思うかしら。白と黒の長い毛が生えていて、眼が異様に大きくて、温順《おとな》しくて可愛らしい声で鳴く、身体が物凄《ものすご》く小さい土佐犬だわ――と思います？」

思わないかしらと佳奈は云う。

私は土佐犬を能《よ》く存じませんと裕美が云う。

美由紀は、狆がどんな犬だか思い出せない。

私の実家で狆を飼っておりますのと清花は云った。

「カクと云う名前ですわ。カクちゃん。野良猫よりも小さいんですの。あれ、犬だと知っているから犬と思うのではなくって。別の動物だと説明されたらそうかしらと思うことでしょうね。狸や狐や狼の方が、まだ犬っぽいですわ。でも、あれは犬じゃないと皆さん知っているから、みんな犬とは思わないのよ」

「狼と犬の違いも判らないけど」

美由紀は狼も見たことがない。

でも狼は狼なのと清花は云った。

「犬じゃないからよ。いい、犬は、わんわんと鳴くの」

「狆も?」

「きゃんきゃん聞こえる時もあるけど、あれは小さいからだわ。人間だって声の高い人と低い人がいるじゃない」

まあ、犬はわんわん鳴くのだ。わんわんと云う呼び名もあるくらいだから、まあ大概の人の耳にはわんわんと聞こえているのだろう。

外国の人はまた違うのかもしれないが。

「見た目も性質も全然違うのに、全部犬なのよ。猫だってそうじゃなくって？　三毛もいるし白もいる。虎も黒もみんな猫でしょう。猫の色は何色と尋ねられたって、色と答えるしかないのじゃなくって？」

洋猫はもっと種類が多いですものねと佳奈は云う。

「慥《たし》かに、暹羅《シャム》猫も波斯《ペルシャ》猫も、色も毛並みも全然違ってますわね」

「でも全部猫。尻尾が短《みじか》な猫はおりますけど、角がある猫はおりませんし、わんわん鳴く猫もおりませんわ。みんなにゃあと鳴きますわよね。猫には猫、犬には犬の、最低限の決まりごとがあるのではなくって？」

「色は様様と云うことかしら」

「そうなんじゃなくて？」

「なら――河童は、そう、先《ま》ずお皿じゃない？」

美由紀はそう云った。皿はあるだろう。

絵に描かれた河童の頭には大抵皿が描かれている。色の付いていない絵でも、皿があればそれと知れる。と――云うか絵に描かれた河童の頭は、単に禿《は》げているだけのようにも見えるのだが。それが皿だと謂われても、どう云う仕組みになっているのか美由紀には判らない。

判らないけれど、頭の皿は河童のトレードマークなのではあるまいか。

ヒョウズンボにはお皿がありますわと佳奈は云う。

「そのお皿には水が溜まっておりますの。お皿の水が乾くと河童は弱ってしまうそうですわ。人間とお相撲をした時も、お皿の水が溢《こぼ》れると弱くなってしまう、と云うようなお話を聞きましたもの」

「それ、難しくない？」

頭に水を湛《たた》えた皿を載せたまま、水を溢さずに相撲を取ることなど——凡《およ》そ不可能だと美由紀は思うのだが。もし皿が頭に固定されているとしても、普通に歩くのだって難しいのではないか。平均台の上を歩くように上体を保たなければ、一歩踏み出しただけで水は溢れるだろう。

まあそれはそれとして——。

皿はあるのだ。色は兎《と》も角《かく》、皿がない河童など美由紀は想像出来ない。

「なら、皿が決め手なんじゃない？」

そう云うと裕美はお皿って何ですのと尋いた。

「いや、だから皿」

美由紀は掌《てのひら》を頭に載せるようにした。

「あるでしょ、お皿。河童には」

「頭の上が凹《へこ》んでいるのかしら？　想像出来ないですわ」

「え？　市成さん、絵、見たことないの？」

裕美は人差指を唇に当てた。

「あれは、髪の毛がないだけなのではなくって？　頭《おつむ》の真ん中の処が禿げているのだと思っていましたわ。そもそもお皿と云うのは——能《よ》く解りませんわ。メドチにそんなものあったかしら。私はあんまり聞いたことがないわ」

「じゃあ」

それは河童じゃないのじゃないか。

「それ、別物なんじゃない？　流石《さすが》にお皿はあるんじゃないの、河童なら」

「そうですわ。河童と云うのならお皿はある筈ですわ。裕美さん、それでもそのナントカが河童だと仰《おっしゃ》るの？」

「うーん、あるのかもしれないけど。お皿。でも、それってそんなに重要？」

お猿にはお皿がありませんものねえと佳奈は云う。

「お皿があるのだとして、齢を取るとお猿の頭が段段に凹んで来ると云うことなのかしら。そんなことってあるのかしら。岩手に伝わっているのはお猿のお化けで、河童ではないのではなくって？　河童ならお皿がある筈ですもの」

そんなこともなくってよと清花は云う。

「私の家には、古い絵がありますの。それに、ほら、利根川《とねがわ》ってあるでしょう。あそこに出たと云う河童の姿が描かれていますの。漫画なんかじゃなくってよ。その絵にはお皿なんかなかったわ」

清花は頭を示した。

「普通にざんばら髪。毛むくじゃらで、それこそ猿みたいだった」

「ほら」

やっぱり猿なのよと裕美が云う。

「顔は赤いの」

待って待ってと清花が止めた。

「だから色は関係ないの。猿には似ているんでしょうけど。考えてみれば人間と同じような形をしていて小形の動物って、猿しかいないじゃない？　なら似ていて当然だと思うけど、私は」

でも猿に甲羅はないよね、と美由紀は云う。

「甲羅って——あるよね？　河童」

絵の河童には概《おおむ》ね甲羅が描いてある。

「ええ。九州の河童にも——多分、あると思いますわ。漫画の河童と同じような甲羅だと思いますわ」

「亀みたいな甲羅でしょ？」

「そうなんですけど――でも、そうしてみると甲羅のお話は殆《ほとん》ど口の端に上りませんわね。もしかしたらヒョウズンボにはないのかもしれないですわ。そうなら甲羅があるのは、似た別のものなのかもしれませんわねえ」

飛ぶんだもんなあと美由紀は思う。

岩手はどう？　と清花が問うと、裕美は首を傾げた。

「あるのかしら。そう云えば考えたことはなかったけれども、そんなに聞いたことはないですわ」

「じゃあ」

「私の見た絵にも甲羅はなかったわ。古い絵なのよ。あれは江戸時代とかの絵なのですわ。曾祖父様《ひいおじいさま》が描き写されたものらしいですから、明治以前。江戸ね」

甲羅もないの――と美由紀は云った。

最初は適当に話を合わせていたのだが、美由紀は段段不満に思い始めている。さっきから、美由紀が知っている河童は全否定され続けている。

「じゃあ私が知ってる河童って何なの？　お皿があって甲羅があって、ぬるぬるして て、緑色で――それが普通の河童なんじゃないの？」

千葉にはそう云う謂い伝えがあるのかしらと清花が尋いた。

「そうじゃないの。私はあんまり河童の話を聞いたことがないの。小さい頃、お祖父《じい》ちゃんから海のお化けの話は聞かされたけど、それは河童じゃないもの」

と云うか、河童って何なのだ。

何だか敗北感があると美由紀は云った。

「河童って胡瓜《きゅうり》みたいな色だと思ってたのに――」

それは色ではなく好物ですわと裕美が云う。

「河童は胡瓜が好きなのではなくって？」

佳奈も同調する。

「そうそう。胡瓜や、茄子《なす》が好きなの」

「あ？　そこが共通項なの？」

好物で規定されると云うのはどうか。好物――。

「そうだ」

美由紀は思い出した。

「河童って、餡《あん》ころ餅《もち》好きじゃない？」

えーッと、三人は揃って突っ立っている美由紀を見上げた。

「嫌だ。そんなものは食べないでしょう。河童よ？」

「そう？　そんな気がしたんだけど。気の所為《せい》かな」

はっきり思い出せない。

河童と云えば胡瓜とか茄子ですわと佳奈は云う。

「後は、人間の臓物だと聞きましたけど——」

「臓物って」

そこですわと清花が云った。

「そこって、臓物？」

「そうよ、美由紀さん。だって臓物って、内臓のことですわよね？　そうね？　佳奈さん」

「そうですわ。肝って——肝臓なのでしょう」

「ではお尋きしますわ。佳奈さん、呼び方は知りませんけども、九州の河童はそれをどうやって食べますの？」

佳奈は当惑する。

「どうやってって」

「河童は、お腹を割いて臓物を抜いたりするのかしら？　九州では」

「そんなお話は聞きませんけど」

「なら、お尻——ですわよね？」

「またそんな——」

佳奈はどうしてもお尻が苦手なようである。恥ずかしいのか嫌いなのか、口にするのも耳にするのも厭なのだろう。

だからお尻からだって云っているじゃないのと、裕美はどこか勝ち誇ったような口調で云った。

「最初に云ったじゃない？　お尻から抜くんですわ」

「お尻から内臓を抜くの？」

美由紀はお尻は平気だ。誰にだって尻はある。

「だって、口からは抜けませんわよ」

「お尻の穴から？　ホント？」

きゃあ嫌だわ美由紀さんと佳奈は顔を覆った。

顔を赤らめている。

「だって、お腹を割いたりしないのなら、それ以外に抜きようがないですもの。水死体って、開いているものだそうよ」

「肛門《こうもん》が？」

止《や》めて美由紀さんと佳奈は益々《ますます》赤くなる。

「橋本さん、そんな赤くなったら岩手の河童になっちゃうでしょう。お尻も肛門も嫌なら云い方がないわ。おケツとか云う？」

止めて止めてと佳奈は云った。

面白い。

清花は云う。

「ですから。その、佳奈さんの云えない身体の場所を狙うのですわ、河童は」

ならば共通項は皿でも甲羅でも色でもなくて、お尻を狙うこと――と云うことになるのか。まあ、それは慥《たし》かに品のない話ではある。

そうなのよ河童はお尻が好きなのよと裕美は云った。

「でも市成さん。そうだとしたら色は関係なくない？」

美由紀は尋く。

慥か、さっき紫色のお尻が好《い》いんだとか云っていた。

「内臓が好きで、それを食べると云うんなら、お尻が赤かろうが黒かろうが関係ないように思うけど」

「そうよ裕美さん。あなた、その、そこが――紫なんだとか仰ってたじゃない」

佳奈は顔を赤らめてそう云った。

「そうねえ。橋本さんや市成さんが河童を緑色じゃないと思うのと同じくらいに、私は人間のお尻が紫色と云うのが判らないんだけど。青痣《あおたん》かなんか出来てる訳？」

ぶつけて内出血でもしない限り、皮膚の色は青くなどならない。

「お尻って肌の色でしょ？　青いって何？」

「青より紫の方が良いんですって。紫尻《けつ》の上上尻《じょうじょうけつ》と謂うらしいですわ」

「うーん」

それは――まあ、あまり女学生が口走って好いような言葉ではない気がする。

でも、呪文《じゅもん》か何かと勘違いしたものか、尻嫌いの佳奈はぽかんとして、それは一体何、と尋いた。

「ですから、紫色のお尻は上上だ、美味《おい》しいと云うことですわ」

「まあ嫌だ」

佳奈は耳を塞《ふさ》いだ。

裕美と清花と美由紀は、大いに笑った。

「でも市成さん。お尻の色が何色だろうと、中身とは関係ないのじゃない？　私が尋いているのはそこなの。色がどうだろうと、内臓なんでしょ、食べるのは。お尻の色次第で内臓の味が違って来るとでも云うの？　中身の味が外側の肌の色で判るもんなの？　大体、紫色って――」

「ほら、美由紀さん。赤ちゃんのお尻」

「ああ」

蒙古斑《もうこはん》のことか。

慥《たし》かに赤ん坊のお尻には青い痣《あざ》のようなものがある。何故蒙古斑と謂うのかも、みんなにあるものなのかも、自分にあったのかどうかも、美由紀は知らない。

あれって育つと消えますでしょうと裕美は云う。

「そうなの？」

「そうですわ。四歳になる甥《おい》は、もうすっかり消えてしまいましたわ。襁褓《おむつ》をしていた頃なんか、本当に紫色でしたもの。大人になってからも消えないと云う方もいらっしゃるようですけど——真逆《まさか》、美由紀さんはまだおありになるの？　そんなに大きいのに」

裕美は立っている美由紀を見上げた。他の二人も同じように見上げる。

美由紀は同級生で多分一番身長が高い。

いや、でもそこは身長の問題ではなく加齢の問題だと思うのだが——。

まるで美由紀が齢上であるかのような云い方である。否、口調自体は、幼子相手に喋っているような感じなのだけれど。

知らないと答えた。

「そもそも自分のお尻なんか見ないし。市成さんは見たりする？　いやあ、しないでしょう。小泉さんは見るの？　ねえ、橋本さん。見ないでしょう自分のお尻——」

佳奈はまだ耳を塞いでいた。

裕美が云う。

「だから、小さいお子さんの方が美味しいと云う意味なのじゃなくって？　まだお尻にその蒙古斑？　痣が残っているような年齢のお子さんのお尻の方が、きっと好物なのよ、河童は。私はそう思っていましたわ」

「まあ、お年寄りよりは赤ちゃんの方が新鮮だろうし、柔らかくって美味しそうだけど——」

美由紀さんご自分でお食べになるみたいよと云って裕美は笑う。

「私が河童なの？」

「河童はもっと小さいのですわ。メドチだって子供くらいの大きさですもの。九州のなんとかは、こんなに大きいのかしら」

佳奈は子供くらいの大きさよと小声で言った。

「色色種類があるのでしょ」

「種類があると云うよりも、呼び方が違っているだけなのかもしれないって先程から云っていますでしょ。わたくしが存じ上げない呼び方もいっぱいございますもの」

「大きいのはいないの？」

「普通は小さいです」

「あのね」

大きい大きい失礼ねと美由紀が云うと、三人はそれぞれに苦笑した。

「気を悪くされたなら謝りますわ。別に悪口を云っているつもりはないの」

「丈《たけ》があるのは本当だから悪口だとは思わないけど、河童扱いはご免よね」

許して頂戴《ちょうだい》美由紀さんと佳奈は云う。

「身長なら、わたくしが一番河童ですわ」

「河童ですわって――」

美由紀は噴き出した。三人も笑った。

笑っている途中で、美由紀は突如思い出した。

「あ、そうだ、千葉にも河童いるよ」

「み、美由紀さん、自分だとか仰らないでよ。私、笑い死んでしまいますわ」

「そうじゃないの。そう云えば少し離れた村に神社があった。親戚《しんせき》が住んでるの。あれは慥《たし》か河童神社」

「カッパの神社？　神様でもないのに、河童なんかお祀《まつ》りするものなのかしら？」

「あら、佳奈さん。東北の方ではお祀りしているところもあると聞きましたわ。水の神様なのじゃなくって」

神様と云う感じは――しない。

だから美由紀は思い出せなかったのだ。

「そうなのかな。いや、違ったのかもしれないけど。字が違ってたかなあ」

何だったか。

「カッパじゃないかも。河は付いてたけど、童は微妙。戦争で焼けちゃったんだったかな？　祠《ほこら》はまだあるのかな。そうそう、でもお祭りがあったのね。お祭りと云うか行事と云うか——今はもうやってないのかも」

河童祭りなのと清花が問う。

「子供がお神輿《みこし》を担いだり、お相撲を取ったりするんだって聞いたけど、山の方の村だったから、能《よ》く知らないのよね。何で急に思い出したんだろう——」

総元村《ふさもと》——だったと思う。

隣村と云えば隣村なのだろうが、かなり遠かった。慥《たし》か川もあったから、河童もいたのかもしれない。否、河童の謂い伝えがあった、とするべきか。

そうだ。

「銚子《ちょうし》の人に聞いたんだ」

「チョーシって何ですの？」

「地名。外房《そとぼう》の端っこ」

利根川が終わるところねと清花が云った。

「終わるって？」

「利根川は銚子を抜けて海に流れ込んでいた筈よ。皆さん地理をお勉強された方が良くってよ。その銚子の人が何か仰ったの？」

「そう、そうそう。思い出した」

お尻だ。

美由紀の日常に河童が紛れる隙はない。この十五年ずっと河童なんかとは無縁に生きて来た。河童は身近なものではなかったし、美由紀自身が河童に興味を持ったこともない。だからと云って河童を知らなかった訳ではない。広告や漫画に河童が描かれていれば、何の疑問も持たずにああカッパだと思えた訳だから、つまりは予備知識が少なからずあったと云うことだろう。では、いつ、何処で知ったのか。

そんなこと普通は判らないだろう。

裕美や佳奈は、幼い頃からそのナントカ云う河童の話を聞かされて育ったのだろうし、話し振りから推し量るに清花もまた一定の興味を持って河童と接して来たのだろうと思う。

でも美由紀は違う。

河童のことなど考えたことはただの一度もない。カッパと云う単語も思い浮かべない。河童の絵を見た時も、カッパと云う音が脳内で鳴った訳でも河童と云う字面が浮かんだ訳でもない。まあ、これは何だろうとは思わなかった——と云う程度なのだ。

だからこそ。

河童の話を聞いたと云う体験自体が、特殊なこととして記憶の隅に残っていたのだと思う。

「あのね、銚子ってうちからはだいぶ離れているし、うちの方にそう云う習慣はないんだけど、その人――漁師さんだったと思うけど、その人のいた処ではね、鼻の頭に餡こを付けて、こっそり川に行って、それでお尻を水に浸ける――と云う習わしがあるんだとか」

佳奈は頰を赤らめ、嘘だあと云って二人は笑った。

「何それ。川でお尻捲《まく》って水に浸けるの？　それ、かなり笑えるお話だと思いますけど？」

「うん――そうすると、健康になって河童にも襲われないとか云ってたかなあ。他の地域でもやるような話もしてたかも」

おやりになったのと清花が問うた。

「誰が？　私が？　あのねえ。だから、私は話を聞いたと云ってるの。ちゃんと」

お聞きになって、と美由紀は誰かの口調を真似た。

そう、お尻で思い出したのだ。

記憶は連鎖している。

「そうそう。何と云ったかなあ、か、かわ——そう、かぶたれ餅と云うのを供えたりするの。それは餡こをまぶしたお餅。だから餡ころ餅が好きだと思ったのね、私。序《つい》でに思い出したけど、隣村の神社の名前は河伯《かはく》神社だった」

「カハク？」

知らないけど慥《たし》か伯爵の伯と美由紀は云った。

「あら、偉い河童なのかしら」

「さあ。祀られてるんだから偉いのじゃない」

「そこもお尻を浸けるの」

「だから場所が違うから。お尻浸けないから。そこは、何か子供祭りみたいなことをしていたの。兎《と》に角《かく》、千葉にもいるのよ河童」

それはそうよと清花が云う。

「川は繋がってますもの。利根川とか夷隅川《いすみがわ》とかありますでしょう。河童には藩も県も関係なくってよ」

まあ、それはそうなのだろうけれど。

それにしてもですわ——と清花が云う。

「お尻を川に浸けると云うのは少少納得出来ません」

「私、嘘は云ってない」

「美由紀さんを疑っている訳ではないの。そう云う謂い伝えがあることが、少し変だと云うことね」

まあ、変だとは思うけれど。

絵面がもう変だと思う。

「そんなことをしたら余計に危ないと思うの。だって、河童は」

お尻が好きなのよと清花は云った。

「ねえ、何で——品のないことばかり仰るの」

佳奈が顔を顰《しか》める。

「河童が好きなのは胡瓜と茄子と、そして内臓なのではないの？　その、そこから抜くのだとしても」

「違うの。多分、お尻そのものが好きなのよ」

清花さんどうかしているわと、裕美も佳奈に同調した。

「あくまで食べるのは内臓なのじゃなくて？」

「そうじゃないわよ。尻子玉《しりこだま》よ」

それは何、と美由紀以下三名が声を揃えて問うた。

「何玉ですって？」

「だから尻子玉」

「って——何？　何か内臓？」

「うーん」

清花は大人のように腕を組んで唸《うな》った。

「判らない」

「判らないって——」

「何か、お尻の栓のようなもの」

「は？　栓って何？　玉が？　それ、ラムネみたいになってるの？」

美由紀の言葉で、美由紀を含む全員がほぼ同時に噴き出した。

「止《よ》して美由紀さん。お腹が捩《よじ》れてしまいますわ」

「だって、小泉さん、お尻の栓って」

「でもそうなんですもの。河童は、尻子玉を抜くのよ」

「栓が抜けたらどうなるの」

「だからその、佳奈さんが云えない処が開くんですわ」

「まあ、嫌嫌。お下劣ですわ」

佳奈も赤くなりつつ笑った。

「尻子玉を抜かれると、人間は腑《ふ》抜《ぬ》けになってしまうのだそうですわ」

「そりゃあねえ。栓が抜けて」

肛門が開いてしまえばねえと美由紀は云う。全員、もう笑いが止まらなくなっている。

「臓物だって抜き放題だし。摑《つか》み取りね」

止《や》めてえと裕美が云う。

校庭にいた他の生徒もこちらに視線を向けている。まあ、平素はこんなにゲラゲラ笑わない。全寮制の宿舎で暮らす女学生は一応上品なのだ。見ている学友も、よもやこんな下品な話題で笑っているとは思わないだろう。

「駄目。美由紀さん、可笑し過ぎますわ。でも、その、そうよ、臓物ではなくて、尻子玉そのものを食べると云うお話も何かで読みましたわ」

「そんなあるのだかないのだか判らないものを？」

「きっと何かあるのじゃなくって。食べるだけじゃなくて集めて年貢にすると云うお話もあるの」

「河童にお代官様とかがいるの？」

また笑う。

普通の疑問だと思うのだが、何かツボに嵌《は》まってしまったようだ。

「お、お代官様じゃなくって、龍王《りゅうおう》様だそうよ」

「龍王様って、龍の王様？　河童って龍の仲間なの？」

「水の神様と云うことじゃないかしら」

「ああ。まあ、神社もあるくらいだから、何かそういう水神《すいじん》様みたいなものの仲間なのね？　河童も。と、云うことは、その神様が食べる訳？　その」

尻子玉――。

「それ、お尻の栓なんでしょう？」

「判りませんわ。何か、それに相当する内臓があるのかもしれなくってよ。でも、そう云う謂い伝えがあるんですもの、それこそ仕方がないことですわ。だって川にお尻を浸すのだって十分に可笑しいのじゃない？」

「まあねえ。それじゃあ、浸したら抜かれてしまうかもしれないし――あ、だから小泉さん、変だと云ったのね？」

「変でしょう」

河童はお尻が好きなんですものと清花は云う。

佳奈は顔を隠す。裕美はそうだわ、と云った。

「そうよ。私が云いたかったのは、そこなの」

「そこって何処ですの？」

「お尻が好きってところ」

「まあ――」

品のないのは承知ですわと裕美は云った。

「そもそも佳奈さんがそんなにお尻を嫌がるから、お話がどんどん逸《そ》れて行ったのですわ。いいこと？　河童は、御不浄に隠れていて、ご婦人のお尻を触るんですって」

「ええっ？」

佳奈は泣きそうな顔をした。

「それ——怖くない？　ただの破廉恥漢《はれんちかん》？　それとも尻子玉？」

「破廉恥漢ですわ。所謂《いわゆる》、エッチなの」

きゃあと佳奈が悲鳴を上げた。

「お、お下劣な上に、エッチなの」

まあ、そう云うものだろうと美由紀は思う。

エッチと云う言葉は最近能《よ》く耳にするのだけれど、何となく諒解《りょうかい》しているだけである。元は変態の頭文字から来ているのだそうだ。変態と云うのがどう云うものなのか、美由紀はあんまり能く知らないのだが、思うに破廉恥なことをするのだろう。ならば、まあお下劣ではある。

「昔の御不浄って、結構隙間があったのじゃない？　だから忍び込んで、こう」

裕美は手を伸ばした。佳奈は逃げる。

そのお話は私も聞きましたわと清花が云った。

「慥《たし》か、気丈なご婦人に腕を斬られてしまうのではなかったかしら」

その方は御不浄に刃物を持って入られたのかしらと佳奈が問う。

「昔の方ですもの。きっと武家のご妻女とかではないかしら。ですから、懐剣か何かを懐中に忍ばせていらしたのですわ。護身用に」

まあ、今でも用心するに越したことはないのだが。

「腕はすぱっと斬り落とされてしまうの」

「まあ残酷」

「その後、河童は斬られた腕を返してくれと云って謝罪に来るのですわ」

「エッチな河童の腕なんか取っておくものかしら。捨てるのじゃなくって？」

「ただの破廉恥漢なら兎も角、河童ですもの。珍しいから取っておいたのじゃなくって？」

「そうだとして」

返してどうなるのと美由紀は尋いた。

「取っておくことが先《ま》ず変だけど、返せと云うのも怪訝《おか》しくない？　返して貰《もら》ってどうしようと云うの？」

くっ付けるのですわと清花は云った。

「へ？」

「河童は、斬られた腕を元通り繋げるお薬を作れるのだそうです。でも、放っておいたら干涸《ひから》びたり、腐ったりしてしまうでしょう。ですから返してくれと云うの」

都合のいい話である。

「そんな薬があるなら欲しいのじゃない？」

「ええ。腕と引き換えに製法を教えて貰ったと云う結末なのですわ」

まあ、河童のお薬は九州にもありましてよと佳奈が云った。東北にもありますわと裕美が云う。

「千葉にもあるんじゃなくって？」

「いや――私は知らないけど。あるのかも。でも、そうすると、そう云うエッチな河童がいる訳ね。全国に」

「お尻が好きなのよ」

清花がまた繰り返した。

しかし、河童を河童たらしめる要素が、皿でも甲羅でも色でもなくて、胡瓜好きとお尻好きと云うのは――どうなのだろう。

まあ、美由紀自体、お尻お尻耳にしたからあれこれ思い出した訳で、ならばそうなのかもしれないのだが。

そこで最初に戻るのねと裕美は云う。

「最初って？」

「あら嫌だ。美由紀さん、私達は河童のお話をしていたのではなくってよ」

「そうだっけ？」

「そうですわ。わたくし達は、最近頻繁に現れる破廉恥漢のお話をしていたのじゃなくって？　元元は」

「ああ」

そうだった。

ここひと月半程、浅草《あさくさ》を中心にして覗《のぞ》き魔が横行しているのである。

覗き魔と云うのだから、まあ風呂《ふろ》や御不浄を覗くのだけれど、どう云う訳か被害者は皆、男性なのだった。

風呂場や脱衣場を覗かれたのも、厠《かわや》を覗かれたのも、凡て成年男子――否、中年男性ばかりだった。いや、若くないから、男だから覗いて良しなどと云うことはないだろう。誰を覗き見ようと、覗きは軽犯罪ではある。

それでも最初はご婦人と間違えたのだろうとか、ずっと覗いていてご婦人が来る前に見付かったのだろうと謂われていたと思う。しかし、どうもそうではないようだった。ご婦人からの被害届は一向に出ない。男ばかりを狙っているとしか思えない。

だからどうだ、と云う話ではある。

覗き魔は男、と決め付けるのはおかしい。

男が女を覗くのなら、男を覗く女がいたっておかしくなかろうと美由紀は思う。更に、男が男を覗くことだってあるのではないかとも思う。

勿論《もちろん》、覗き見は犯罪なのだから、してはいけないことではある。

男女を問わず犯罪行為ではあるのだ。

しかし窃視嗜好は男に限ったものと規定するのは、どうにも思考が硬直しているように思う。また、男が男を覗くと云う行為をして変態的と規定してしまうのも、どうかと思うのだ。

覗き行為全般を変態的と捉《とら》えると云うのであれば、それ自体が犯罪を構成する要件でもある訳だから、これは或る意味仕方がなかろう。そうだとしても、例えば殿方が殿方に性的興味を抱くこと自体を変態的としてしまうのは、なんだか間違っていると思う。美由紀は変態の定義を知らないのだけれど、そう思う。

男が男を好きになっても、それ自体は犯罪ではない。同性同士の恋愛だってあるのだろうし。

他人や社会に迷惑を掛けない限り、そんなことは個人の勝手だ。他人があれこれ云うことではないだろう。いや、他人や社会に迷惑を掛けるのであれば、男女間の恋愛だって同じく問題視すべきなのである。

それに、そう云う愛だの性だのが関係ない覗きもあるのじゃないかと、美由紀は思う。純粋に覗きが好きだと云う人もいるのではないか。覗く対象やその対象に関する興味の質は問題にならず、覗くと云う行為そのものが止《や》められないと云う人だって中にはいるような気もする。人は大勢いるのだし。

まあ。

そうだとしても、覗いてしまったらそれは犯罪なのだろうが。

でも、世間はそうは思わないようだった。

だから、妙に騒いだ。ただ——。

押し付けがましい偏った道徳観と下世話な推測に満ちた興味本位の報道ばかりが目に付いた。そうした偏見に満ちたもの謂いは、やけに性根が汚らしいものに思えたから、美由紀は殆ど興味を失ってしまった。

でも噂は嫌でも耳に入って来る。

曰《いわ》く、変質性痴漢、覗き陰間《かげま》、昭和の出歯亀《でばかめ》——。

何だかもう、意味が判らない。陰間の意味を知らない。出歯亀に至っては、もう何処の言葉なのかも判らない。知らないことは他人に尋けと教えられたが、多分知らない方がいい言葉のように思うし、尋ける相手だっていない。新聞の見出しなのだが。

破廉恥なのはそう云う記事を書く方だと思う。

そう云う扇情的な見出しに煽《あお》られたのか、多分、ここ数日のうちに覗き魔事件は確実に増えている。一人が毎晩あちこちで覗けるとも思えないし、一晩のうちに東と西に現れる訳もない。ご婦人の被害もちらほら出始めている。

明らかに便乗犯である。

駒沢《こまざわ》近辺にも現れている。銭湯が覗かれたらしい。

そして、そう云う噂はこの学園の中にまで到達した。

浴場や洗面所の窓に人影が見えた、気配がする、四六時中誰かに見られているような気がする——そんな声が囁《ささや》かれ出したのである。

全寮制の女学校であるから、真実ならこれは由由しき問題であろう。

ただ、春先に起きた辻《つじ》斬り事件以降、人の出入りに対する警戒警備はかなり厳重になっているから、敷地内に不審者が侵入する可能性はかなり低いものと思われた。

でも、生徒達にそんなことは関係ない。私も視線を感じた何組の誰誰が覗かれた校舎の裏に男がいたと、流言《かまびす》囂しい。この話も、上級生の何とか云う人が御不浄を覗かれたのだと云うような話が契機《きっかけ》だったと思う。

転入して一年半の美由紀は能《よ》く知らないのだが、何でも覗かれたのは下級生の憧《あこが》れの的——なのだそうだ。

ひとみ先輩なら河童でも焦がれますわと佳奈が云った。

「凛《りん》としてて素敵ですもの。お優しいし、成績も優秀でいらっしゃるし、その上あんなにお綺麗《きれい》ですもの」

「だから」

裕美が止める。

「河童なら性格も知性も美貌《びぼう》も関係なくってよ。河童が好きなのは、おし」

止《や》めてと佳奈は耳を塞ぐ。

御不浄を覗かれたと云うことは、まあ御不浄を使っていたと云うことなのだろうから、どんなに耳を塞いだところでお尻がないと云うことにはならないだろうと美由紀は思うのだが。

「ひとみ先輩はきっと武道も嗜《たしな》まれていると思うわ。なら懐剣をお持ちでなかったことが悔やまれますわ」

清花が云う。

しかし、覗き魔に斬り掛かるのは難しいのではないか。覗くと云う以上、的は壁の外にいるのだ。河童はお尻を触ろうとして手を伸ばしたからこそ腕を斬られてしまったのだろうし。河童も覗いただけなら無事だったのではないか。

と云うか。

「河童じゃないでしょ」

美由紀はそう云った。

「河童、いないでしょ？　謂い伝えなんかはあるかもしれないけど」

まあ夢がないのねえと清花が云う。

「いやいや、お尻触るだの臓物食べるだの、それは夢と呼ぶのに相応《ふさわ》しくないものなんじゃないの？」

「でも」

橋本さん耳塞いでるし——と云うと、二人はまたけらけら笑った。

「美由紀さんの仰る通りよ。慥《たし》かに、乙女が口にするようなことではなくってよ」

清花が突然真顔になった。

「河童は、人間に化けることが出来ましてよ」

「え？」

「しかも、美男子に化けて婦女子を誘惑するそうですわ」

そうそうと裕美も相槌《あいづち》を打った。

「メドチも変幻自在ですわ。祖母の住む町の近在の村にはメドチの子を産んだ人もいると聞いてますもの」

「河童の子？」

いや、それはどうだろう。

「だって河童でしょ？　それ、お話でしょ？」

本当のことと聞いていますわと裕美は云った。

「一説に、メドチには雌がいないのですって。だから人間の女性と契《ちぎ》って――」

嫌だ裕美さんと清花が顔を赤らめる。

佳奈とは弱点が違うようである。

「どこそこ村の某《なにがし》氏さんが産んだそうだ、某氏さんの娘さんが河童に誑《たぶら》かされて孕《はら》んだって――そう云うお話は実際にあるみたいですわよ。勿論、祖母から聞いたのですけど。それは謂い伝えではなくって、世間話ですわ」

「いやあ、でも、相手、河童よ？」

「誑かされている女性には美男子に見えているのですわ」

「でもねえ」

美由紀には信じられない。

頬を赤らめていた清花も、でもそう云うことはあるそうですわと云った。

「関東にも伝わっているようですもの、千葉にだってあるのじゃなくって？」

「私、河童に全く詳しくないから。でも、河童って、川にいる訳でしょう。九州だと冬場は山にいるみたいだし、東北だと家に住んじゃうのかもしれないけど、この辺ではそう云うことはないんでしょ？　どうなの小泉さん」

「この辺の河童は、まあ川にいるみたいですけど」

「じゃあこんなとこまで来ないんじゃない？　多摩川《たまがわ》からのこのこ歩いてここまで来るかなあ。お皿が乾いちゃうんじゃない？　あ、お皿ないんだっけ？」

「でもヒョウズンボは」

あ、飛ぶのかと美由紀が云うと、佳奈はそれだけじゃないですわと応えた。

「馬の蹄《ひづめ》の跡に溜まった水に、千匹隠れられるんです」

「はあ？」

どれだけ小さいか。

「ですから、きっと大丈夫です」

「いや、大丈夫って」

そこは逆だから。

「ですから、ひとみ先輩の美貌の噂を聞き付けて、この学舎までやって来たのかもしれませんわ――」

「誑かすために？」

と云うか。

「契るため？」

お止《よ》しになって美由紀さんと清花が云う。

どうしても普通に会話が出来ない。

多少面白いのだけれども、話が先に進まない。

「だって、子供が出来ちゃったりしたら、また大騒ぎじゃない」

ひとみ先輩に限ってそんなふしだらなことは有り得ませんわと佳奈が云う。

「でも、それって魔法に掛かっちゃうようなものなんじゃないの？」

「一度魅入られると、もういけないそうですわ」

裕美さんまで止《よ》してと二人が云う。

「東北の河童とはきっと違うのよ」

「そうかしら。でも」

「お尻が好きと云うだけならいいけどねえ」

美由紀は多少莫迦《ばか》らしくなって来た。

「まあもうすぐ夏休みで、みんな帰省するんだから、平気じゃない？　と云うか」

河童いないしと美由紀は云った。

2

「品性に欠ける話ですねえ」

敦子《あつこ》がそう云うと、益田《ますだ》龍一《りゅういち》は全く以《もっ》て仰《おっしゃ》る通りと調子の好《い》い言葉を返して来た。

「お蔭様《かげさま》で実に下品です。お下劣です。下等です。仕事でなけりゃ凡《およ》そ敦子さんの前で語れるような話じゃないですね。誤解のないように云っときますけど、僕が下品なんじゃないですよ。卑《ひ》怯《きょう》でひ弱で貧相ですけど、辛うじて品性だけは維持してるつもりで――」

益田は神保町《じんぼうちょう》にある薔薇《ばら》十字《じゅうじ》探偵社《たんていしゃ》の探偵である。正式には探偵助手なのだろうが、世間一般で云うところの探偵業務は主にこの益田が独《ひと》りで熟《こな》している。

基本的には生真面目《きまじめ》な男なのだと敦子は判じているが、その真摯《しんし》さを韜晦《とうかい》するかのように戯《おど》ける癖《へき》がある。

シャイなのだと思う。多少は露悪志向を持っているのかもしれないが、どうにも余計なことを能《よ》く喋《しゃべ》る。

嘘は言わないが演出は過剰だ。本人は座持ちをするために軽口を叩《たた》き続けているつもりなのだろうが、脱線することも多いから結局時間が掛かる。

「とは云え」

ネタ自体が下品なんですから上品には語れませんよと益田は云った。

「お尻を臀部《でんぶ》と云い替えても、陰部を下半身と云い替えても、モノに変わりはない訳で、ケツメドはケツメド、オイドはオイドですからね。まあ、おケツですわ」

この辺が一言多いところである。一言どころか何言も多い。その上、どれを取っても団子屋で連発していい語彙《ごい》ではない。

益田は近くの席の客が己《じぶん》に視軸を向けていることに気付いたらしく、右手で口を押さえた。

「失礼」

「いいですけどね。それより本題を進めて下さい。私は気にしない方ですけど、それでも、そうお尻お尻連呼されると――お店に迷惑じゃないですか」

「はあ。でも」

尻が問題ですからねえと益田は云った。

「私が協力出来るのは、お尻に関係ない方じゃないかと思うんですけど。どうなんですか？」

まあ探すのは僕なんですけどと益田は云った。

「探し難《にく》いんです。お尻出して歩いてる人はいないですからね。褌《ふんどし》一丁でお神輿《みこし》でも担いでくれるか、お相撲でもしてくれりゃいいんですけどね。そこでまあ、品物の方から探してみようと考えたんですが、てんで五里霧中。そこでお知恵を拝借しようかと——」

そう云うのは兄貴の方が役に立つんじゃないですかと敦子は云った。

敦子の兄は、人が知らない——というか知る必要のないことを能《よ》く識《し》っている。

益田は伸ばした前髪を揺らして、苦笑いした。

「師匠は怖いでしょうに。それに今、何でしたっけ、東北の方の事件がこじれてるでしょう。どうせ遠からず担ぎ出されるのじゃないかと思うんですな。あの人、嫌だ嫌だと云う程に引っ張り出されるじゃないですか。どうせ出馬するなら、あの腰の重いのを改めて、最初ッから関わればいいと思うんですが、どうです？　その方が事件はとっとと終わるでしょ。あの人が行けば解決するじゃないですか」

「それはどうかしら」

兄は慎重過ぎる程に慎重な男だ。

兄が出張るから解決するのではなく、解決の目処《めど》が立ったからこそ兄は出張るのである。それに。

「栃木《とちぎ》の事件は、兄貴も最初からいたでしょう」

「ありゃ事件なのかどうなのか、最後まで判らなかったんですよ。何がどうなってんだか、何回聞いたって今でも解りません」

「榎木津《えのきづ》さんの説明だからでしょう？」

榎木津は益田の勤める薔薇十字探偵社の探偵である。優秀なのだろうが奇矯な人物でもあり、物ごとを他人に順序立てて説明することなど金輪際ない。

と、云うより。

「兄貴は本屋ですよ」

端《はな》から事件を解決する謂《い》われはない。

これは失敬と益田は戯《おど》ける。

「まあ、いずれにしても兄上様にご出馬戴《いただ》くような物騒な案件ではない訳で。お化けも涌《わ》いてませんし憑《つ》き物も憑いてません。勿論《もちろん》、弊社《うち》の大先生だって歯牙《しが》にも掛けませんね。不肖この益田がいつもの如くこそこそと嗅《か》ぎ回り姑息《こそく》に収める類《たぐ》いの話なんです。ただ、まあ手詰まりでして。そこでお知恵を拝借と」

「私程度の浅知恵なら幾らでもお貸ししますけど、何を貸せばいいのかが解らないんですよ」

「うーむ」

益田は髪を掻《か》き上げた。

「そこですなあ。ま、ですから最初から順を追ってご説明している訳でして。この場合、尻は避けて通れないんですよ。その、尻に宝珠の刺青《いれずみ》のある男がですね、主犯であることは間違いない訳で」

「宝石泥棒ですか」

「泥棒——なんですかね？」

「知りませんよ」

まるで要領を得ない。

敦子は皿の上の団子を弄《もてあそ》んで、それから口に運んだ。

平日だと云うのに人通りは多い。参詣《さんけい》者なのか物見遊山なのか、そのどちらでもないのか、区別がつかない。

浅草である。

所謂《いわゆる》、仲見世《なかみせ》通りからは少し外れた、でも六区《ろっく》と呼ばれる地域にも入らない——要するに余り流行《はや》っていない、地味な団子屋である。それでも客は何組かいる。

浅草は俗に謂《い》う下町である。昨今都市化が著しい東京に於《お》て、江戸の情緒が残存していると謂う者も多い。しかし敦子はそうは思わない。

浅草に、江戸はない。

浅草は、ずっと浅草だ。千代田《ちよだ》の城を中心に城下町としての江戸が形成され始めた頃、浅草は既に浅草としてあった筈《はず》である。浅草は、江戸とは別の町だったのだ。

やがて江戸はその枠を拡げ、浅草もその枠の中に呑《の》み込まれてしまう訳だが、それでも浅草は浅草だ。

浅草は能《よ》く町人の町などと謂われることがあるのだけれど、それも違うように敦子は思う。徳川《とくせん》は江戸を整備する際、先《ま》ず高台に武家屋敷を作り、その後低地に町家を配して行ったと聞く。だからこそ下町などと云う呼称がある訳だけれども、浅草はその時、既に浅草としてあったのだ。

だから、浅草は町人の町と云うよりも、武士と無関係に出来上がった町とすべきなのだと思う。江戸と云う、為政者によってシステマティックに作られた都市の文化とは系統を異にする、芸人や職人、身分の定められない者までもを含めた雑多な人人が形成した文化が、この浅草と云う町の根っこにあるのではないか。

それはやがて江戸文化と呼ばれるものと融合し、江戸と云う都市そのものに干渉して行く訳で、だからこそひと括《くく》りにされがちなのだが、それでも矢張りどこかで江戸と浅草は乖離《かいり》しているように思えてならない。

そうした町の出自は徳川時代を過ぎ明治大正と云う仄暗《ほのぐら》い時代を経てもまだ、残っているように敦子は感じる。

だから、敦子は浅草を訪れる度、江戸情緒と云うよりも、何処か異国情緒めいた感触を覚えるのだ。

夏は特にそう感じる。

往来を眺めつつ、そんなことを考える。

麦茶を口に含むと、益田は大きな溜《た》め息《いき》を吐《つ》いた。

「どうしたんです」

「依頼人がねえ。何ともその、心許《こころもと》なくて」

「その、依頼人と云う人は」

「ええ。敦子さん、食品模型ってご存じありませんか。あの、デパートなんかの食堂の店先で最近見掛ける、食いものの偽物なんですが」

「知ってます」

去年、取材したのだ。

料理見本模型は大正の頃からあったようだが、事業として成立したのはそう古いことではない。

調べたところ、蠟《ろう》細工で作る食品模型の嚆矢《こうし》は、標本や蓄電池の製作で知られる島《しま》津製作所《づせいさくじょ》に求められるようである。初めは食堂の料理見本と云うよりも、謂わば標本のようなものだったようだ。

詳しくは判らなかったが、病理標本などを作っていた名人が依頼されて作ったと云うのがそもそもであるらしい。それが食堂の店頭を飾ったのかどうかは判らなかったのだが、出来も良かったようだし、商用に使われた可能性は高い。大正の中頃のことである。

その後、大正の大震災で全焼した百貨店の白木屋《しろきや》が、事業再建の端緒として開設した食堂のショウウインドウに提供する飲食物の見本を飾ったらしい。

店先に料理の見本を陳列し入店時に食券を購入させると云う販売方式は、現在では定番のスタイルと云えるのだろうが、当時は斬新《ざんしん》だったようだ。後払いの場合、災害時等には料金が回収出来ないケースが予想される。そうした緊急事態に対応するための施策として考案されたようだが、同時に業務の簡易化、効率化を図るという意図もあっただろう。入店してから品書きを覧《み》て決めて貰《もら》うより、並んでいる最中に注文品を決めて貰った方がスムーズで、客の回転率も高くなる。事実、震災復興時の食堂は長蛇の列となっていたようで、かなりの混乱があったのだろう。

この成功を受けて、それ以降徐徐に真似をする店舗が出て来たのだそうである。

白木屋から依頼されて食品見本を作ったのは人体模型の技師だったそうで、これも確認は出来なかったが、後追いで模倣した店の料理見本もその人物が作ったものと思われる。

食品模型をひとつの事業として成立させたのは、岩崎瀧三《いわさきたきぞう》と云う人である。

岩崎が大阪に食品模型岩崎製作所を立ち上げたのは昭和七年のことだ。いつまでも色褪《いろあ》せない精巧な食品模型は大評判となった。高額ではあったが、売るのではなく貸し付けると云う業態にしたことで関西中心に業績を伸ばした。

しかし開戦を迎え、蠟の原料には欠かせない石蠟《パラフィン》が統制品目となってしまう。大阪では料理の模型を店頭に陳列すること自体が全面的に禁止されてしまったらしい。

食品模型事業は大戦を境に完全に座礁してしまったのである。

しかし岩崎は諦《あきら》めなかった。郷里の岐阜《ぎふ》に戻った岩崎は珪藻土《けいそうど》などを使って石蠟の含有量を極限まで減らした模型の製造法を考案すると、戦争犠牲者の葬儀供物の模型などを作ることで難局を凌《しの》いだと云う。

そして敗戦後、故郷に岩崎模型製造を設立して制作を再開、やがて大阪に拠点を戻して順調に事業を拡大、一昨年東京に進出したのである。

敦子はその東京進出を機会に、岩崎に石蠟の比率削減成功に至るまでの工程の聞き取り取材をしたのだった。

能《よ》く知ってますと敦子は云った。

「はあ、何でも知ってるとこは兄妹で能く似てますね」

「取材したんですよ」

んです」

「仕事ですかあ」

「勿論《もちろん》仕事ですよ。一昨年《おととし》、本店のある岐阜まで出向いて、社長さんにお話を伺ったんです」

東京支店は、支店とは云うものの一間しかない作業場のような処だった。東京進出と云うと華華しい感じに聞こえるが、商売を軌道に乗せるのは簡単ではないのだ。

「社長さんにですか。そりゃ僕より詳しいですなあ」

「でも、石蠟の比率を減らす工夫に就いての苦労話をお尋きしただけですから。かなりの試行錯誤があったようですし。後は――子供の頃、融《と》けた蠟を水に垂らして遊んでいたのが蠟細工に興味を持ったそもそもだとか、最初に作った食品模型は奥さんが作ったオムレツだったとか、そう云うことを聞いただけですよ」

なる程ねえと益田は腕を組んだ。

「苦労してるんだ社長もねえ」

「それが何か関係あるんですか？」

「いや、実はそこの製作所で働いてる職人さんが依頼人なんですよね。お住まいはほれ、すぐそこの合羽橋《かっぱばし》で。三芳彰《みよしあきら》さんと云う人なんですが――」

「名前とか云っていいんですか？　守秘義務は――」

敦子さんは特別ですよと益田は云った。

どの辺がどう特別なのか解らない。

「その人、元元映画や舞台で使う小道具や何か作ってた人なんですよ。小さい時分から細かい細工ものが好きで、まあ手先が器用なんでしょうね。で、彫金やら木工やら硝子《ガラス》細工やら、あれこれと試して来たけれども、蠟細工が一番性に合っていたつう訳です。まあ食品模型作りは天職だと喜んでるような人なんですけども」

「そう云う個人情報も依頼内容に関係あるんですか？」

「まあ、あると云えばありますね。その性向こそが今回の発端でして。要するに三芳さんは、その腕を見込まれた訳ですよ」

「何か作らされたんですか？」

「ですから、宝石ですね」

「模造宝石――と云うことですか？」

「模造――と云いますかね、まあ食品見本と同じ、見本と云いますかね」

「は？　蠟細工でですか？」

いやいやと益田は団子の串《くし》を振った。

「天麩羅《てんぷら》や刺し身じゃないですから、宝石は蠟じゃ作れんでしょう。そこはそれ、元小道具屋ですから、硝子玉削るかなんかして作ったんでしょうな」

「それ、犯罪性はないんですね？」

模造宝石を作ること自体は犯罪ではないだろうし、模造品を模造品として売買するのであれば、それも犯罪ではあるまい。

しかし益田は悩ましげに顔を歪《ゆが》めた。

「あるんですか？」

「いやあ、その、三芳さんは善良な人そうですし、犯罪に加担するなんてことはないですよ。と、云うか、三芳さんは自分が犯罪に加担するようなことになってはいけないと、その、依頼して来た訳でして」

何だか益々話が見えない。

「じゃあ、模造宝石の作製をその三芳さんに依頼した人物が、その刺青の男——なんですか？」

「違います」

「解りません」

より一層解らない。

まあ聞いて下さいと益田は云う。

「僕自身があまり整理出来てないもんで、結論を急《せ》かさないでください。ええ、その尻に刺青のある男と云うのは、その宝石——金剛石《ダイヤ》らしいですけども、それを着服した男らしいんですね」

「着服？」

「そう云っていたんだそうです。まあ、着服と謂えばネコババみたいな意味でしょうから、何らかの手段で不正に入手した、と云うことなんでしょうね。で、その宝石の所為《せい》で色色大変なことになっている、人死にも出ている——と、その依頼人は云ったそうです」

物騒な話ですねと云うとまあねえと益田は一層悩ましげな顔になった。

「で、まあその依頼人の言い分ではですね、そっくりの偽物を作って、こっそり本物と掏《す》り替えて、宝石を本来の持ち主に返したいと、まあこう云うんだそうです。そのために手を貸して貰《もら》いたいと、そう云う——」

「それ、かなり胡散臭《うさんくさ》くないですか？」

「僕もそう思いましたがね。話半分としてもかなり怪しいですわな。でも、善い人なんですよ合羽橋の三芳さん。まあ、その話が本当だとすれば、ただ警察に届ければ済むだろうって話なんでしょうけど、どうもそうはいかない理由があったようなんですね。そこら辺がどうにもまた、怪しいんですけど」

「そうもいかない理由と云うのは、その依頼人の方にあるんですか？　それとも持ち主の方ですか？」

「両方でしょうなあ」

益田は帳面を出した。

「まあ、依頼人と云うのは、その不正に加担した過去があるようなんです。だから表沙汰《ざた》にはしたくない。で」

「で？」

「本当の持ち主と云うのはですね、高貴なお方だと」

「高貴？」

豪《えら》く時代掛かったもの云いである。

「今の世の中で高貴と云われても――華族制度も廃止されてますし、日本には貴族もいません。旧幕時代に身分が高かったと云うことですか」

「そりゃ知りません。僕は、まああまり深く考えずに偉い人なんだろうなあくらいに思ってましたが、考えてみれば社長さんやら政治家やらを高貴とは謂いませんね。政治家なんて寧《むし》ろ俗物の見本みたいなもんですからね。そうしてみると微妙に判り難《にく》いですけど、先祖がお殿様だったとか位の高い坊さんや公家《くげ》だったとか、そう云うことなんですかね？　合羽橋の三芳さんはまったく疑問に思わなかったそうで、なので僕も何にも考えませんでしたけど。まあ高貴なお方なのでこちらも警察はご遠慮したいと。何ごとも波風立てずに隠密《おんみつ》に行いたいと云う――」

「波風立ちませんか？」

「まあ、その不正に所持している宝石をですな、こっそり偽物と掏り替えて、本物を持ち主に返しちゃえば、立たんのではないですか、波も、風も。だって正当な持ち主に戻る訳だし、悪漢の方も、気付いたとしたってどうしようもないですよ。元元不正に入手したもんなんだし。で、気付かずに売っ払おうとしたとしても売れやしませんよ。偽物だ、こりゃあ一本取られた——で終わらせるしかないでしょう」

「そうですかねえ」

そう巧《うま》く行くものだろうか。

「状況が判らないので素直にそうですねと首肯《うなず》けないですよ。その、模造宝石の制作を依頼したと云う人は、信頼出来る人なんですか？　不正略取に協力したと云うのなら、あまり真っ当なお仕事をしている人とも思えませんけど、その合羽橋の」

「三芳さん」

「三芳さんとは旧知の仲だった、と云うことですか」

能《よ》く判りますねと益田は前髪を揺らした。

「だって、腕を見込んだと云うのなら、そうなりませんか？　幾ら食品模型の腕が良くても、普通は模造宝石を作らせようとは考えませんよ。益田さんの云う通り、蠟で宝石を作らせようとは思わないです。見た目そっくりに出来てもバレます。なら、前職あってこその依頼じゃないんですか？」

「正にその通り。ご明察です。三芳さんに仕事を依頼したのは久保田悠介《くぼたゆうすけ》さんと云う人なんですがね。ええと、その、何て名前でしたっけね。合羽橋に、河童のお寺があるでしょう。曹源寺《そうげんじ》でしたっけ。あそこのお寺の、脇だか裏だかに住んでいた人らしい。まあ、三芳さんの幼馴染《おさななじ》みですかね」

「はあ」

固有名詞や個人情報ばかり出されても、出来ごとの輪郭自体が曖昧《あいまい》なので正体が摑《つか》めない。

「久保田さんと云う人は、戦争前に千葉の方に宿替えしていて、漁業関係の仕事をしてたようなんですが、南方戦線で右腕やられちゃったようで」

「傷痍《しょうい》軍人なんですか」

「ええ——まあ。で、復員して暫《しばら》くは東京で管巻いてたようなんですわ。ま、やさぐれますよ。戦争ってのは色色奪いますからね。五体満足で生還したって元通りの暮らしは出来ませんしね。況《まし》てや——」

あ、また脱線しましたねと益田は自《おの》が額を叩いた。

「まあ、そこで久保田さんは、同じ部隊にいた戦友に唆《そそのか》されて、良からぬことに手を染めた訳ですね」

「それが宝石の略取、と云うことですか？」

「そうなんでしょうな。しかし、所詮《しょせん》は無頼の集まりですからね、仲間割れか何かしたんでしょう。その宝石は悪い仲間の一人が何処《どこ》かに隠して独り占めしてしまったようなんで。それで紛乱《ごたごた》と揉《も》めたようですが、久保田さんは元より悪事に加担することには消極的だったようで、すぐに諦めましてね、そいつらとは縁を切ったらしい」

ところが、と云った後、益田は手を挙げて団子をもう一皿注文した。

「敦子さんもどうです？　暑いですから掻き氷とかの方が良いですかね？」

「結構です。まだ食べ終わってませんし、それよりも先を話してくださいよ。まあ、記事は書いちゃったから時間はあるんですけど——」

敦子は、予定通りなら今頃は房総半島の真ん中にいる筈だったのだ。連載記事の取材同行である。

しかし。

俗に云う第五福竜《だいごふくりゅうまる》丸事件に進展があったため、敦子は千葉の取材を同僚に代わって貰うことにしたのだった。取材と云っても付き添いに過ぎなかったし、緊急性のあるものではなかったからだ。

第五福竜丸事件とは今年の三月、遠洋鮪《まぐろ》漁船である第五福竜丸が、マーシャル諸島近海で操業中、同海域にあるビキニ環礁で行われた米国の水爆実験——キャッスル作戦に因る降灰——所謂死の灰——を浴び、被曝《ひばく》してしまったと云う事件である。

一昨昨日《さきおととい》、被曝に依る健康被害のため入院加療していた乗組員達の面会謝絶が解除され、記者会見を開く運びになったのだ。

事件発生以来、敦子はずっと第五福竜丸関係の記事を担当し、取材を続けていたのだ。外す訳にはいかなかった。

敦子はすぐに記事を書いた。

敦子の編集する『稀譚月報《きたんげっぽう》』は科学雑誌である。だから政治的、思想的には中立であるべきだし、予断や偏向は許されない。それでも記事は反核、反原子力の論調とせざるを得なかった。この事件は本邦が被った第三の原子力災害と捉《とら》えるよりなく、ならば他に書きようもない。新聞を始め総《すべ》ての報道が足並を揃えていたようだ。

今日は原水爆禁止署名運動の全国協議会結成大会が開かれた。敦子は事前に事務局への取材をしている。

原水爆禁止運動はこの後も広がるものと思われた。

ただ、そうした民間の動きに較べ、政府の反応は鈍い。少なくとも敦子の目にはそう見える。米国との間で調整がなされているからだろう。

米国側は、高額の賠償金を提示しはしたものの、船員の体調不良を放射線症と断定することは出来ないと云う見解を早早に示しているようだった。反核と云うより、反米感情が高まることを畏《おそ》れているのだろう。

一方で、日本側の思惑はまた別のところにあると云うのが敦子の感触である。

講和が成って、国内での原子力研究が解禁された。第五福竜丸が被曝したのと同じ月、原子力研究開発予算が国会に提出されている。

この国は、原子力の平和利用――産業化に舵《かじ》を切ろうとしているのだろう。ならば。

敦子は複雑な想いに駆られる。

仮令《たとえ》大量殺戮《さつりく》兵器のために開発された技術であっても、技術は技術として評価すべきだ――とは思う。その技術をして社会に役立てることが出来るのならば、それも結構なことだろう。

でも――。

使い熟《こな》せるのか。

キャッスル作戦にしても、実験用の水素爆弾が予想を遥《はる》かに上廻《うわまわ》る威力だったからこそ、斯様《かよう》な惨状を招いてしまったことは疑いようがないことである。爆弾は破壊力が大きい程良いのかもしれないが、兵器でなかった場合、そうした不測の事態に対処出来るのか。

まだ能《よ》く解らないものが使えるのだろうか。

例えば、幼児でも自動車の運転は出来るだろう。

だからと云って幼児が自動車を運転したりしたならば、事故を起こす確率はかなり高くなる筈である。簡単に大惨事を招き兼ねない。事故が起きてから手を講じても遅いのだ。取り返しはつかない。自動車の運転が法律で厳しく規制されているのは、その所為だろう。それでも現状、免許を取得した者だけが運転していると云うにも拘《かかわ》らず、事故は幾らでも起きているのだ。ガソリンを燃やして車輪を回すだけの単純な機関すら、人はコントロール出来ていないのである。

これは敦子の私見に過ぎないのだが——原子力と云う自動車に乗るのに人類は未《ま》だ未だ幼過ぎるのではないだろうか。免許取得の資格が手に入るのは、もっとずっと未来のことだろう。資格が手に入ったところで、免許を得るための試験はかなり難易度の高いものとなるだろうと——敦子は考える。

ただ爆発させるだけでも制御不能なのだから。

でも、この国はそう考えていないのかもしれない。

ならば、国は原水爆禁止までは是としても、反核となると好ましくない——と云う立場なのかもしれない。

慥《たし》かに原子力技術自体が悪い訳ではない。使えもしないものを使えると過信すること、使ってしまう軽率さこそが大きな問題となるのだ。

その方針の是非は兎《と》も角《かく》、いずれ民意世論とは確実にズレている。

世間は真理では動かない。それは概《おおむ》ね雰囲気で動く。だがその無責任な世間こそが正論を吐《は》くことも多い。だがそうした世論は、どれだけ正しくとも正しいだけだ。世間は社会を動かせない。

敦子は暗澹《あんたん》たる気持ちになる。

何かに不満がある訳でも不安がある訳でもない。自分の立ち位置が定まらないことが、牴牾《もどか》しいのである。

ここ数日、そんなことばかり考えている。

上の空ですなあと益田は云う。

「あれですか、その、最近はあれ、原水爆禁止的なもんを取材してる訳ですか、敦子さんは」

ええまあ、と曖昧に答えた。

話がでかいなあと云って益田は新しい団子を弄《もてあそ》ぶ。

「深刻な問題ですしねえ。爆弾なんざ、ないにこしたことはないんでしょうが、あの原子マグロってなあどうなんです？　放射線症が感染すると云うのはデマだと知ってますけども、魚なんかはいかんのですか」

第五福竜丸の被曝を受けて、当該海域で獲《と》れた鮪《まぐろ》を廃棄する処置が取られた。それらは原子マグロ、原爆マグロなどと呼称され、騒動にもなっている。

「本当に放射線を浴びた魚であるなら、食用にするのは危険だと思いますけど——程度にも依るんじゃないですか。鮪に関しては風評被害も多いと聞きますし。きちんと検査することが肝心だと思います」

つまらない回答だと思うが、本当だ。

世間は一時期、鮪自体が毒だとでも謂うかのような論調だったのだ。

世間の吐《は》く正論は、時に行き過ぎて暴走する。

マグロは旨《うま》いですからねえと益田は上滑りした感想を云う。多分、益田もそうした社会問題に就いて深刻に考えてはいるのだろうし、一家言持っているのだと思う。しかしそれを敦子なんかに開陳することに意義を感じていないのだろう。

「まあ、それに較べれば僕の話は、その、何だ、小さいですよ。原水爆問題に比するに、屁《へ》みたいなもんです。でもですね、僕にしてみりゃ屁は屁でも、ただの屁じゃなく、河童の屁ですよ」

「意味が解りませんよ」

殺人的に臭《くさ》い訳ですと益田は云った。

「また——そんな」

「とことん下品ですよ。屁だの屁だの。でもそう云う感じの話なんですから仕方ないです。で、まあそのマグロも無関係じゃないんです」

「え？」

「合羽橋の三芳さんに模造金剛石の制作を依頼した河童寺の裏に住んでた久保田さんはですね、その、今回の原子マグロ騒動で職を失った人でもあるんです」

「そうなんですか？」

そう云えば千葉で漁業をしていたと云っていたか。

「隻手ですし、遠洋漁業船に乗ってたってこたあないんでしょうが――いや、どんな仕事をしてたのかまでは知りませんけど、ほら、マッカーサーラインが廃止されたんで遠洋漁業の業績は伸びてる訳でしょう。これからって業種ではあるでしょうよ。それに、まあマグロは高価ですからね。儲《もう》かる。それが今回の騒動でもって、どかどか廃棄してるでしょう。影響はあちこちに出ますよ。魚河岸だって小売り業だって、大迷惑ですわ。敦子さんの云う通り、ちゃんと調べればいいんでしょうけど」

調べたって信用しませんやねえと益田は云った。

「怖いったら怖いんですから。でも、ソ連やらアメリカやらをどうにかしようったって、その辺の一般人には何も出来ない訳で、だからマグロ辺りに照準を合わせるんでしょうなあ。まあ、放射能の雨も降ろうってご時世ですから、風評も誤解も広がる訳で、一概にいい加減にしろとは云えませんがね。でも、それで生活が変わっちゃう人もいるんですわ」

変わっちゃったんですよ久保田さんはと益田は一瞬陰鬱《いんうつ》な表情を見せた。

「それで失業しちゃって、路頭に迷ったんです久保田さんは。そこで、まあ思い付いたのが——模造宝石の一件で」

「判らないではないですけど、模造宝石を作ってもどうにもならないんじゃないですか？　本物と偽って売ると云う訳じゃないんでしょう？」

そんなこたぁしませんと益田は云った。

「いくら何だって、そんなもの売ったらすぐに足が付きますって。食品模型のマグロは能《よ》く出来てますけどね、でも間違っても喰《く》わんでしょう。どんなに精巧に出来てても、触った途端に判るでしょ。喰ったところで口に入れればすぐ判りますわ。蠟ですからねえ。宝石だって変わらんですよ。見た目で違いの判らんような素人に売り付けたところで、まあ手にした段階ですぐバレるでしょうしね。それ以前に、三芳さん曰《いわ》く久保田さんは根が善人なんだそうですわ。ですから」

「その、悪い仲間が持っている本物と掏り替える——って話なんですよね。そこまでは判るんですけど、掏り替えた後、どうするんです？　本物の方を売ると云う話じゃない訳ですよね」

「ですから」

持ち主に返すと云う話なんですよと益田は云う。

「何だか判りませんけど警察沙汰にしたくない身分の高い人に、返還すると云うんですね」

「それ、親切ですよね？」

「親切ですねえ」

「親切は生活の足しにはならないですよね？　その久保田さんは、失業して暮らしに窮した揚げ句その模造品の工作を思い付いたんですよね？」

「目先の金よりも恩を売りたいと云うことですよ。なんせ元の持ち主は」

高貴なお方——か。

「つまり恩を売ればその元の持ち主が何かと便宜を計らってくれる筈だと、そう云う算段ですか？」

そうだったんでしょうねえと益田は団子の串を咥《くわ》えたまま往来の方を見た。

「違うんですか？」

「違わんのですが、そう巧くはいかなかった訳ですよ。三芳さんが依頼を受けたのが一月《ひとつき》前。でもって何とかかんとか拵《こしら》えて、久保田さんに渡したのが半月前。代金は出世払いと云うことでして、礼金として五十円貰ったそうですな。こりゃ、原価割れです。で、まあそれから一週間くらい後、久保田さんが——」

死体で発見されたんですと益田は云った。

「発見と云う以上は、変死――なんですね？」

「殺人事件ですよ」

益田は鞄《かばん》から折り畳んだ新聞を出した。

「千葉の、大多喜《おおたき》町と云う処らしいですね」

「大多喜？」

敦子が取材に行く筈だった場所の近くである。

「まあ、扱いは小さいです。この段階ではただの水死でしたからね。余りにも暑いので川で泳いで溺《おぼ》れたんだろうってなことが書いてある。でも、まあ三芳さんにしてみりゃあ吃驚《びっくり》仰天ですよ。三芳さんはそもそも、模造金剛石なんて不埒《ふらち》なものを作ってる訳で、そりゃ戦戦兢兢《せんせんきょうきょう》ですよ。何せ三芳さんも善人ですからね」

どんな依頼で制作したにしろ、模造品は模造品なのである。食品模型や病理模型と違って、模造宝石となれば犯罪に利用される可能性も高いだろう。制作者として品物の行方は気になるところだろう。

「で、まあ三芳さんは煩悶《はんもん》して、警察に行ったんですわ」

「行ったんですか。じゃあ」

「はあ、で、行った途端に身柄拘束されちゃったそうなんですよ」

「逮捕された――と云うことですか？」

「逮捕じゃなくって重要参考人ですわ。いつの間にか殺人事件になってた訳ですよ」

「事故死ではない、と？」

「ええ」

尻が出ていた訳でと益田は云った。

「益田さん――」

「いやいや、これは冗談じゃないですから。何度も云ってるじゃないですか。尻は避けて通れないんです。品のない事件なんですって。いいですか敦子さん、被害者の久保田さんは川で発見された訳ですが、下半身が露出していた訳ですな。かなり流されたようだったので、どっかに引っ掛かって脱げちゃったんだろうと、まあ普通は思います」

「違うんですか？」

「違うみたいですね。久保田さん、ズボンは完全に脱げちゃってたんですが、下穿《したば》きは残ってたようでして」

「そう云うことだってあるんじゃないですか？」

「はあ。しかしですな、そのやや上流でズボンは発見されてましてね。久保田さんは片腕でしたから、バンドだの紐《ひも》だのだと着脱が不自由なんですな。それで、ゴム紐のズボンを穿いてたようなんですが」

益田は腰を浮かせ、体を捻《ひね》った。

「この、背中の下の、腰の辺り——真後ろですな。ここでゴムが切断されてた。引っ掛かって千切れちゃったとかじゃなく、刃物でスッパリ切られていたらしい。こりゃ久保田さん本人には到底出来ないことで。いや、出来るかもしれないけど、する意味がないすね。警察の見方では、こう、水死体のズボンを脱がせて尻を出そうと——子供にお仕置きするみたいにですな、まあそうしようとしたんだけども、ズボンもゴムも濡《ぬ》れてて巧く出来ない、そこでゴムを切ってですね、何とかこう、尻を出したんではないかと。で、猿股《さるまた》も半分くらい脱がして、その状態で川に流したんだろうと」

「何でです」

知りませんと益田は即答した。

「ズボンの方は水を吸えば重くなりますし、ゴムも切れてますからね、流されてる途中で脱げちゃった。猿股はちょい下ろしされてただけだったから、まあ腿《もも》の辺りまでズレて残った——そう云うことじゃあないのかと」

「ですから、どうして」

「知りませんて。酒落《しゃれ》じゃないですよ。お尻が観たかったとしか思えませんがね。お尻が好きだったんじゃないですかね？　犯人は」

そうだったとしても、殺人と断定することは難しいのではないか。

「死んだ人の衣服を切ったり脱がせたりするのは犯罪なんですか？　脱がせて持って行ったなら窃盗になるんでしょうけど、切っただけなら——器物損壊ですか？」

「知りません」

「事故死でないとしても、自殺かもしれないじゃないですか。死体遺棄や保護責任者遺棄致死と云う可能性もあるでしょうし、そんなことだけでは殺人事件と断定することは出来ないと思いますけど」

もうひとつ出たんですよと益田は云った。

「何がですか？」

「お尻です」

「お——」

「同じ川でしたっけね。ええと、丁度、三芳さんが警察に出頭したその日のことですよ。今度はもっと上流——って書いてあるけどこれは別な川じゃないですかね？　川の途中で名前が変わってるのかな」

何と云う川か尋くと、こっちは平沢川《ひらさわがわ》ですと云う答えが返って来た。

「じゃあ、久保田さんのご遺体が見つかったのは夷隅川ですか」

「そうです。能《よ》く判りますなあ」

「夷隅川の水系は複雑なんです。蛇行しているし」

それも——敦子が取材に行く筈だった辺りだ。取材に先駆けて地図を確認していたのである。

「その川のですな、何か洲《す》みたいになってるとこに打ち上がったんですよ、遺体。被害者は——廣田豊《ひろたゆたか》さん。五十歳。金属加工業と書いてますが、何でしょうな。この人も尻出して溺死《できし》です」

「ズボンが脱がされていたんですか？」

「半分ね。廣田さんの場合は脱げてなくて、膝《ひざ》の辺りまで摺《ず》り下がってるだけだったようです。ま、猿股も同様に」

おケツ丸出しには違いないですねと益田は余計なことを云った。云わずとも判る。

「そう云う情報は新聞に書いてないですよね？」

「まあケツ丸出し連続水死事件じゃ見出しとしちゃ品性に欠けますしね。さっきも云いましたが、臀部と云い替えても大差はないです」

そう云う意味ではない。

「連続殺人事件と云う報道がなされてない、と云ってるんですけど」

「あ、それは三芳さんに聞きました」

「それ——怪訝《おか》しくないですか？　警察が被疑者にそんな情報を与えますか？」

被疑者じゃなくて参考人ですと益田は云う。

「丁度、三芳さんが出頭した時に、廣田さんの事件の連絡が入ったらしいです。二番目のケツ出し事件」

「ですから──」

「いやいや、最初は単なる情報提供者として話を聞いていたようです。でも、三芳さんは先《ま》ず状況が判らない訳ですから、情報提供と云うよりも、寧《むし》ろどうなってるか尋ねに行ってる訳です。そうなら、担当の署に連絡も取るじゃないですか。まあケツの話はしますでしょ。そうこうしているうちに、ケツ出しはもう一件あるぞ、と云う話になる訳で、こりゃ殺人、しかも連続じゃないのか──と云う運びになったようですな。その、廣田さんも」

益田は背中の腰の辺りに再び手を遣《や》った。

「バンドがですね、この、久保田さんと同じ、腰のとこでスパっと切られてたようなんですよ。理由はどうであれ誰かが尻を出したってことですから、こりゃ無関係とは思えないですね。そうしてみると、怪しいですよ、三芳さん。挙動不審な食品模型職人ですよ」

「つまり、最初は三芳さんの方が経緯《いきさつ》を尋いていて、それが段階的に事情聴取、身柄拘束、取り調べに移行したと云うことですか？」

まあそうですすねと益田は答えた。

「拘束と云うのは三芳さんの表現ですが。別に縛られたり牢屋《ろうや》に入れられた訳じゃあないです。まあ、警察署に行って帰るなと云われれば、そう思うでしょう。微妙に疚《やま》しさも抱えてる訳だし」

「そうだとしても——です。益田さん、詳し過ぎる気がするんですけど」

「そこはそれ。蛇《じゃ》の道は——ってやつです」

益田は去年の春まで旧国家地方警察神奈川本部に勤めていた。刑事だったのだ。

先月、改正警察法が施行され、警察組織が全面的に再編された。

国家行政組織としての警察庁が発足し、国家地方警察と自治体警察は廃止、代わりに都道府県警察——東京のみ名称は警視庁——が地方組織として置かれた。都道府県警の上層部は国家公務員となり、国家公安委員会の下《もと》に取り敢《と》《あ》えずの一元化がなされたのである。人事も刷新されたのだろうが、現場の職員まで入れ替わるようなことはなかった筈だ。

それなりにコネクションがあるのだろう。

「まあ、犯人ならのこのこ出頭して来る筈もないです。自首したと云うんなら別ですが。でもまあ、時機《タイミング》が良過ぎたんですね。当然コイツ何か知っているかもしらんと云うことになって、執拗《しつこ》く訊いただけだと思いますけどね」

僕が担当でもそうしますと益田は云った。

「とは云え三芳さんには動機もないし、確実な不在証明《アリバイ》もあった訳で——作業場で中華蕎麦《そば》の模型かなんか作ってたんでしょう、朝から晩まで。ですから勾留《こうりゅう》されるようなことはなかった。それだって三芳さんにしてみりゃ大ごとですよ大ごと。知ってることは洗い浚《ざら》い喋って、それでもって恙《つつが》なく解放はされたと云うものの、釈然としないでしょうに」

それは——そうだろう。三芳と云う人にしてみれば、自分が関わっていることだけは間違いないようなのに、何が何だか判らない——と云うことになるのだろうし。

慥《たし》かに聞いている限り、事件の総体も、様相も、皆目見当が付かない。

それなのに、人だけは二人も亡くなっていると云うのである。

益田は何故か胸を張った。

「そこで、我が薔薇十字探偵社の出番、と云うことになった訳ですよ」

そうだとして。

「それで探偵の出番と云うのも少少不自然ですよ。一体何を探るんです？　犯人ですか？　だとして何の犯人です？」

「うーむ」

益田は前髪を搔き上げた。上げてもすぐに垂れる。

暫《しば》し考えて、模造宝石の行方——ですかねと益田は云った。

「つまり尻宝珠の男の所在と云うことになるですよ。即ち、犯人と云う」

それは短絡ではないのか。

「それ、久保田さんが三芳さんにした話を鵜呑《うの》みにしているだけですよね？　模造宝石の使い道だってかなり嘘っぽいし、刺青の男が実在するのかどうかも怪しいし。二人目の水死者——廣田さんですか？　その人との関連に至ってはまるで判らないんですよ。それらを、不確かな話だけで結んでも、何も見えては来ないですよね？」

視界は無ですよと益田は云った。

「だからこそこうして敦子さんに相談してる訳で、その辺りはご理解戴きたいとこですよ。お蔭様で、僕の身の周りにはこんな訳の判らん話を読み解ける程に聡明《そうめい》な人物はただの一人もいないんですよ」

「じゃあどうして引き受けたんです？」

「いや、断り難《にく》いですよ。僕《ぼか》ァ小心者ですからね。武蔵野《むさしの》の事件で関わった人形師の紹介だったんです。ほら、絞殺魔事件の時の杉浦《すぎうら》さんとおんなじで——」

どうも、ここ数年のややこしい事件の数数が、ややこしい人脈を築きつつあるようである。その点に関しては敦子も感じていることだ。敦子が最近親しくしている呉美由紀は、女子高校生である。考えてみれば普通に暮らしていて突然そんな齢《とし》の離れた友達は出来ない気がする。

「まあ、その、依頼人であるところの三芳さん自身が五里霧中な訳ですから、依頼の内容も曖昧でですね、僕も同じく五里霧中です。合わせて十里霧中です」

「それは充分に解りましたけど」

私の出番はないですよと敦子は云った。

「いや、霧を晴らして貰おうと」

「無理ですよ。そもそも、その水死体と模造宝石の間に因果関係があるかどうかが判らないんですよ？　久保田さんと三芳さんは幼馴染みなんでしょうけど、その廣田さんはどこから出て来たんですか？　本当に殺人事件だったとしても、模造宝石との関わりはないかもしれませんし、あったとしても警察が――」

「ちょいと」

突然背後から声がしたので敦子は肩を竦《すく》めた。しかし振り向くより先に益田が立ち上がった。

「すいません。申し訳ない。声が大きかったですか。尻とか云い過ぎましたか。ごめんなさい」

益田は前髪を揺らし乍《なが》らぺこぺこと頭を下げた。

「そうじゃないよ。何だか卑屈な男だねえこの人」

声の主は背後から移動し、敦子の横に立った。

前掛けが見えた。益田はそれを上目遣いに追い、それはまた申し訳ないと意味の判らない謝罪をした。

「あのね、あたしは元来、客の話を盗み聞きするような下衆《げす》な真似は好かないんだけどもさ」

「き——聞こえましたね。尻だのケツだの連呼しました僕は。甚《はなは》だ申し訳ない」

「あのね、聞こえたって聞こえない振りするしさ、聞こえたもんは右から左で忘れるよ。それが客商売の心得だろ」

実に見上げたお心得ですと益田は畏《かしこ》まって云った。

「だ、団子屋さんの鑑《かがみ》です」

「ちょいとお嬢さん。あんたの連れはどっかの螺子《ねじ》が緩んでるのかい？」

そろりと見上げると、悩ましげな表情の婦人が敦子に視線を落としていた。この店の女将《おかみ》なのだろうが、予想していたよりもかなり若い。敦子のことをお嬢さんなどと呼んでいるが、齢は然《そ》う変わらないのではないか。

「あのね、そうじゃないのさ。聞き捨てようと思っても聞き捨てられないって話だったんだよ」

「はあ。許しては戴けないですか？　その矢張り尻は」

「執《しつ》ッ拗《こ》いねえ、この表六玉《ひょうろくだま》は」

女傑が何か云う前に、サチエ、サチエと呼ぶ声がした。

顔を声の方に向けると、調理場――団子屋でもそう呼ぶのかどうか敦子は知らないのだが――の玉暖簾《たまのれん》を持ち上げて不安そうに男がこちらを見ていた。

「おい幸江《さちえ》、お客さんに因縁なんか付けるもんじゃないよ」

「誰が因縁付けてるのさ」

「だって幸江」

「だって幸江ェじゃないだろ。あたしを誰だと思ってるんだね。こう見えても仲村屋《なかむら》の三代目だよ」

「でも」

「でもじゃないよ。婿養子のお前さんなんかに何が判るんだい。この仲村屋はこの仲村幸江さんで保《も》ってるんだ。客あしらいは任せときな。お前さんは裏で美味《おい》しい団子作ってりゃいいんだよ」

益田は最敬礼し、団子美味しいですと云った。

「何なんだいあんた。大体あんたの態度が悪いのさね。あんたが怯《おび》えた声ばっかり出すからうちの宿六が勘違いしちゃったじゃないか。違うから。ほら、お前さんはすっ込んでな」

養子の主人が暖簾の奥に消えると、三代目は空いている椅子に座った。

尤《もっと》も、いつの間にか客は敦子達しかいなくなっていた訳だが。

「あたしはね、尻だのケツだのに怒ってる訳じゃないんだから」

「でも、お客が」

「尻ぐらいで来なくなるような客は要らないよ。うちの団子は美味《うま》いんだ。あの宿六は、客あしらいは下手だけど団子作らせりゃ東京一だからね。そんなことはどうでもいいのさ。あのね、あんた。その久保田ってのはそこの」

「ええ。合羽橋の、河童寺の裏に昔住んでた久保田さんですよ――」

合羽橋ってのは河童と関係あるんですかねと、益田は余計なことを敦子に向けて尋いた。

「関係ないです」

「関係ないんですか？」

「雨具の方の合羽だと思いますよ」

「でも河童寺の方はどうなんですか？」

「そりゃあんた」

幸江が割って入った。

「私財を抛《なげう》ってここら一帯のために灌漑《かんがい》工事した合羽屋喜八《かっぱやきはち》に因《ちな》んでるんだよ。地名も。お寺も。曹源寺さんには喜八さんの墓もあるんだよ」

うと云った。

「だから合羽さ」

話が咬《か》んでいない。敦子は知っていたのだが教えたくないので再度関係ないでしょ
「じゃあ河童は？」

「え？　だって河童の」

「それはこの事件とは関係ないでしょう、と云ってるんですけど」

こりゃまた失敬と益田は戯《おど》けた。

このお嬢さんの云う通りだよと幸江は云って、益田を睨《にら》み付けた。

「あんたね、なってないよ。他人の話の腰を折る奴ってのはいるけど、自分の話の腰を折り続ける奴なんていやしないからね。あんたの話の腰は折れっ放しだよ。彰ちゃんも、悠ちゃんも、子供の頃からうちには能《よ》く来てたんだから」

「あ、彰ちゃんてのは三芳さんですね？」

「悠ちゃんは久保田だよ。だからさ、そう云う話は私に尋くがいいのさ。余程霧は晴れるんだ」

「お」

恐れ入りましたと益田は頭を下げた。

「恐れ入谷《いりや》の――いや浅草だから観音様ですかね。お礼にお団子をもうひと串――」

それが腰折りだよと女将は云った。

「あのね、あんたの話ってのはいちいち出鱈目《でたらめ》な進みだけどもさ、ただ一つ、彰ちゃんも悠ちゃんも善い人だってとこだけは中《あ》たってるね。二人とも根は真面目だし、お人好しだ。子供の頃から騙《だま》され易かったしね」

「幸江さんも幼い二人を騙したりしましたか」

「巫山戯《ふざけ》るんじゃないよ。あたしはね、あの二人より齢下《とし》だって。見て判らないかねこのおたんこなすは。二人とも三十越してるだろうが。あたしは未《ま》だ二十九だよ」

「ひゃあ」

幸江は先程の敦子同様、肩を竦めた。

「お嬢ちゃん、あんたらどう云う間柄か知らないけど、これだけは彼氏にしちゃあ駄目さね。まあ、兎《と》に角《かく》聞きな。あのね、彰さんはね、仕事は転転としたけど、今はその、天職見付けてコツコツやってんだよ。でもね、悠介さんはさ、一時期グレちゃってね。千葉の方に行ったのだって、ありゃ家出だもの。ご両親はずっとこの辺に住んでて、空襲で亡くなったんだから。B29がさ、もうドカドカ焼夷弾《しょういだん》だの落として丸焼けだよ。うちだって焼けたんだ。命は助かったけど、久保田さんとこはやられたんだよ。悠ちゃんはそんなこと知らないからさ、復員して来て吃驚《びっくり》さ。後悔先に立たずだ。そうそう、あんた、さっき傷痍軍人とか云ってただろう？」

「はあ。腕が」

腕はあったよと幸江は云った。

「復員して来た時、腕は両方付いてたね」

「つ、繋《つな》がった？」

「何がさ。腕がかい？　柿の木じゃあるまいし接《つ》いだって繋がるもんかね。だから傷痍軍人っての嘘だね。だってうちに来たものさ復員後。その、何だか悪そうなの連れて。まだバラックで営業してた時だったけどねえ。あれは――そう、同じ部隊にいた、何とかって云う男だったけども」

「そ、それですよ」

益田は腰を浮かした。

「し、尻に」

「また尻かね」

「尻に宝珠の刺青ありませんでした？　その人」

幸江は一瞬黙った。

益田も黙って見返した。

「あのね、あんた底抜けに馬鹿だね。どうやったら客の尻なんか見られるのさ。三社《さんじゃ》祭《まつり》の連中だって猿股くらい穿いてるよ。そいつらは復員服だったよ。それで――」

幸江は反っくり返ってメイちゃあん、と呼んだ。

奥から店員らしき女性が現れた。

「あ、これは姪《めい》」

「あ、姪御さんをメイと呼ばれる。新鮮ですなあ」

「あのさ、お嬢ちゃんの連れは、いちいち馬鹿だね。これはうちの宿六の兄の娘。名前が芽生《めい》なのよ」

入川《いりかわ》芽生ですと云って店員は頭を下げた。

「あんたさ、覚えてないかね。ここ建て直す前だから七年くらい前。ほら、復員して来た悠ちゃんがさ」

「亡くなった久保田さんですか？」

いいから座んなよと幸江は椅子の座面を叩いた。

「あんた、あの頃まだ十五六だったかねえ。ほら、悠ちゃん、悪そうな友達連れて来てたよね」

「ええと——」

芽生は人差指を唇に当てて、小首を傾げた。

「まだ怪我される前ですよね」

「怪我？」

「ほら、腕を吊《つ》ってましたよね？」

「すると、久保田さんが右腕を失われたのは――」

「いやいや、あれは仮病――病気じゃないか。なら、嘘の怪我だよ。偽物の傷痍軍人演《や》ってたんじゃないかね。ホントに怪我してたんだとしたって戦争でやったんじゃないさ。その連中と悪巧みして、それで何かやらかしたんだと――あたしは思ってたけどね。ねえ、芽生ちゃん」

「私、働き始めでしたから、能《よ》く覚えてます。久保田さんは――そう、最初は三人で何か相談されていて、それからあの、カッパの」

「河童？　合羽ですか？」

「慥《たし》か、水泳が上手だった――その」

「カッパのヒロさんでっしょう。あの、鑢《やすり》職人の」

幸江がそう云うと、芽生はそうそうと手を叩いた。

「あの、下谷《したや》のカッパさん。お祭りの度に三度笠《さんどがさ》に道中合羽で繰り出して来て、結局裸になって、頭から水被《かぶ》って、下手な踊りばっかりする、あの恵比寿《えびす》様みたいな顔した、ええと――子供等はカッパさんとか、三度笠のサンドさんとか呼んでたけど」

「廣田さんだわよ。それが」

「え？　な、亡くなられた廣田豊さんですか？」

益田は飛び上がった。

廣田さん死んじゃったんですかと芽生も声を上げた。

「そうそう。そうなんだってさ。だから聞き捨てられんて云ったのよ。だって久保田の悠ちゃんとカッパのヒロさんが相次いで亡くなったって話でしょうに」

「ええ。お尻出して」

尻はいいのよと幸江は云った。

「あんたね、こんな若いお嬢ちゃん前に、尻尻ってさ。うちの芽生だってまだ二十二だよ」

お蔭様で品がないですと益田は項垂《うなだ》れた。

「お嬢ちゃん、諄《くど》いようだけど絶対こんなのと付き合ったりしちゃいけないよ。芽生も覚えておきな。前髪が長くて目付きが卑怯そうな口数の多い男は、駄目だ」

「いや、その、まあ駄目なんですが、ええと」

「ヒロさんってのは、鑢の目立て職人さ。あれで結構いい仕事すんだよ。元は広島《ひろしま》の人で、地元で修業したそうだけど、ほら、原爆でやられちゃったろ。家族も家も、何もかんもなくして、こっちに出て来て、独り働きしてたんだ」

金属加工業と云う表現は間違ってこそいないのだが、随分と印象が違う。工場に勤めていると云う訳ではなかったようだ。

「見掛けるようになったのは終戦の翌年くらいからかね。自分はカッパだから合羽橋にゃあ能《よ》く馴染むなんて云ってたけどねえ。カッパったって、広島じゃあ水練でならしたかもしらんけど、こっちじゃねえ。浅草川で泳ぐ訳にもいかないでしょう」

「浅草川？」

「隅田川《すみだがわ》のこと。いくら泳ぐの好きだからって泳がんでしょうに隅田川で。泳いだっていいけどさ、それ、ただのお調子者だろ。でも水に入らないんじゃ、あんなのただの親爺《おやじ》だからね。泳ぎもしないのにカッパの二つ名はないだろ。だからカッパに掛けてさ、昔のやくざ者みたいな縞《しま》の合羽羽織ってさ。三度笠さ。またお祭りが好きなんだアレは。見た目気難しそうなんだけどねえ、まあ」

お調子者さと幸江は云った。

「あの人は、そんなに若くなかったし、臨時召集されたのが遅かったから――内地から出てないんじゃなかったかねえ。どっかに送られる途中で原爆が落ちて終戦になって、そのまんま兵役解除になったんだと思うわ。それで下谷に越して来たのも、だから戦後すぐだったと思うね。そんなだから悠ちゃんが復員して来た頃は――ここいらに来て一年か二年、てとこだったよね」

益田は敦子に顔を向け、繋がりましたよと云った。

「その、カッパさんが、悪巧みに参加した訳ですか」

「何の悪巧みか知らないけどさ。やってたよねえ？」

そうですねえと芽生は答えた。

「悪巧みかどうかまでは判りませんけど、何かの寄合みたいに熱心に相談してましたよね。穢苦《むさくる》しい男の人ばっかりで頭突き合わせて。眉間《みけん》に皺《しわ》寄せて、小声でごにょごにょと。お団子なんか食べやしないのに」

うちは酒出さないからねえと幸江は云った。

「でも相談が済んでから外で飲んでましたよ。何か、得体の知れないお酒を――」

芽生は外を見る。

「その辺で。今でこそ多少減りましたけど、その頃はこの辺の路上は全部酒場みたいなものだったし。歩くのに邪魔になるくらい」

「今だって六区の辺りなんかはおんなじじゃないさ。昼間ッからゴッロゴロしてるわよ、酔っ払い」

つまり。

それは、往来などでは軽軽しく口にすることが出来ない相談ごとだった――と云うことか。

「相談していたのは久保田さんと」

「柄の悪い男ども。名前はねえ。何ってッたかねえ」

「一人は――亀――何とかさんですよ、慥《たし》か。亀田《かめた》とか亀井《かめい》とか、違うなあ。でも亀は付いてました。あの、何だか目付きが落ち着かない、半笑いの人。叔母《おば》ちゃんの云う柄の悪い人と云うのは、む――いや、す」

あんた能《よ》く覚えてるねえと云って、幸江は感心したように首を捻った。ムですかスですかと益田は喰い付いた。

「む――思い出せないですねえ」

「いや、そこ大事なんです」

「いやあ。でも、四文字ですよ四文字」

「ムの四文字って何でしょうね。ム、ムシ、いやそんな名前はないすね。ム――村山《むらやま》とか村川《むらかわ》とかしか思い付かないなァ。ス、だとしても須田《すだ》とか須川《すがわ》とかじゃない、と云うことですね。じゃあ、その亀何とかさんと、ス何とかさんと、後に廣田さんが加わったと云うことですかね？」

「いや。もう一人いたね。ねえ芽生ちゃん」

「え？　カッパのヒロさんの他にですか？」

叔母と姪は揃って腕を組んだ。

「あ」

先に声を上げたのは姪の方だった。

「いた。一二回しか来ませんでしたが、あの、痩《や》せた人ですよね。か、川――」

何文字ですかと益田が尋いた。

「え？　さ――三文字ですね。かわた、かわい、川、かわせ、そう。かわせ、川瀬《かわせ》です。川瀬」

「凄《すご》いねあんた。そう云えばそんな名前だったかねえ。でもさ、その痩せた男が来るようになった途端に、何だかバタバタし始めて、それで来なくなっちゃったんだ。次に来た時、悠ちゃんは腕吊っててさ、傷痍軍人の恰好《かっこう》してたんだよ。あたしゃ吃驚《びっくり》してね。何だいあんたって尋いたのさね。そしたら、悠ちゃん怒ってると云うか、落ち込んでると云うか、暗い顔してさあ。東京じゃこんな恰好でもしなくちゃおまんまにありつけねえ、もう千葉に戻るから暇《いとまご》乞いに来たって。だから偽傷痍軍人だと思ったのさ――」

いや本当に右手の肘《ひじ》から先がなかったようですよと益田は云った。

「おや、そうかい。じゃあ何があったんだか、ありゃ何て云ってたかねえ。そう、そう云えば嵌《は》められたとか裏切られたとか、そんなこと云ってたと思うけども」

「嵌められた――ですか？」

「悪いことしたんじゃないのかねと云ったのさ。そしたらそうだね悪いことは出来ねえな幸坊、と云ってさ」

「サチ坊!」

益田が過剰に反応した。

「何サ。あたしはね、悠ちゃんより齢下なんだよ。この辺のおっちゃんはみんな幸坊幸坊って可愛がってくれたもんだよ。浅草小町とまでは云わないけど、この仲村屋の看板娘だったんだ。あんたみたいな卑怯そうな小僧に驚かれたくないよ」

お蔭様で卑怯者ですと云った後、益田は敦子に向けて判るもんですねえと小声で謐《ぼや》いた。

「いや、僕はホントに卑怯なんですわ。人を見る目がありますねえ幸江さん。実に鋭いです。僕はですね——」

敦子は手を翳《かざ》して益田の饒舌《じょうぜつ》を止める。

「その後、久保田さんは」

「多分、一度も来てないねえ。あ、カッパのヒロさんは毎年毎年、お祭りの度に騒いでたけどね。でも、まああんた何か悪事を働いたでしょとも尋けないからねえ。そのうちそんなことは忘れちゃったよ。あんたらの話を聞くまで完全に忘れてた」

「他の連中は?」

「見かけたことないね。ヒロさんだけだねえ」

「亀も、スとかム何とかさんも、川瀬さんも?」

「いやあ、そもそもねえ、あたしは誰一人名前さえ覚えてなかったからさ。その、亀かい？　亀、亀田？　亀山《かめやま》？」

「あっ。亀山亀山」

芽生が跳ねるようにして声を上げた。

「亀山さんですよ多分。いや、そうです」

「カメヤマ亀山、亀山と。字は多分、亀に山ですね」

益田が手帖《てちょう》に書き付ける。

「纏《まと》めます。久保田さんは若い頃にグレて家出、千葉で漁業関係の仕事に就いてそこから出征、復員後に浅草に戻って、復員して来たら空襲で実家は焼けていた、と」

「そうね」

「で、同じ部隊だったス何とかさんと、亀山と云う男とこの店で何やら怪しい相談を重ね、やがてそこにカッパのヒロさんこと廣田さんと、痩せた川瀬さんが加わった」

「そうだね」

「川瀬さんが加わった直後、何だか慌ただしくなって、五人はこの店に来なくなってしまった。その間何があったかは不明だけれども、次にこの店に現れた時、久保田さんは右腕を失っており、それで、千葉に舞い戻った、と」

「そうさね」

「それ、いつのことですかね？」

「そうだねえ。何があったか知らんけど、腕吊って暇乞いに来るまで、半年くらいは経ってたと思うけどねえ。手の怪我が本物だったとしても、怪我したて──って感じじゃあなかったからね。傷が塞《ふさ》がるのにそんくらいはかかるだろ？」

「復員は七年前──昭和二十二年ですね？」

「ああそうね。戦争から帰って来たのは二十二年の、夏前だったと思うけどね。春先だったかねえ。それで、半年くらいはこの辺で管巻いてて、何か仕出かして──仕出かしたんだろ、きっと。でもって姿が見えなくなって──そうさねえ。最後に来たのは翌年の、矢《や》っ張《ば》り夏だったかね」

「すると──昭和二十三年の夏、ですか。で、久保田さんはこの六年の間、全くこちらには音沙汰なしで？」

なかったねえ、と幸江は云った。

「それが最後」

「いや、来ましたよ」

「来たんですか、その──芽生さん」

「ほら、叔母ちゃん、あのさ、商店会の集まりがあったでしょう、先月。あの」

ああ、覗《のぞ》き魔覗き魔と幸江は云った。

「は？　覗き魔？」

「ほら、こないだ騒ぎになったじゃないよ。出歯亀《でばかめ》。あの男ばっかり覗く奴。陰間の覗き。あれさ、騒ぎの出元はこの辺なのよ。風呂《ふろ》だの雪隠だの覗いてさァ。それで寄合があってねえ。まあ、気を付けろったって気を付けようがないんだけどさ、うちは団子屋だし。だって団子屋だよ？　覗くったってねえ。宿六の尻視《み》られたって別に構いやしないからねえ。で、何なのさ」

「だからあの日。叔母ちゃんが寄合に出掛けてる間に久保田さんがひょっこり来たんですよ。最初は誰だか判らなかったけど、腕がなかったから、あっと思って。久保田さんは私を覚えていたみたいで。それで久保田さん、幼馴染みの三芳さんは、今もこの町に住んでるのか、って」

「それはいつです！」

「だから先月――」

「そうですかッ」

益田は一度腰を浮かせて敦子に向き直った。

「これで全部が繋がりましたよ。ねえ、敦子さん」

「全然繋がってないですよ」

「は？」

益田は勘違いしている。

慥《たし》かに久保田が仲間と共に何か良からぬことを仕出かしたことは事実なのだろうと思う。何をしたかは不明だが、その結果——仲間の裏切りらしきことによって——久保田は右腕を失うと云う大怪我を負ったらしい。

六年後、久保田は不審死を遂げる。

そして久保田と同じ不審死をした人物が——。

その良からぬことを仕出かした五人のうちの一人と思われる、廣田だった。

そこまではどうやら間違いない。

死ぬ前に久保田は幼馴染みの三芳に模造宝石の制作を依頼している。宝石の略取事件に関する何らかの工作に使用するためであった——らしい。

久保田が過去に犯した良からぬことが、その宝石の略取事件であった可能性はあるだろう。宝石の独占こそを裏切り行為と考えることも出来るだろう。

しかしそれは可能性に過ぎない。

二つを繋ぐ証左は何ひとつない。

「久保田さんの人と態《なり》や、復員してからの足取りなんかに就いては、こちらのお二方のご協力でかなり詳しいことが判明した訳ですけれど、でも三芳さんのご依頼に就いては——未《ま》だ能《よ》く判りませんよ」

いや、それ以前に敦子には依頼内容が解らない。

「私も概《おおむ》ね、事情と云うか、諸諸《もろもろ》のあらましは知りました。だからこれ以上脱線しないで、三芳さんの依頼を整理してみてください。そもそも益田さん、お知恵を拝借って云ってましたけど、今のところ私が役立つとは――思えないんですが」

ですから先《ま》ず尻ですと益田は云った。

「あの」

「ふ、巫山戯《ふざけ》てないですよ僕《ぼか》ァ。三芳さんは自分が拵えた偽物がどうなったのか、それが知りたいんですよ。最初は雲を摑むような話でしたが、ほら。久保田さんが良からぬことをしたのは本当っぽいでしょうに。それが宝石で、久保田さんが三芳さんに語ったところに依れば、猫糞《ねこばば》した宝石を独り占めした男と云うのは、尻に宝珠の刺青があると云うんですよ」

「それは聞きました」

「ですから、その男を捜す手立てをですね」

馬鹿じゃないのかねこの男はと幸江が云った。

「そんなもん、尻見せて下さいと頼んで回るしかないじゃないか。頼んだって尻なんか見せるかい。おケツを人に見せたがる奴なんかいないだろ。それこそ雪隠だの風呂だの覗くしかないでしょうがね」

「いやいや、銭湯で見掛けたとか、あるでしょ。自慢の彫り物なら、おケツだってこう、見せ付けるかもしれないし」

「なら尋いて回りなさいよ。尻尻云うのは得意なんだろ。尻見せて尻見せてと頼み廻りゃいいじゃないのさ。見付ける前に警察に捕まるかもしれないけどね。それ以外に方法はないよ。なら、このお嬢さんの知恵なんか借りなくて良いじゃないか。卑怯な上に馬鹿なのかい。それとも、それ口実に口説こうって肚《はら》かい。尻の話なんかで女が口説けるかね」

「いやいやいや」

益田は汗を拭《ぬぐ》った。

「何を云い出しますかねえ、この看板娘は。ただですね、その、漠然としていた尻宝珠の男がですね、今のお話で、亀山さん、スとかム何とかさん、川瀬さんの三人に絞り込まれたんじゃあないかと――」

「ですからそれは無根拠ですって益田さん」

名前と人数が知れたと云うだけで、それ以外の事柄は何ら解明されていない。関連性に関しては今に至って尚《なお》、不明としか云いようがない。精精《せいぜい》、関連していた可能性もある――と云うだけに過ぎない。

益田は不服そうに口を尖《とが》らせた。

「いやあ、関係あると思うけどなあ」

「関係あるなしを判断する以前に、その宝石略取事件って久保田さんが云っているだけで、本当にあったかどうかすら不明なんですよね？　少なくとも公にはなっていないと思いますが」

そこですかと益田は云う。

「どうですか。そう云う話、してませんでしたかね、久保田さんは。宝石がどうしたとか」

幸江と芽生は顔を見合わせた。

「宝石ってもさあ、ねえ。あたしらの暮らしにゃ無関係だからね。見たことないよ実物。蜻蛉玉《とんぼだま》みたいなものだろ？」

「いや、もう少少高級ではないかと。蜻蛉玉って寧《むし》ろビー玉に近いですよね。それにその、高貴なお方の宝石だそうですから、なら更に高級な気もします」

「高貴なお方なんて会ったことないよ。あたしも姪も筋金入りの平民だ。あたしン家《ち》はご一新前も後も、戦前も戦後もずっと団子屋――だと思うね。知ってるのは天皇陛下くらいだよ。勿論、お目に掛かったことはないけど」

「ああ」

――それか。

思い出した。

そうなら慥《たし》かに——だが、そんなことがあるか。

こんなですと云って益田は鞄から紙切れを引っ張り出した。

「これはですね、三芳さんが模造品を作る時に参考にした、設計図と云いますか、スケッチと云いますか、そう云うもんなんですけどね。久保田さんの云う通りに描いたもんだそうで」

紙にはデッサンのようなものが描き付けてあった。

「宝石は全部で五個。久保田さんの記憶を頼りに、平面図と立面図つうんですか、それを描いて、もう一丁おまけに斜めから見たような——流石に絵が上手ですな」

「彰ちゃんは器用だったからね」

幸江が覗き込む。

「指輪とかじゃなくって、石だけなのかい？」

「そうみたいですねえ。これ、実物大らしいですけども結構大きい気がします。金剛石ってのがどれくらいの大きさで、どんな値段なのか僕ァ知りませんけどね」

敦子も覗いてみた。

この絵——設計図なのか——が実物大なのだとすると、かなり大きい。

このサイズで、しかも金剛石だと云うなら、大変な値打ちものだろう。

敦子は宝石や装飾品とは縁がない生活をしている。綺麗《きれい》だとは思うけれども、欲しいとは思わない。身に着けようと思ったことなどただの一度もない。だが、相場くらいは知っている。

一カラット四十万から五十万。

一カラットは二百瓱《ミリグラム》である。

図面だけでは果たして何カラットあるのか判らない。

色や透明度、カットの仕方で値段は変わるらしいから、当然値踏みなどは出来ないのだが、数百万円か、場合に依ってはそれ以上の価値があるものではないか。

それが五つ――である。

これは。

益田は幸江と芽生の顔色を窺《うかが》い、それから敦子に縋《すが》るような視線を呉《く》れた。

「どうですかねえ。そうだ――その、七年前の悪巧みの時にこんな宝石の話、してませんでした？　何カラットとか金剛石とか、そう云う言葉聞いてないですか？　芽生さんは記憶力が良いみたいですから、何か覚えてませんか？」

「あたしの物覚えが悪いみたいな云い方だねえ」

「さ、幸江さんは最後の頼みの綱ですから最後に尋こうと思ってたんです。誤解しないでください。い、いや先に思い出して戴いても結構でございますよ」

適当な兄《あん》ちゃんだよこの人はさと云って幸江は呆《あき》れ顔になった。お蔭様で適当ですと益田は答える。

「どうです、敦子さん。ま、絵じゃ何ともですが」

——いや。

これは。

「益田さん、隠退蔵物資《いんたいぞうぶっし》ってご存じですか？」

「イン——何です？　印度《インド》象の仏師？」

「日本軍が戦時中に民間人から接収した物資です。占領軍が来る前に処分通達が出されたんですが、かなりの物資が有耶無耶《うやむや》のうちに闇に消えてしまった。政界に流れたとも謂われています。ほら、衆議院でも調査特別委員会が——」

「それが？」

「まだ大半は行方不明です。特に貴金属に関しては」

「貴金属？」

「銀座《ぎんざ》の宝石店に並んでいる宝石の多くが隠退蔵物資の横流し品だと云う噂すらあるんです」

「へ？」

電話をお借り出来ますかと云って敦子は立ち上がった。

「あります——よね？」

「あるよ。ほれ、帳場の横」

確認してみる必要はある。

兄か、或《あ》るいは事件記者の鳥口《とりぐち》か——いや、鳥口は今日、原水爆禁止署名運動全国協議会結成大会の写真撮影に行っている筈だ。敦子が依頼したのだ。取り敢えず『稀譚月報』編集部に電話してみた。日曜だが、必ず誰かはいる筈だ。

中禅寺《ちゅうぜんじ》君か、大変だ——。

出るなり、電話口の中村《なかむら》編集長は大声でそう云った。

3

「下品なお話ねえ——」

淳《じゅん》子《こ》さんは半笑いでそう云った。

南雲《なぐも》淳子は美由紀の母の姉の長女——つまり、従姉妹《いとこ》である。子供の時分は年に一二度会って遊んで貰《もら》ったりしていたのだが、家が引っ越してからは徐徐に行き来が途絶え、最後に会ったのは五六年前のことだったと思う。

美由紀より五つは齢上《としうえ》だったから、もう成人している筈《はず》だ。今は役場に勤めているそうである。社会人なのだ。

美由紀は、夏休みである。

今は、小さな旅行をしている。

実家のある木更津《きさらづ》に帰省して一週間。四五日はぶらぶらしていたのだが、早早にすることがなくなってしまったのである。

美由紀は、木更津にはそれ程縁がない。

近所には小学校時代の友人も幾人かはいるのだが、毎日毎日遊ぶ程親しくはなかったし、彼女達には各各今の友人関係があるから頻繁に誘うのも気後れしてしまう。勿論《もちろん》、宿題なんかはあった訳だが、ほぼ当然のようにそんなものは休暇後半にするものと決めていたから、美由紀の退屈は間もなく頂点に達したのだった。

だから、旅をしてみようと企《たくら》んだ。

旅と云っても日帰り出来るような距離であり、しかも未踏の地に行く訳でも観光地に行く訳でもなかった。美由紀は、ただ過去に向けた旅行がしてみたくなったのだ。

幼い頃――。

美由紀の家族は勝浦《かつうら》に住んでいた。

正確には興津《おきつ》町鵜原《うばら》と云う処である。

木更津へは父が会社を興《おこ》す際に引っ越したのだ。小学校に入って直《す》ぐのことだったと思う。中学は全寮制だったから、美由紀が木更津で暮らしたのはたった四五年のことである。悪い想い出は一つもないが、想い出の総量はそれ程多くない。

父は起業するにあたって祖父と喧嘩《けんか》したらしく、臍《へそ》を曲げた祖父とは表向き断交した。とは云え、父は欠かさず祖父への仕送りを続けていた訳だから、親子の縁を切ったと云うような話ではなかったようだ。

大きな確執があった訳ではないのだ。

祖父は住み慣れた土地で漁師を続けたかっただけなのだろう。だが、そもそも父が起業を決心したのも、祖父が漁師を続けられなくなったからなのだが。

祖父は、蘇我《そが》の友人を訪ねた際、千葉空襲に巻き込まれて足に怪我をしている。漁師は廃業せざるを得なかったようだ。しかし祖父には未練があったのだろう。去年まで意地を張って鵜原で独り暮らしをしていたのだ。

美由紀が去年まで入れられていた全寮制の女学院は、勝浦近辺にあった。近辺とは云うものの、そこは町からはかなり離れた山中であり、簡単に行き来出来るような距離ではなかったのだが。

どこか監獄めいたそこで、去年の春に連続殺人事件が起きた。

美由紀はその陰惨な事件で、親しかった友を失った。

疑われたり、責められたり、泣いたり喚《わめ》いたりした。

その最中《さなか》、美由紀は八年振りに祖父と再会している。

美由紀は大きくなったが、祖父は小さくなっていた。

小さい祖父は、酸鼻を極めた事件の渦中で翻弄《ほんろう》されていた孫娘の舫《もや》い綱となり、美由紀を確乎《しっか》り此岸《しがん》に繋《つな》ぎ止めてくれたのだった。

その事件を契機《きっかけ》にして祖父は意地を張ることを止め、美由紀の両親と同居することになった。だから、今は祖父も木更津に住んでいる。

生まれてから六年間暮らした鵜原とは、すっかり縁が切れてしまったことになる。学院も事件後、閉校した。勝浦辺りに行くことは、まあこの先もない気がした。用事はないだろう。

だから、行ってみることにしたのだ。

木更津から鵜原までは、房総西線《ぼうそうさい》に房総東線《ぼうそうとう》を乗り継いで行けば三時間も掛からない。早めに出れば午前中に着いてしまう。

車窓から海を眺めているうちに、あっけなく到着した。

祖父の住んでいた小屋はそのまま残っていた。祖父が集めた漂着物は——祖父は漁師時代、舟に寄り付く様様なものを拾い上げ、コレクションしていたのだ——引っ越しの際に殆《ほとん》ど捨ててしまったようだった。

家の中はガランとしていて、埃《ほこり》っぽかった。

家具など元元ないようなものだったたし、埃っぽいのも昔からだったような気もするのだけれど、矢張り人の住まぬ家と云うのは、蛇の抜け殻のように空虚なものなのだなと美由紀は強く感じた。

そこは家の形はしているけれどもう家ではなく、ただの柱と壁と天井と床に過ぎなかった。

入り口に、割れた貝殻が幾つか落ちていた。

家の中は埃っぽいのに外の土は湿っていた。

埋もれていた記憶の糟《かす》が浮き上がってくる。

序《つい》でにあの学院も見ておきたい気になった。

しかし学院までは距離がある。行けぬことはないが時間も掛かる。疲れるだけならそれでもいいが、戻る途中で夜になってしまうかもしれない。

それに、聞けば既に廃校になったそこは、年が明けて直ぐに取り壊しが始まっていると云う。ならば、もう粗方は壊されていることだろう。それなら空虚どころか廃墟《はいきょ》である。いや、もしかしたら更地になっているかもしれない。

そんなものを見ても仕方がない。

大体、建物が残っていたとしても、知人友人は疎《おろ》か、そこには誰もいないのではないか。誰かいたとしてもそれは工事をしている作業員だったりするのだろう。

それは最初から知れていたことだ。校舎の残骸《ざんがい》や掘り返された地面を眺めても、それで感傷に浸れる程に良い想い出がある訳でもない。

そう考えると行く気が失《う》せた。

で――。

美由紀は淳子の住む総元に向かったのだ。

気紛れではない。元元そのつもりだったのである。

子供時分に何度も行っている。木更津に移ってからも数回行った。最後に行ったのがいつだったか明確には覚えていないのだが、中学に入ってからは行っていない筈なので、最低でも四年、いや五年以上は足を向けていないと思う。

昔を懐かしむ——ような年齢でもないから、勿論いつぞやの河童《かっぱ》話の時に思い出した、河伯神社の存在を確かめたかったと云うのが直接的な動機である。と、云うよりも伯母《おば》の家なら泊ることが出来るから、数日は暇が潰《つぶ》れるだろうと云う目論《もくろ》みもあったのだが。

母に頼んで予《あらかじ》め連絡も入れて貰っている。

その昔は、先に手紙を出しておいたり、いつ何時《なんどき》に行くのでヨロシクなどと云う電報を打つなどしていたと思う。今は淳子の勤め先の役場に電話をすれば、電報など打たずとも連絡はつくのである。

時間を決めず、明日の午後に行くとだけ伝えて貰った。

毎日休みのお子様である美由紀は何も考えていなかったのだが、電話をしたのは金曜で、土曜は半ドンだから何とでもなると淳子は云ってくれたらしい。ただ、時間を伝えていないので出迎えて貰うのは無理である。駅からの道を覚えているかどうか不安だったが、まあそれ程広い村でもないから、行けばどうにかなるだろうと、お気楽に構えることにしたのだ。

鵜原と総元は、直線距離ではそんなに離れていないように見えるのだけれど、実はかなり遠くて行き難《にく》い。

鉄道で行こうとするなら、房総東線で大原《おおはら》まで行き、木原《きはら》線に乗り換えなくてはならない。つまり実家とは反対方向に進んで、ぐるっと大回りすることになる。更にそこから木更津まで戻るとなると、房総半島の外周を一周するような恰好《かっこう》になってしまうのだった。

それがまた面白そうだと思ったのであった。

房総東線の車窓からは、海ばかりが見える。

木更津から乗った房総西線も一部を除けば海岸線をなぞるようにして走っているから、まあ海ばかりが見えていた。

窓から吹き込む風も磯《いそ》臭い。美由紀は海が好きだからまるで気にならなかったのだが、飽きないかと問われれば飽きるような気もする。東京の電車のように街中を走るよりはずっと好《よ》いと思うけれど。

でも、木原線に乗り換えた後は様子が変わった。

木原線と云う線名は、木更津の木と大原の原を繋げたものだそうだ。本来はその名の通り木更津と大原を結ぶ路線となる予定だったと云う。結局、木更津までは通じていないのだが、もし通じていれば房総半島の根本を横切るようになっていた筈だ。

内陸を走っているのだから、当然海など見えない。

線路の横には花があって草があって、その先には木が生えている。森と、山も見える。後は空だ。

それで、町はあんまりない。

草深いと云うのか。

海辺の町と、監獄のような学校と、そして都会と、そんな場所にばかりいた美由紀には新鮮な情景だった。

何処《どこ》にも空はあるが、こんなに大きくない。草だって何処にでも生えているし、花だって何処にでも咲いているけれど、こんな、地べた一面が草花で埋め尽くされている場所はあまりない。

そう云えば、子供の頃に満開の菜の花を見て随分驚いたことがあった気がするが、それは総元に来た時の記憶だったかもしれないと、美由紀は思い至った。

その時の想い出は真ッ黄色である。

窓の外は右も左も草と木と空だった。

車中で母が作ってくれたお弁当を食べた。朝食を食べずに家を出て来たので、美由紀は恥ずかしいくらいにがっついて食べた。乗客が少なかったのが幸いだったろう。

そして。

眩《まぶ》しいくらいの深緑が止《とど》まることなく車窓を流れて行くのを呆然《ぼうぜん》と眺めているうちに、美由紀は東《ひがし》総元《ふさもと》駅に到着したのだった。

午後四時だった。勝浦を出たのが午後一時を過ぎていたと思うから、乗り換えを含めて三時間弱かかったと云うことだろう。

玩具《おもちゃ》みたいな無人駅である。

降車したのは美由紀一人だったから、暫《しばら》くホームに突っ立って、空気を吸ったり辺りを見渡したりした。

綺麗《きれい》な川が見えた。

――川だ。

ただそう思った。河童がいるんだとか――河童の謂《い》い伝えがあるのだ、が正しいだろうが――そう云う風には全く思わなかった。

西陽を映して綺羅綺羅《きらきら》していた。

駅舎――と云うか、小屋ですらないのだが――の前には何もない。

本当に何もない。人っこ一人いない。扨《さて》、右へ行ったものか左に行ったものか、全く勝手が判らない。何も覚えていないのだ。訪れた際の記憶が只《ただ》のひとつもない。美由紀は己のお気楽加減にやや愛想が尽きた。ところが。

駅の前に突っ立っているとひょっこり淳子が現れた。

美由紀は大層驚いたのだが、それは偶然でも奇蹟《きせき》でもなかった。到着時間を予想して迎えに来てくれたのだ。凄《すご》いと云うと、それ程本数がないからと云う答えが返って来た。

淳子は眼鏡を掛けたこと以外あまり変わっていないように感じたが、美由紀の方は大いに変わっていたらしく、淳子は頻《しき》りに大きくなった大きくなったと繰り返し云った。幼児なら喜ぶところなのだろうが、十五にもなって大きい大きい云われてもそんなに嬉《うれ》しくはない。でも、綺麗になったとも云われたから、まあ良しとすることにした。お世辞でも良しとしたい。

道道、河伯神社のことを尋《き》いてみた。

記憶は間違っておらず、字もあっていた。しかし河童とは関係ないと思うと淳子は云った。そもそも何で河童なのと不審そうに尋ねられたので、美由紀は連続覗《のぞ》き魔に端を発した女学生の河童談議の話をしたのだった。

「東京の女学生はそう云う話を平気でするの？」

「しませんよ」

「美由紀ちゃんだけ？」

「止《や》めてくださいよ。私はまあ、その手の話題も平気だと云うだけです。好んでそんな話はしないですよ。だって河童ですよ？」

「河童ねえ。いないからねえ」

「そう云う話になるまで頭の中に河童のカの字もなかったんですから」

普通ないよねと淳子は笑う。

「ないです。お友達はお尻《しり》と云う単語すら口に出来ないんですから、能《よ》くそんな話をしたなと思います」

「そうねえ。でも、河童は私も緑色だと思う」

ですよねえ、と美由紀はひと際大きな声で云った。

「この辺でもそうなんですか？」

「いや、だからこの辺ではあんまり河童の話聞かないのよね。親から聞いたこともないしね。父方の祖父母は私が生れた時には亡くなっていて、母方のお祖父《じい》ちゃんやお祖母《ばあ》ちゃんは、ほら、元元この辺の人じゃないから」

母方の祖父母は千葉市の出身だ。

「じゃあ矢っ張り河童はいないのかなあ」

「河童いないでしょ」

「そう云う意味じゃなくって。銚子の漁師さんには話を聞いたんだよね」

そのお尻を川に浸ける話かと淳子は半笑いで尋く。

「そんな習わしあるかねえ」

「そう聞いたんですよ私は。でも、まあ私も河童の話をお祖父ちゃんから聞いたことないし。でも——」

あんな立派な川があるのにねえと云って、美由紀は道の左右を見る。ホームから見た川は迚《とて》も綺麗だった。繁茂した木と、田圃《たんぼ》。川は見えない。

水音は聞こえる。

「あれ」

何だか妙だ。どうしたのと淳子が尋く。

「川って、こっち側ですよね？」

川の気配は左側にある。そうよと淳子は云う。

「そうすると、その川は駅のホームから見えた川とは別の川？　支流とかですか？」

「何云ってんの美由紀ちゃん。同じ川よ」

「だって流れの向きが」

車窓から眺めた川は線路と並行に流れていた気がする。

しかし美由紀の横を流れている川はそうではない。

曲がってるのよと淳子は云った。

「曲がってるって——そんな、突然九十度くらい曲がらなくちゃ、こんなにはならなくない？」

「だって曲がってるんだもの。夷隅川は、物凄く蛇行してるの。もう少し行くとまた反対側に曲がるわよ」

「そんなに？」

想像出来ない。

「鉄道も何度か川を渡って来た筈よ。あれ、みんな一本の川なのね。普通は線路が曲がってるんだろうけど、木原線のカーブはわりと緩やかで、川の方が曲がりくねってるのよ。因《ちな》みに、ちょっと判り難《にく》いかもしれないけど、上流は、向こうね」

淳子は駅と反対側の進行方向を指差し、それからぐるっと身体を回した。

「どっちが上流だか判らないですよ、それじゃあ」

「あっちこっちからぐにゃぐにゃに流れて来た渓流がそこここで集まって、それで一本になって、またぐにゃぐにゃ曲がりながら北に」

淳子はまた身体を回す。

「あなたが来た方ね。そっちに流れて、で、大多喜の辺りで東に折れて、また曲がり乍《なが》ら夷隅まで行って――」

で、海――と淳子は云った。

全く判らなかった。清花が云った通り、もう少し地理を勉強すべきかもしれない。

後で地図見せてあげるわと淳子は云った。

淳子の家で歓待を受け、それから伯父《おじ》と伯母に去年の事件のことなどをあれこれ尋かれた。隠すこともなかったから尋かれるままに答えたのだが、大層同情された。その後、寝る用意をしていると淳子がやって来た。淳子は苦笑して、ごめんなさいね嫌だったでしょうと云ってくれた。

別に嫌ではなかった。興味本位と云うところもあったのかもしれないが、伯母さんも伯父さんも美由紀のことを心配してくれてはいる訳で、それが判る以上は、嫌だなどとは思わない。その上淳子が気を遣ってくれているのだ。

全然気にしなくていいですと答えた。

蒲団《ふとん》の上で地図を見た。

本当に、どうやったらこんなにぐにゃぐにゃになるのかと云う程に夷隅川は曲がり捲《まく》っていた。しかも駅の前で本当に直角に曲がっていたので、美由紀は笑ってしまった。

「東総元の駅がここで、河伯神社はここよ」

指で示された場所はそれ程遠くない。

「明日《あした》行ってみる？　別に何にもないけど」

行きたいですと答えた。何もないのだろうが。

疲れていたのだろう。美由紀はすぐに眠った。

翌朝。

美由紀はかなり早く目覚めた。

親戚《しんせき》とは云え一応客待遇に緊張した所為《せい》かと一瞬思ったのだが、目覚めの気分は思いの外清清《すがすが》しく、早めの覚醒《かくせい》は寧《むし》ろ熟睡出来たお蔭《かげ》なのだと美由紀は思い直した。

宿舎はベッドだから、帰省した際に久し振りに畳の上で寝たことになるのだが、実家ではただ惰眠を貪《むさぼ》るだけで、只管《ひたすら》にだらだらゴロゴロしていただけな訳で、やっとちゃんと眠れたと云うことだろう。

蒲団を上げて、勝手に顔を洗っていると伯母が出て来てあらみいちゃん早いのねと云った。

美由紀のことをみいちゃんと呼ぶのは伯母だけだ。

「淳子はまだ寝てるわよ。起こそうか」

「いや、いいです。私はずっと休みだけど、淳子さんは週に一度のお休みでしょう」

「そうだけどねえ。子供の頃から寝ぼすけでね。今日は何処か行くのかい」

河伯神社に連れてって貰いますと云った。

「おやま。ただお社《やしろ》があるだけだけどねえ。お参りする人も少ないから、静かだけども、何もないよ。ずっと住んでるあたしだって参ったことがないからねえ。お祭りは十月だから」

どんなお祭りですかと尋くと、アラみいちゃん一度行ったんじゃなかったかねと云われた。

「まあ小さかったからねえ。覚えてないかもね。お祭りったってあんた、こぢんまりとしたものさ。子供神輿《みこし》が出てね、後は」

「お相撲――でしたっけ」

お相撲お相撲と伯母は笑った。

「まあ、覚えてるかね。みいちゃんが来た時お相撲あったかねえ。戦争でしてなかった時期もあったからね。子供も減ってるから。どうだったかしらね。あらやだ、こっちが覚えてないわ」

伯母はケタケタと笑った。

美由紀も見た記憶は全くないのだが、何故か覚えていたのだから、聞くか見るかはしているのだ。

朝食を戴《いただ》き、八時過ぎに出発した。

辺り一面の田圃がそれはもう青青としていて、空も抜けるように碧《あお》くて、もう目が眩《くら》む程だ。風に乗って木や草や水の匂いが通り過ぎる。潮《しお》の香りもしないし街の香りもしない。何処も彼処《かしこ》も瑞瑞《みずみず》しくて、まるで埃っぽくない。

いいとこですよねと云うと、淳子は眉《まゆ》を顰《ひそ》めた。

「本気で何にもないよ。見れば判ると思うけど。東京の学校に行ってるなんて羨《うらや》ましいよ。私、ずっとここよ」

「まあ、そうかもですが」

「でも、偶《たま》にならいいのかもね。二十年以上、毎日毎日おんなじ景色ばっかり見続けてると、もう今日だか昨日だか判らなくなっちゃうよ」

橋を渡った。

「この川も夷隅川なんですよね」

美由紀は足許《あしもと》に目を遣《や》る。

「そうなのよ。他の川は知らないけど、地図で見ると、川ってもっと真っ直ぐでしょう。この川、駅前であっちに曲がって、また曲がって、この下を通ってる訳よ。相当根性が曲がってるのよ」

「でも綺麗ですよ」

まあねえと淳子は云う。

「この一帯の田圃も、この川のお蔭であんなに青青してるんだし、文句なんか云ったら罰が当たる気がするけど。有り難い川ではあるのよね」

「水も透き通ってるし。東京の川って、こんな色じゃないですよ。多分、両岸に家が建ってるからだと思うけど。これなら河童がいたっておかしくないですよ」

「河童なんか泳いでたら丸見えじゃない」

「ああそうか」

そう云ってからもう一度川面《かわも》を見ると――流れて行く何かが遠くに見えた。

人っぽい。

「何だろ」

「何？」

「川で泳ぐ人とか――いませんよね？」

さあ、と淳子は首を傾げた。

暫《しばら》く進んで岐路《わかれみち》を左に曲がると、すぐに石造りの鳥居が見えた。

「あれが河伯神社。小さいよ」

「でも鳥居は立派ですよ。まだ新しいみたい」

「新しいと云っても大正時代に建てられたんだと聞いてるけど。社殿は五年くらい前に火事で焼けちゃって」

「やっぱり。じゃあ私――」

「美由紀ちゃんが最後にうちに泊りに来たのは戦後直ぐでしょう。九年前くらいだから、まだ古い社殿があった頃だと思うけど。私もまだ中学に上がったばっかりだったと思うから。でも、その時はここに来なかったと思うけどなあ」

――そうだっけ。

「お祭りは？　私、お祭り見たのかな」

「えー。その時は――やったのかな。覚えてない。その昔は賑《にぎ》わったんだと聞いてるけど、今はもう寂れた感じ。慥《たし》かに来たのは秋だったから、もししていれば見に来るくらいはしたかもしれないけど、日が違ったのか、いや、きっと何もしてないと思うよ。もっと前のことかな？」

じゃあ聞いただけなのか。

石段を四五段昇る。

もう一つ鳥居があって、鳥居の左右は柵《さん》のようなもので囲まれて一段高くなっていた。奥に社殿がある。慥かにまだ新しい建物だった。古びた感じはしない。

「お参りする？」

「どんな神様が祀《まつ》られてるんです？」

それは知らないと淳子は云った。

「村の鎮守みたいなものだと思うけどなあ」

「違いますよ！」

突然声がした。

柵と鳥居の間に何者かが立っていた。

「ここは、河伯神を祀ってるんですッ。元禄《げんろく》十三年十二月創建の古い神社ですよ。明治期に村社になってから、この辺の氏神《うじがみ》的に扱われるようになっただけですから。でも、元は河伯神です」

河伯神ですッとその人は捲《まく》し立てるように云った。

丸っこい人だ。ただ、額が長い。度の強そうな眼鏡を掛けていて、ポケットが沢山付いたチョッキを着ている。

神社の人かなと思ったのだが、どうも違う。

立派な写真機を二台も首から提げているし、おまけに大きなリュックサックまで背負っている。ヤミ米でも運んでいるのか。

「いいですか、河伯と云うのは大陸の神話に登場する神ですよ。白亀か、龍が曳《ひ》く車なんかに乗った神人か、または龍そのものか、或《あ》いは人面の魚の姿をしていると伝わる黄河《こうが》の神様ですよ。いいですか、黄河ですよ黄河」

その一風変わった人は、怒ったような口調でそう云い乍《なが》ら鳥居を抜けようとしたのだが、リュックがぶつかって少し蹌踉《よろ》けて、石段から落ちそうになった。

体勢を立て直してから石段を下り、美由紀の前まで歩み寄ると、眼鏡の奥のわりと凛凛《りり》しい眼を藪睨《やぶにら》みにして小さめの口をへの字にし——。

威張った。

「いいですか。河伯神社と云うのは他にもあるのです。宮城《みやぎ》県の安福《あふく》河伯《かはく》神社は有名ですよ。勧請《かんじょう》したのは日本武尊《やまとたける》ですよあなた。貞観《じょうがん》四年に官社になって、正五位です。いいですか、正五位ですよ。しかし祭神は速秋津《はやあきつ》比売神《ひめのかみ》なんですっ。これは水戸《みなとの》神《かみ》、つまり水門を司《つかさど》る神ではあるし、川に流された罪穢《つみけが》れを呑《の》み込んでしまう神でもあるのです。つまり、上流から流れて来た汚いものを海に排出しないために濾過《ろか》してくれる神ですよ。でも水神ではあっても河伯ではないッ。河伯神を祭神とする神社には、飛驒《ひだ》の荒城《あらき》神社がありますが、これは勘違いだったのですッ。これも、古い神社で、ずっと河伯神を祀っていると云われていたのですが本当は大荒木《おおあらき》之《の》命《みこと》だった。水神である彌津波能売命《みつはのめのみこと》も合祀《ごうし》されていますが、これだって河伯じゃないッ」

　男は小振りな鼻からフン、と息を吹き出した。

「高知《こうち》にも河泊《かあく》神社と云う神社はありますけど、字が違っていて、外泊の泊です。でも、まあ元は伯爵の伯だったと僕は思う。ただ、これは小さいのです。いいですか、全国に散らばる河伯を祀った社で、龍神の姿をお祀りしているのはここだけだったと思うんですッ」

　ないですよと男は叫んだ。

「ね？　ないでしょ」

「な、何がですか？」

「だから」

男は強い口調で云った。

「ここには龍神様の像があった筈ですよ。何故ないのですか。何処に行ってしまったと云うのです！」

「あの――」

あなた誰ですかと淳子が尋いた。

「えっ！」

何故驚くのか。この状態で名を問われたら普通は名乗るだろう。驚くのは美由紀達の方だと思う。

「ああ」

男は眼鏡を外し、布で拭《ふ》いてから掛け直した。

「僕は研究家ですよ」

「はあ」

「多々良《たたら》勝五郎《かつごろう》と云います。多い多いに良い子の良いに勝ち負けの勝つに数字の五に桃太郎の郎です。多々良。多々良勝五郎です。研究をしているんですよ、その」

神社のですかと淳子が尋くと、神社もですと多々良は答えた。

「研究対象は様様ですよ。森羅万象です」

「兎《と》に角《かく》何でも研究するんですか」

美由紀がそう云うと、そんな適当じゃないよと多々良は小鼻を膨《ふく》らませた。

「それより龍神の像ですよ。龍神。しかも女神だと聞いたんですよ、僕は。いいですか、本場の河伯は男神なんですよ。妻は黄河の支流である洛水《らくすい》の神で、これは妻と云うのだから女神ですよ。それかもしれないでしょ。そんな像があるなら是非覧《み》たいですね。覧るべきでしょうに！」

いや、そうなのか。

焼けてしまったと思いますよと淳子は云った。

「焼けた？　何故焼くんです」

「火事ですよ」

火事ッと叫んで多々良は頭を掻《か》き毟《むし》った。

「駄目じゃないですか。ねえ。こう云うものは重要な文化財ですよ。国が指定しなくたって、県が指定しなくたって護《まも》らなくちゃ駄目ですよ。ねえ」

「はあ」

判らなくなるでしょうと多々良は地団駄を踏んだ。本当にそうやって悔しがる人間を美由紀は初めて見た。

「ゆ、由来はどうなっていますか」

多々良は喰《く》い付くように美由紀に尋いた。知りませんと美由紀は答える。知る訳がない。

「何故知らないのです。地元の人でしょう。氏子《うじこ》が知らないでどうしますっ」

「地元じゃなくて旅行者です」

「えッ！」

私、地元ですと淳子が小さく手を挙げた。

「そ、そうですか、じゃ」

「知りません」

云い切る前に却下である。まあ、どれだけ好意的に捉《とら》えても、この多々良と云う人は態度も見た目も不審人物だと思うのだが、それでもそう簡単に割り切れないことも慥《たし》かである。変ではあるのだが、悪人とも思えない。愛嬌《あいきょう》やら愛想やらがあるかと云えばまるで逆で、口調も表情も怒っているようにしか感じられないのだが——そこが却《かえ》って良いのかもしれない。媚《こび》を売って来たら大概は敬遠することになる。

多々良は口角を下げたままの口を半分開けて、声にならない声を発した。

「本当に、知らないんですか？」

「この神社の氏子は、今は多分十数軒だと思います。うちはそんなに遠くないんですが、お祭りを見物に来る程度ですから」

「お祭りと云うと河童祭りですか？」

「いや、違うと思いますよ。河伯神社ですから。何処でもやってる、ただの秋祭りだと思ってましたけど」

そんな筈はないと多々良は憤慨した。

「折角こうして河童を求めて――」

「カッパ？」

河童です河童、河童ですよと多々良は云った。

「河童でしょ？」

「でも、河伯ですよ。ここ。河童じゃなく」

「河伯こそが河童の起源と云う説もあるのです。僕はその説に与《くみ》する者ではないですが、実際河童を河伯と呼ぶ地域もあるし、河童の尊称と捉えている人もいます。河伯が渡来して河童になったなどと云う単純な形は有り得ないにしても、無関係でないことは間違いない。僕は語源としては朝鮮語読みの河虎《かわこ》なんかの方を重要視していますが、それでもですね――」

判りました判りましたと淳子が諫《いさ》めた。

「判った？　判る訳がないでしょう。僕はもう何十年も研究していますが、まだ全然判りませんよッ」

「あなたが真面目に研究されているんだと云うことが判ったんですよ。それ以外は何も判りませんから。私達は何も研究してないです。だから何を聞いても何も判りません。その——」

淳子は美由紀をちらりと見た。何も云うことがなかったので、河童の研究をしていらっしゃるんですねと云うと、だから河童もですと多々良は威張った。

「河童って、その胡瓜《きゅうり》が好きで、お尻が好きな？」

「そうです。お尻が好きな河童です」

「色が——赤かったりする？」

「こ」

この辺でも赤いですかと多々良は興奮した。

「あ、赤いのは東北です。岩手だったかな？」

「ああ。岩手は赤いんです顔が。この辺はどうなんです」

「さあ」

こっちが尋きたい。

「緑色じゃないんですかねえ」

「それは標準的な河童ですよ」

「河童に標準があるんですか？」

「ありませんけどね。江戸の、黄表紙などに描かれた漫画の河童はまあ、そんな感じの色です。河童と云う呼び名も、思うに関東近郊の方言だった筈ですよ。河童小僧とか、川太郎《かわたろう》とかですよ。それが、そう云う絵と一緒に全国に広がって土地土地の伝承と混ざってしまっているんです。通じるだけでなく、混ざってる！　そのお蔭で、河童と云う呼称が標準語のようになってしまった。性質もそうです。このままではみんな均一になってしまう。それはいかんのです。本来的な土地との結び付きが――」

ねえ、と同意を求められた。

はあ、と答えた。

話が途中だから判りやしない。

「お皿とか甲羅も関東なんですか？」

「お皿はもっと広範囲です。甲羅は元元は西の方じゃないかと思いますよ。ただ、古い河童は毛だらけで皿もありません。関東でも」

「はあ。その、何だっけ。お尻の――玉？」

美由紀ちゃん、と淳子が袖《そで》を引く。

「尻子玉ですね！　それは抜きます。馬は引きます。尻子玉は抜きますよ」

「矢っ張り」

お尻なんだと美由紀は少し落胆した。

そこで。

センセイセンセイと呼ぶ声がした。声のした方に目を投じると開襟シャツを着た男性が走って来るのが見えた。一つ目の鳥居を潜る。

汗だくになっている。

「駄目ですね、誰も知りませんわ」

そう云ってから男は美由紀達に気付いて、あ、と声を発した。

「あのう」

「私達はただの通り縋《すが》りの者ですッ」

淳子は宣言した。知り合いと思われても困る。

男は多々良と美由紀達を見比べるようにして、それから眉根を下げ、あの、もしかしてご迷惑をおかけしてますかと尋いた。

「何でさ。僕はただお話を伺っていただけだよッ」

いや、主《おも》に話していたのはそっちだと思うが。

「あー。申し訳ない、私達は一応、その、雑誌の取材で来ておりましてですね、こちらは妖怪《ようかい》研究家の」

「ようかい？　って、何です？」

お化けですお化けと男は言った。

「えー、多々良勝五郎先生。決して怪しい者ではありませんから、誤解しないでください。私は、こう云う者で」

男はポケットから名刺入れを出すと、恭《うやうや》しく名刺を差し出した。

稀譚舎《きたんしゃ》／稀譚月報編集部・古《こ》谷祐由《たにすけみち》——。

名刺にはそう記されていた。

「ご存じかどうか判りませんが、『稀譚月報』と云う雑誌の連載企画に『失われた妖怪たち』と云う記事がありましてですね、こちらの多々良先生は、その」

「稀譚舎？」

「はい。その、決して」

「『稀譚月報』？」

「ええ。ですから、どのように思われたか存じませんけども、決して不審な者ではなくてですね」

「何さ。それじゃあまるで僕が不審者みたいじゃない。古谷さんさ、僕は不審じゃないですよ。だって、不審じゃなかったでしょ」

「ですから先生、この間みたいに誤解されては」

「あれは向こうが悪いんだよ。僕は単にあのお宮を調査しに入っただけじゃない。どうして泥棒になるの？　不法侵入っておかしいよ」

「いや、私有地ですから。と云うか個人宅の庭だったたし」

「ちゃんと断ったじゃない。ねえ」

「あの、『稀譚月報』って、中禅寺敦子さんが勤めてるところじゃないですか？」

中禅寺ィ、と多々良と古谷は声を揃えて云った。

「ちゅ、中禅寺は弊社社員——と云うか僕の同僚ですが、お嬢さん中禅寺をご存じなんですか？」

中禅寺敦子は、美由紀にとっては齢の離れた尊敬出来る友達——だ。向こうはどう思っているか判らないし、十歳近く年上なので、友達と云ってしまうのは烏滸《おこ》がましい気がするのだけれど、兎《と》に角《かく》——あまり上手《うま》く説明出来ない関係なのだ。

今年の春、ある事件を契機《きっかけ》に知り合って、月に一二度は会うようになった。とは云うものの、駄菓子屋で蜜柑水《みかんすい》を飲んだりするだけなのだが。

一寸《ちょっと》ご縁がありましてとだけ云った。

「それ、中禅寺君の妹さんじゃない。ねえ！」

敦子だけでなく兄の方も知っているらしい。

敦子の兄は去年の大事件にも関わっている。

「と——云うか、多々良先生の担当編集者じゃないですか中禅寺は。僕は臨時ですよ臨時。臨時担当」

淳子はぽかんとしている。

まあ、判らないだろう。

「ええと――」

「呉美由紀です。こちらは従姉妹の」

淳子は名乗って、村役場に勤めていますと云った。

「役場の方ですか。それはまあ都合が良かったです。あのう、この神社のですね」

火事だよ火事と多々良は云った。

「もう聞いてるんだよ。火事で焼けちゃったんだって、ご神体は」

じゃあ空振りですかと古谷は云った。

「空振りも空振り、大三振だって。その上、この辺にはあんまり河童の話がないと云うんだッ」

「ひゃあ」

河童いそうな感じなのになあ、と古谷は泣き顔になって云った。

「いや、私が知らないだけかもしれませんよ。お年寄りなら知ってるのかもしれません」

「はあ。でも、僕はその辺二三軒廻《まわ》って尋いてみたんですけどね、慥《たし》かにあんまり関心はないっぽかったなあ」

けしからんねと多々良は云った。

「けしからんよ。こんな豊かな水系に恵まれていて河童知らずなんて。河伯神も泣いているよ」

どなたかご紹介戴けませんかねと古谷は頭を掻き乍《なが》ら淳子に云った。

「困りましたねえ。まあ、一応はお年寄りのいらっしゃる家庭なんかも承知してますけども――この、大戸《おおと》の方ですと、扠《さて》、何処かなあ」

折角の休日だと云うのに淳子も災難である。その災難を呼び寄せたのは、まあ間違いなく美由紀なのだが。

「役場に広報課とかないんですか」

「小さい村役場ですよ。それに日曜ですからねえ――少し離れた処に、小学校の前の校長先生が住んでいらっしゃいますけど、あの方なら――」

「その方がいいです」

多々良はそう云った。

「何処ですか。あっちですか」

「あっちって――川を越さなきゃいけないから、橋まで行かないと。洗い越しは渡れないでしょうし――」

「洗い越し！」

多々良が大きな声を出す。

「ええ。洗い越し。お化けじゃないですよ？」

「知っています。沈下橋《ちんかきょう》ですね。沈下橋でしょう」

それは何ですか、と美由紀は尋いた。チンカキョウなんて日本語は知らない。ほんとに意味の通じない言葉と云うのは多いものである。美由紀がお子様だからなのかもしれないが。

「沈下橋ですよ、洗い越しと云うのは。潜水橋《せんすいきょう》が正しいのかな。川の下を橋が通っているのです。増水時には渡れない橋ですよ。そうですねッ？」

「川の——下？」

それでは平時でも渡れない。と云うかそれは橋じゃない。

淳子はしかし、そうですと答えた。

「どうなってるのそれ？」

「まあ、道が川の中を通ってるのね。道幅だけかなり浅瀬になっていると云うか。まあ、やや濡《ぬ》れるけど渡れるの」

「想像出来ない」

拝見したい、と多々良は云った。

「そこは古いですか。古い潜水橋はそんなにないです」

「古いと思いますけど」

「そうですか。潜水橋は、川の上に架ける橋と違って安上がりに出来るのです。道の延長ですから。しかし増水時には渡れない。そうですね？」

「さあ。そこは、まあ、造ったと云うか人が手を入れたものではあるんでしょうけども――ただ川の中に道があるだけみたいな感じですよ。ですから、橋と思ってる人はあまりいないんじゃないでしょうか。洗い越しです」

「行きましょう。渡っても良いッ」

多々良は道も聞かずに歩き出した。古谷は汗を拭き拭き何度も頭を下げた。

駅に向かう広めの道まで出て、駅の方に向かって進み、左側の径《こみち》に入って少し進むと、やがて川音が大きく聞こえるようになった。

いや、もうそこは川だった。

ただの川だ。橋なんかない。

「ここですよ、大戸の洗い越し」

「えッ」

多々良は駆け出して川の縁《へり》に立った。

多々良が立ち塞《ふさ》がってしまうとその先が見えない。

「ああ」

美由紀は多々良の横から顔を出すようにして川面を見てみた。

能《よ》く判らないけれど、慥《たし》かに川の中に筋のようなものがある。

「あれがそれ？」

「まあ、あれがそれね。ほら、この道が向こうまで通じている、と云うこと」

慥かに、対岸には道がある。川から生えるように坂道が続いている。

「渡れるの？」

「渡る渡る。向こうの橋まで行くとなると、かなり遠回りでしょ。ま、水嵩《みずかさ》が増えてる時は危ないかもしれないけども。あっち側にも田圃がある訳」

「センセイ、真逆《まさか》、渡るとか云い出さないですよね。南雲さん、その家は彼処《あそこ》にあるとか――」

古谷は頬を攣《つ》らせている。

「ないですよ。田圃ですって。まあ、ここを渡って田圃抜けても行けますけども」

「そんな恐ろしいこと云わんでください」

古谷は扇子を開いてばたばた煽《あお》いだ。

「いや、大きな声では云えませんけども、常にこの調子ですからね、あの大センセイは。普通に付き合っている中禅寺君を尊敬しますよ」

多々良は黙って突っ立っている。

「センセーイ、もう見たでしょう。午前中にその前の校長先生のとこに行きましょうよ。お昼時だと迷惑ですし、出来れば今日中に引き揚げたいですよ。昨日泊った大多喜辺りまで戻らないと宿ないですよ」

「うーん」

多々良は唸《うな》っている。

「何ですよ。河童でもいたんですかセンセイ」

「いたかも」

多々良はそう云った。

「はあ？」

最後尾にいた古谷は漸《ようや》く前に出て来て、多々良の右横に立った。

「何を云ってるんですかセンセイ。暑さでやられちゃったんじゃないでしょうね」

「古谷さんさ、あれ何に見える」

多々良は何かを指差した。

美由紀も興味が涌《わ》いたので前に出た。

多々良の短めの指の、その先。

川の中程に何か白っぽいものが見えた。上流から流れて来た何かが洗い越しの段差に引っ掛かって止まってしまったのだろうか。

「あれさ」

お尻だよね、と多々良は云った。

「シリ？　尻って、おケツの尻ですか？　何の尻です？」

「何の尻ってさ。見れば判るじゃない。あれさ」

人でしょと多々良は云った。

「ヒト？　人って、人間と云う意味ですか？　人類？　人間の——お尻？」

「当たり前じゃない。古谷さんさ、ほら、あれは人でしょうに。水に浸かってるけどもさ。ねえ」

人——に、見えた。

上半身は水に浸かっている。腕が川の流れに合わせて浮き沈みしている。髪の毛と思《おぼ》しき黒いものも矢張り水中でゆらゆらしている。上半身には何か白いものを纏《まと》っているようだが、下半身《したば》は——裸だ。靴は履いているのかいないのか判らない。

でも、ズボンや下穿きは穿いていない。

慥《たし》かに、お尻だ。

俯《うつぶ》せで、剝《む》き出しのお尻を突き出した——。

「す、水死体じゃないですか？」

美由紀がそう云うと古谷がわあと大声を出した。

「死んで——ますよね？」

「し、死んでるでしょう。だって顔浸けたまんまですよあれは。あ、あれ、し、死体です。死んでます」

「ねえ」

多々良は漸く美由紀に顔を向けた。

「お尻を出した骸《むくろ》だよね」

まるで河童にやられたみたいだと多々良は云った。

「じゅ、淳子さんッ」

美由紀は振り返る。

淳子は口を開けたまま固まっている。

「警察、警察に連絡してッ。大至急」

美由紀は大声でそう云った。

4

「品がない話をするなッ——」

敦子が入り口に立つなり、何なんだ此奴《こいつ》はと怒鳴って刑事らしい男は机を叩《たた》いた。

「何だよ尻だの玉だの。さっきから黙って聞いていれば関係ないことばかりべらべらと。俺は猥談《わいだん》が聞きたいんじゃないんだよう。普通に説明出来ないのかッ」

「なっ、何が猥談ですか。慥《たし》かに河童は猥雑な側面も持っていますよ？　民俗社会では厠《かわや》に潜んでご婦人の尻を触ったり人間と情を交して子供を産ませたりもします。好色なんですよ。それに戯作《げさく》や黄表紙なんかに登場する河童は概《おおむ》ねお下劣ですッ。おならをしたりしますからね。河童の屁《へ》ですよ」

「あのな——」

「だから」

刑事が向き合っている人物——在野の妖怪研究家である多々良勝五郎が強い口調で何か発言する前に、駐在が失礼しますと大声を張り上げた。

「何だよ」

「は。総元駐在所駐在の池田《いけだ》進《すすむ》巡査であります。発言しても宜《よろ》しいでしょうか」

「あのな、いちいち名乗るなよ。この駐在所にはお前しかいないじゃないかよ。もう五回聞いたよ名前」

「は。あの」

「あ？　連れて来たのかよ？　あのさあ、もう夜になるから女の子は明朝って云ったじゃないか」

「そ、そうではなくてですね、磯部《いそべ》刑事様」

「刑事に様は変だろ。それにな、刑事は階級じゃないからさ。俺だって巡査だよ。何畏《かしこ》まってるんだよ」

失礼しましたと云って池田巡査は最敬礼した。

「だからさ。同じ階級なんだからタメ口でいいんだって池田さん。女の子は一旦《いったん》帰せよ。この親爺《おやじ》、何を云ってるのか解らないんだよ」

「だから」

多々良は強い口調で云った。

「尻子玉なんて臓器はない訳です。水死体の肛門《こうもん》が多く開いていることから想像されたものと考えられますが、それも水難事故へのですな」

「先生」

「恐怖と云うか、畏《おそ》れをですね」

「センセイ」

「だからこれはエロスじゃなくて」

「多々良センセイッ」

三度目で漸《ようや》く多々良は敦子に気付き、顔を向けてああとだけ云った。

磯部と云う大柄な刑事は顔を歪《ゆが》めて敦子を見て、ああんと妙な声を発した。

「発見者じゃないのか？　誰だその人」

「ハイッ。こちらの方は、ええと、東京の出版社の稀譚舎『稀譚月報』編集部の、中禅寺敦子——さんであります」

「ちゅ、中禅寺？」

磯部は立ち上がった。かなりの巨体である。

「その名前は嫌な予感がするなあ。稀譚舎って、奥にいる男の同僚？　ああ、この親爺の本当の担当とか云う人なのか？」

「親爺ではなく多々良ですって」

お前は黙れよと磯部は云った。

「あのさ、お宅、親類に変な和服の古本屋かなんか、いない？」

それ多分兄ですと敦子が云うと、磯部はかあッとまた妙な声を上げて、指で鉄砲の形を作り、バンと一度敦子を撃つ真似をした。

「どうしてこんな奴ばかり来るのさ。何でこんな変梃《へんてこ》な事件ばかり起こるのさ」

僕は射撃が上手なのにさあと云って、磯部は巨体を揺らした。

磯部の方が変梃である。

「まあいいや。あのさ、このタタリ？　タタレ？」

「多々良」

「此奴の通訳してくれる。担当なんでしょ」

「通訳って何ですか。僕はずっと日本語だけを喋《しゃべ》ってますよ。広東語《カントン》も希臘語《ギリシャ》も話してないよ。大体話せないよ。ねえ？」

「知ってます。あの、弊社《うち》の古谷と、多々良さんが屍体《したい》の第一発見者だ――と伺っていますが、そう云うことなんでしょうか」

磯部はそうだよと云った。

「その割に、事情聴取と云うより被疑者の取り調べみたいに見えたんですけど――」

「こんな駐在所で取り調べないよ。最初はただ話訊《き》いてたのさ。でも、何を云ってるんだか解らない。河童だか喇叭《らっぱ》だか知らないけどさ。だから」

「解ります」

「喇叭じゃないよッ。河童は吸ったりしない」

「喇叭は吸うんじゃなくて吹くんだと思いますよ先生。それに、刑事さんは当面のところ水死体の民俗学的な解釈や河童の口碑伝承を知りたいのじゃなくて、発見時の事実だけを知りたいんだと思います。これは、連続殺人事件である可能性があるようですし——」

「そう、その通り——と云いたいけど、お宅、どうしてそんなこと知ってるんだ?」

犯人なのかとやや常軌を逸したことを口走る磯部に向けて、敦子は名刺を差し出した。こうした対応は予想の範囲内である。

多々良は森羅万象凡百《あらゆる》ものに興味を持ち、熱心に探求を続けている。ただ問題なのは、社会通念のようなものに対してだけは何の興味も持っていないと云うところである。また多々良は学究の成果として様様な事柄に関して該博な知識を有してもいるのだ。但し一般常識と呼ばれるものごとに関してだけは、甚《はなは》だ心許《こころもと》ない。

山を観たとしても、多々良は綺麗《きれい》だとか登りたいとか清清《すがすが》しいとか思う前に植生や天候や地形を観る。そしてどんな歴史、どんな伝承があるのかを探る。そして。

妖怪《おばけ》のことを考える。

多々良とはそう云う男である。

だから、水死体を観たとしても、先《ま》ずはそう云う反応をするに違いない。

警察が知りたいのは単なる事実なのであって、その状況から喚起される文化的事象などはどうでもいい筈《はず》だ。だから、確実に揉《も》めているだろうと──事情を聞いた敦子は判断した。加えて。

多々良が発見した屍体は、どうやら下半身が露出していたらしかった。場所も前の二件と程近い。ならば、益田が抱えている案件と無関係とは思えなかったし、もし関係しているならば、その情報は捜査に役立つものとなる筈である。そう考えたから敦子は編集長に手配を頼み、即座に現場に向うことにしたのである。

現場──千葉県総元村大戸──に着いた時は、もう陽が翳《かげ》っていた。駅の近くの民家で道を聞いて、敦子は真っ直ぐに駐在所に向った。

すると。何故か駐在らしき人が駐在所の前に所在なげにしていたので、簡単に事情を説明し、裡《なか》に通して貰《もら》ったのだが──。

どうやらこの磯部と云う刑事は、昨年の春に勝浦で起きた目潰《めつぶ》し魔《ま》事件か絞殺魔事件を担当した刑事の一人──なのだろうと思う。その事件には、薔薇十字探偵も敦子の兄も深く関わっている。

敦子の兄も探偵も、警察にとっては目の上の瘤《こぶ》には違いなかっただろう。勿論《もちろん》、両者共に捜査の邪魔をした訳ではなく、寧《むし》ろ事件解決に貢献している筈なのだが──警察側にしてみれば、それはいずれも同じことだろう。

中禅寺と云う姓はそう多くないから、磯部はすぐに何かを察したに違いない。そして確実に敦子に対して偏見を持った筈だ。

「何だ、また煙《けむ》に巻こうと云うのか？」

磯部は訝《いぶか》しそうに眼を細めた。予想は当たったようだ。

「いいえ違います」

敦子は吐《つ》きかけた溜《た》め息《いき》を止《と》めた。

「刑事さん、勝浦署の方じゃないですよね。県警本部の方ですね？」

「はあ？　だから何で判るかと訊いてるの。あの男から僕のこと聞いてたとか云わないでくれよ。それともあの変な探偵か？　あ、あの本庁の顔の四角い刑事か。僕の噂でもしてたのか。でなきゃ、判らないでしょ」

そんな話は仮令《たとえ》聞いていたとしたって覚えていないだろうし、覚えていたところで写真でも覧《み》ていない限り同定など出来る訳もない。

噂は全く聞いてませんと答えた。

「じゃあ何で判るのさ」

「こちらの――池田巡査が余りにも緊張されているものですから、そうなのかな、と思っただけです」

すいませんッと大きな声を上げて池田は頭を下げた。

「ここいらでこんな大事件が起きるとは、夢にも思っておりませんでしたものでありまして、本官は――」

　磯部は頰を膨らませた。

「あのさ、何処《どこ》で何が起きるか判らんのだから夢くらいには思っておけよ。まあいいや。お察しの通り僕は千葉県警の磯部ですよ。それで？」

「ええ。実は丁度、前の二件に関連しているかもしれない情報を入手したところだったんです」

　取材の途中に――と敦子は嘘を云った。

「前の二件って云うけどさ、連続とも、殺人とさえ報道してないんだよ？　と云うか警察《うちら》も断定はしてないから。出来ないんだもんさ微妙で。現状はただの不審な溺死《できし》なんだよ。なのに関連とか、何で判るのさ」

「ですから、そうした事情でもなければ千葉県警から刑事さんはいらっしゃいませんよね？　駐在所に。池田さんも大事件だと仰《おつしや》ってたし」

　すいませんッと池田はまた頭を下げた。

「謝るなよう。と云うか謝るようなことするなよう。そうだとしてさ、あんたは何で来たの。この親爺の保護者だとでも云う訳？」

　タタラですよッと多々良は不服そうに云う。

「私はそちらの多々良先生の担当編集者です。取材先から編集部に電話を入れたところ、前の二件と近い場所で同じ状況のご遺体が発見され、しかも先生と弊社社員が第一発見者だと云うことを聞きましたので、多少なりとも情報をご提供出来るかとも考えて、急ぎ駆け付けたんですが」

大意に於《お》いて嘘はない。

まあ取材中に得た情報ではなく、知り合いの探偵助手の風変わりな依頼に巻き込まれて知った、と云うのが正解なのだが——。

「何だよ、情報って。河童が屁をしたとか云う話だったら逮捕するよ」

この人は横柄だと多々良が云った。

「警察官と云うのは公僕でしょ。なら善良な一般市民を護《まも》るのが役目じゃないんですか。僕は一般ですよ。善良ですよ。護られるべきでしょ。そうですよ。辱めを受けたり責められたりする覚えはないッ」

「あ——あんたが一般で善良ならその辺の人は全部特殊で邪悪になるだろッ」

おい磯部、と奥から声がした。

「何だお前、また揉めてるのか。いい加減にしろ。民間協力者の方の扱いは丁重にしろよ」

奥から色黒の男が顔を出した。

「そう云う高圧的な態度はいかんよ。津畑《つばた》の二の舞いになるぞ。あれは余りにも態度が悪いので、結局内勤になったんだぞ。庶務だ」

男はのっそりと出て来て多々良に会釈をし、それから敦子に気付いた。

「あの」

敦子はほぼ同じ内容で来意を告げた。

「ああそう。私は千葉県警捜査一課の小山田《おやまだ》と申します」

小山田は警察手帳を広げて見せた。

「失礼があったなら謝罪致します。事件中は気が立っている者も多くてですな」

「小山田さんはいいですよう。この人の取り調べしてみなさいよ。誰だって怒鳴りたくなるよ。何たって、河童の話するんですよ」

「河童だと云うのなら河童ですかと聞くんだよ。取り調べじゃなくて事情聴取なんだし。河童が犯人だと云うなら河童捕まえますと云うの」

「え？　河童ですよ」

「猿でも河童でも悪い奴は捕まえるんだよ。河童なら送検せんでも罰していいから楽だよ。動物みたいなもんだろうに。なら河童は見付けたら即、懲罰だよ」

「そうですよ！」

河童は捕まれば罰せられることが多いんですと云って多々良は威張った。

しますとか、ね。しゃっちょこばった詫《わ》び証文を書かされたり、魚獲《と》りを命じられたり、薬の作り方を伝授させられたり

します！」

「人が亡くなってるからその程度では済まんです」

小山田は退《の》けと云って磯部を立たせ、多分駐在のものと思われる机の前にあった椅子を移動させると、まあどうぞ座ってと敦子に向けて云った。敦子が座るなり、奥から同僚の古谷がそろそろと出て来た。

「中禅寺君、来てくれたかあ」

「ああ、あんた、古谷さん、悪いけどもう少し奥にいてくれないかな。何処か宿取ってるんかね？　なら後でジープで送るから。あ？　取ってないのかな？」

「あなた方が拘束したからじゃないですか。僕はですね、校長先生に話さえ伺えなかったんだ。しかも、これ程河童に無関心な人間と長時間話をするなんてッ」

ねえ、と多々良は敦子に同意を求めた。磯部は前のめりになって机を叩いた。

「河童の話なんか聞いてないからさあ」

「いいからお前は奥で頭冷やせ。何なら外に出ろよ。河童懲罰は俺に任せろ。な？」

磯部はぶつぶつ呟《つぶや》き乍《なが》ら入り口で矢張り所在なげに突っ立っていた池田巡査を通り越し、外に出た。

「どうもすいませんなあ」

　小山田は仕切り直すようにそう云った。多々良が何か云う前に敦子は名刺を出して再度名乗った。

「ああ、古谷さんの同僚なんですな。あ、古谷さんから発見時の様子はかなり詳しくお聞きしました。こちらの先生は――いや、先ずあなたからお聞きしましょうか。わざわざ来てくださったようだし」

　先生、何なら奥で古谷さんと一緒にお休み下さっても結構ですよと、小山田は云った。古谷から多々良の扱いを聞かされているのかもしれない。

　多々良は腕組みをして、ここで結構、と答えた。

「ああそうですか。いや、何処にいて戴《いただ》いても結構。それで何でしょうか、その、何か情報があるとか」

「ええ――」

　何から話すべきか。

　情報開示は順番が肝心なのだと兄は云う。兄の真意は量れないけれど、慥《たし》かにそうだと思うこともある。

「今回発見されたご遺体ですが、身許《みもと》は判明しているのでしょうか」

　そこから攻めることにした。小山田は頭を掻《か》き、まあ事件性が高いのでまだそう云うことはと語尾を濁した。当然そう云う筈である。

「勿論教えて戴こうとは思っていません。でも、もしかしたら亀山さんか、川瀬さんか、スカムの音が頭に付く苗字《みょうじ》の方――ではないですよね？」

「あ」

小山田は眼を見開いた。色黒なので眼が目立つ。

「それは――」

「え？　そうなんですか？」

敦子はわざと意外そうな――素振りを見せた。

「うーん。まあ仕方がないなあ。被害者――今、司法解剖か行政解剖か決め兼ねてるとこなんですがね、だから被害者ではないのかもしれないんだが、亡くなられていたのは亀山智嗣《ともつぐ》さんと云う方ですわ」

仲村屋店員、入川芽生の記憶は確かだったようだ。そして七年前の悪巧みと今回の連続水死事件に関連性があることはほぼ確定されたと云って良いかもしれない。

ただ、模造宝石との関連は未《ま》だ不明なのだが。

「確認出来ているんですか？」

「ほぼ間違いないでしょうなあ。いや、ご遺体回収する際に、運転免許証がね、発見されたんですなあ。あれは写真が貼ってあるでしょう。割と特徴的な顔付きで、まあ同一人でしょう」

「所持品も発見されているんですか？」

「いや、被害者――いや、ご遺体は、財布と運転免許証が入った胴巻きをしてたんですな。それ以外はね――まあ」

捜査上の秘密などはお答え戴かなくて結構ですと敦子は云った。

「私が得た情報は、情報源も含めて凡《すべ》てお伝えします。ただ、亀山さんに就いては名前以外の情報を殆《ほとん》ど持っていないんですけど」

「まあ、そう云う意味では我我も同じですよ。免許証から知れる事実は、現住所や生年、出生地程度ですから。まあ免許証に細工の跡は見られなかったし、そんな小細工はようせんでしょうから、現状鵜《う》呑《の》みにしていますがね。それだって確認取るまではどうかと思っとったところですわ。ま、警視庁の担当所轄に協力要請をしたので、明日には確認が取れるでしょうが」

「警視庁と云うと、亀山さんは東京の人なんですね？　もしかすると、浅草界隈《かいわい》にお住まいの方ですか」

「扨《さて》、私は東京の地理には不案内だが、ええと、御徒町《おかちまち》一丁目と云うのはその辺りですかな」

どちらかと云うと上野《うえの》なのだろうが、浅草にも近い。

「はあ、ではその」

小山田は名刺に視線を落とす。

「中禅寺さんか。あなたがその取材中に得た情報と云うのは、本件とは無関係ではなさそうだ——と、云うことですな？」

「本件と云いますか、亀山智嗣さん、廣田豊さん、久保田悠介さんの関係性を示す証言、と云うことでしょうか。もしかしたら警察ではもう把握されてることなのかもしれませんけど」

いいやいいやと小山田は首を振った。

「久保田さんと廣田さんの関係も判ってない」

「そうですか。亀山さんは、おそらく戦争中久保田さんと同じ部隊にいた人——の筈です」

「ほう。すると廣田さんも——」

「廣田さんは広島の人で、徴兵はされたようですが、内地からは出られていないようです。故郷が原爆でやられてしまって、東京に出て来られたようです。下谷に住んでらしたようですね」

「ああ、鑢《やすり》作ってたようだね」

「水泳が上手で、カッパのヒロさんと」

「河童！」

　ずっと黙って——と云うよりも半分寝ていたらしい多々良が過敏に反応した。

「矢ッ張り河童なんですか。じゃあ犯人！」

「犯人じゃなくて被害者ですよ先生。ちゃんと聞いてください。カッパのヒロさんも同じような姿で亡くなっていたんです」

「お尻出して？　河童がですか？　じゃあ河童が尻子玉を抜かれたってこと？　そんな例は今まで聞いたことがないですよ。河童は——」

「ですから、綽名《あだな》です。鑢職人だったんです」

「鑢ですか？　変だなあ。河童は鉄気《かなけ》を嫌うもんなんですよ。え？　もしかしてそれは雁木《がんぎ》鑢ですか？　もしや岸涯《がんぎ》小僧《こぞう》ですか。僕は昔、岸涯小僧に因《ちな》んだ事件に巻き込まれて難儀したことがありますよ！　岸涯小僧は古いタイプの河童をモデルにしてですね」

「河童ですか」

　小山田は半笑いになって、ならそれも懲罰しますよと云った。

「で——その三人の関わりと云うのは一体どう云うことになっとるんですか、中禅寺さん」

　小山田はそれまで多々良の方を向いて半身を敦子に向けていたのだが、椅子ごと完全に敦子の方に向いた。

「今更隠しても始まらないようだから、当たり障りのない範囲で云いますがね、最初に見付かった久保田さんと云うのはね、木更津で漁師をしていた男で、腕を怪我して漁に出られなくなって、遠洋漁業の会社で事務だか庶務だかしてたんですよ。鱸職人との接点はなかった」

「久保田さんは浅草松葉《まつば》町《ちょう》で生まれ育ち、若い頃に家出して、千葉に住み付いたようです」

そうなのかねえ、と云って小山田は一度のけ反り、何度か首肯《うなず》いた。

「住民票がない。まあ戦争挿《はさ》んでるし、書類や記録も焼失だの紛失だの、混乱もあるんだが、まあ、家出人がそのまま漁師になるようなことはあったろうなあ。すると、そこに親類かご家族がいますか」

残念乍《なが》ら絶えていると答えた。

「すると、その、みんな浅草辺りで地縁があった？」

浅草じゃありませんよと多々良が声を上げた。

「いいですか、合羽橋は何故に橋なのか知ってますか？」

何故に合羽——ではなく、何故に橋——なのか。敦子は時に、多々良のこうした発言にはっとさせられることがある。発想と云うより着眼点が人と違っているのだ。まあそこに辟易《へきえき》することも少なからずあるのだが。

小山田は首を傾げた。

「いやあ、私は田舎者だから。合羽橋がそもそも判らないですわ」

橋ですよ橋と多々良は威張った。

「橋と云うのはですね、川を渡るために造るのです。違いますか」

「違わんでしょうなあ」

小山田は多々良に対して関心があるような、ないような態度を取るようにしているようだ。

この刑事は割と多々良のような人物の扱いに向いているのかもしれない。関心を示さなければ多々良は不心得だと奮起するだろうし、示せば示したで蜿蜿《えんえん》と語り続けるだけである。

「橋があると云うことは必ず川もあったんです。新堀川《しんぼりがわ》ですよ。大正時代に暗渠《あんきょ》になって、橋の方も昭和八年に廃橋になったので、もう地上からは判りませんけどね。川です川。その昔は川沿いに伊予国新谷藩《いよのくににいやはん》加藤《かとう》家下屋敷があってですね、そこの江戸詰下級藩士が内職で作った合羽を欄干で干していたと」

「河童を干す？　罰ですか」

「雨合羽ですよ。判るでしょうに普通。ねえ」

発音も抑揚も一緒なので判らない気がする。

だから合羽橋と云うんですッと、多々良は怒ったように云った。この辺で大抵の人は多々良を見切る。話の内容は兎《と》も角《かく》、大して興味もないのに何故叱られてまで聞かねばならないのかと思ってしまうのだろう。

だが、そこから先をきちんと聞かなければ、多々良の真意は知れないのである。多くの人は、だから多々良の云いたいことが判らないまま、この碩学《せきがく》の変人を誤解してしまうのだ。

そっちのカッパですかあと小山田は云った。

「当たり前ですよ。河童なんか干したら木乃伊《ミイラ》になっちゃうじゃないですか。その新堀川は、鳥越川《とりごえがわ》に合流してたようなんですが、あの辺りは低地なので水捌《みずは》けが悪くって、雨の度に出水して大変だったんです。洪水ですよ洪水。文化《ぶんか》年間に合羽屋喜八が隅田川の河童達の手を借りて、掘割を整備したんですよ」

「雨合羽が手を貸しますかな」

「そっちのカッパは河童ですよッ！」

「今度はあっちの河童ですか。じゃ、懲罰ですかね」

「馬鹿なことを云っちゃいけないよ！」

多々良は声を荒《あら》らげた。

「いいですか、その河童は良い河童ですよ。と、云うか工事人足のことですよッ」

「人なんですな？」

「思うに、その工事は普請奉行の許可を得た正式なものではなかったのではないですか。だから河童が手伝ったなどと云う話に仕立てたのかもしれない。河童は人足なんですッ」

「なる程ねえ」

そんなことはいいんですと多々良は自分で話の筋道を戻した。小山田の戦略は功を奏したようである。

「その新堀川を挿んだ西が上野、東が浅草ですよ。だから本来はですね、曹源寺のある松葉町辺りは――」

「近い訳ですな、下谷とも御徒町とも」

「まあ近いですよ」

敦子は少しだけ笑ってしまった。

多々良はものを沢山知っている。ただ、知識と知識の接続の仕方が独創的なのだ。そこが解らないから、話の総体や輪郭が判らない。論旨自体も見えて来ない。だから対峙《たいじ》する者は戸惑うのである。途中で切り上げてしまえば意味不明ともなる。

しかし、慥《たし》かに話全体を理解するのは大変なのだが、論旨を無視して素因となる情報だけを拾うならば、この物知りは結構便利なのである。

「それで——その」

「ええ」

敦子は仲村幸江と入川芽生から得た情報を時系列に整理して小山田に語った。小山田はいちいち手帳に書き付け乍《なが》ら、興味深く聴いた。

模造宝石の話は、一旦伏せた。

益田の話がとっ散らかって聞こえたのは、それが実は最後に語られるべき内容だったからだろう。凡てが連続した事象として捉《とら》えられるものと仮定した場合、三芳彰への奇妙な依頼は時系列ではかなり後、と云うことになる。前段となる仲村屋での不穏な寄合との接点は、久保田悠介が関係していると云う一点だけである。その後に今回の連続水死事件が続く訳だが、これは明らかに前段と連続しているものと思われる。

不穏な寄合をしていた五人のうち、三人が亡くなっている。

「すると——」

小山田はそこで顔を曇らせた。

「その甘味屋——団子屋か。そこで七年前に密議を凝らしていた五人組のうちの三人が、次次と変死していると、こう考えられる訳ですな?」

「そうとも考えられる、と云うことです。違うかもしれません。偶然と云うこともあります」

「いやあ、偶然と云うなら二人まででしょうなあ。しかもその」

尻ですね、と多々良が云った。

「尻でしょう」

「まあねえ。その」

「今回もベルトが切られていたのでしょうか」

「それもご存じですか」

小山田は顔を顰《しか》めた。

「私は知人の私立探偵から聞かされました。その人は多分、警察関係者から尋《き》き出したんだと思いますが、犯人しか知り得ない事実——と云う訳でもないようですよ、既に。尤《もっと》も、私が犯人なら別ですか」

僕も違いますよ、違いますよと多々良は二度云った。

小山田は頭を掻いた。

「いやあ、誰が漏らしたのか知らんが、何でもかんでも私がバラしてるみたいに思われてしまいますなあ。いや、今回はですね、まだズボンが見付かってないです。下穿《したば》きもです。捜索は明朝からになりますからね。しかし、まあ亀山さんはあの、鯉口《こいぐち》襯衣《シャツ》——ほら、お神輿《みこし》担ぐ人が着るようなの、あれを着ていて、下半身は剝《む》き出しでした」

「お尻が見えてたんですッ」

「だからまあ、今回は単なる溺死で、ズボンやなんかは途中で脱げちゃったんだと云う線もあるかな——と、内心では期待してたんですけどねえ。いや、事故だろうと人が亡くなっていて期待と云うのは不謹慎なんですがね。夷隅川は蛇行が激しいし、深い処も浅い処もある。途中に中洲《なかす》があったり、合流したりしてますからね。障害物が多いんですわ。現にご遺体も」

潜水橋ですよと多々良は云った。

「あれは引っ掛かるよね。雨で増水でもしてれば乗り越えるかもしれないけど、歩けるんだから引っ掛かりますよ絶対に。ねえ」

そうですねえと小山田は云った。

まあ、あまり心の籠《こも》らない口調ではある。

「亀山さんの身許も明日には瞭然《はっきり》するでしょう。既婚者でしてね。奥さんが家にいるようですからね。まあ、調べて電話だけは入れてるんですがね。今日はご遺体を引き揚げて運ぶだけで」

「その——ぬ」

多々良はそこで黙った。これは能《よ》くあることで、固有名詞を忘れてしまった時に必ず多々良はぬ、と云うのである。

何故そうなのかは敦子も知らない。

「水死体の人、あれは死後一日程度ですよ。引き揚げたとこ観ましたけど、皮膚が剝《は》がれる程じゃなかったし、髪の毛もちゃんと残ってましたからね。かなり流されたようだけど、そんなに損傷してないし。土左衛門《どざえもん》の場合は、二日以上経つと髪の毛はごそっと抜けるし、皮もぺろって剝《む》けます」

そう云うことには詳しい。

多分、概ね正しいのだろう。

「それからですね、頭頂部をぶつけてますよ。傷があったから。死因かどうか判らないけど、死んでからの傷じゃないよ」

こちらはお医者さんですかと小山田は敦子に尋いた。

研究家ですかね、と答えた。

「はあ。まあ、死因は解剖待ちですがね。もしこの先生のお話通りなら、矢張り殺人ですかねえ。殴られたのか」

「殴ってないよ」

「いや、先生は疑ってないですわ」

「だから」

多々良は強い口調で云った。

「こんなとこ殴りますか？」

多々良は自分の頭の天辺《てっぺん》を人差し指で示した。

「普通、後頭部とかじゃないですか？」

「いやあ、そうとも限らないのじゃないですかなあ」

「だって、傷があったのは頭頂部ですよ？　しかも頭の真上から何かが落っこちて来たか、天井にぶつけたような感じでしたよ。こっそり近付いて真上から石でも落としたみたいでしたよ。叩いたんだとすれば、しゃがんでるとこ真上から」

多々良は短めの指を総《すべ》てピンと伸ばして、机をパンと叩いた。

「こんな風に叩きますか？　しゃがんでるとこ殴るとしたら、後ろからこう、何か振り下ろすでしょ。棒状のもので叩いたんだとしたら、振り下ろしたんじゃなくて、杵《きね》みたいに縦突《たてづ》きですよきっと。そう云う感じの傷だったんですって。そんな殴り方しますか？　垂直突きしないでしょ。それって不自然だよ。ねえ」

「ああ。まあでも——いや、寸暇《ちょっと》待ってくださいよ」

磯部、磯部と小山田は同僚を呼んだ。

池田巡査がおろおろと落ち着きない動作で外と裡を見比べた。

それから泣きそうな顔で、

「あの、磯部刑事様は何処かに行かれたようであります」

と、畏まって答えた。

「どっか行った？　実際仕様がない奴だな」

「頭を冷やせと云われたから川で冷やしてるんじゃないですか。西瓜《すいか》みたいにさ。河童に狙われますよ。尻子玉抜かれますよ」

「刑事襲ったりしたら本気で懲罰しますよ河童。いやね、慥《たし》か廣田さんの頭にも傷があったんですわ。ただ、死ぬようなもんじゃなくてですな、たん瘤《こぶ》みたいなものだったんで——久保田さんはかなり流されて、それこそふやけてましてね、ご遺体もあちこちぶつかって、傷んでいたからなあ」

多々良は不謹慎にもひひひと笑って、

「たん瘤は生きてなきゃ出来ませんよ。死体を叩いたって凹《へこ》むだけですよ。凸《とつ》じゃなく、凹みですよ」

と云った。

云い方は何だが、それも正しい。

「はあ。昏倒《こんとう》させて川に放り込んだって殺人には違いないですわな。しかし、そうすると——どうなのかなあ。中禅寺さん、その密議を凝らしていた男達と云うのは五人なんですな。後は——川瀬、そしてス某かム某、ですか。この川瀬と云うのは」

全く判りませんと敦子は答えた。

「スカムの付く人は姓さえ不確かです。川瀬さんの方も、下の名前も、素性も判りません」

「しかし、こうなると残りの二人も殺され兼ねない感じですなあ。まあ殺人だとしたら、ですが」

「殺人だとしても、残りの二人のうち一人、または二人共が犯人——と云うことも考えられますけど」

「あ。仲間割れね。それにしても木更津でも浅草でもなく、何でまたこの辺なんだろうかなあ。亀山さんは判らんが、久保田さんも廣田さんもこの辺とはまるで関係ないようなんだがねえ。川瀬——川瀬ねえ」

「川瀬、でありますか」

池田巡査が直立不動のままそう云った。

「何？」

申し訳ありませんと巡査は最敬礼する。

「いや、池田さんさ、まだ何も云ってないでしょうに。私は磯部と違って乱暴な口は利かないから、そんなに気張らんでいいよ。何かあるなら云いなさいって」

「はあ、実は本官はこの近くの出身でありまして——と、申しましても大戸ではないんでありますが」

いや、申し訳ありませんと池田は謝った。

「何、どうしたの」

「いいえ。関係ないかと思い直した次第であります」

「だからさ。云ってから、関係ないよと云われたら謝ればいいじゃないか。もしかしたら重要なことなのかもしれないし、なら云わないでいて後から申し訳ないじゃ済まないでしょうに」

池田はいやあ、と云って口を曲げ、関係ないなあと続けてから、そうですねえと云い渋った。

「川瀬、と云う姓の人がいたのであります」

「何処に？」

「ですから、本官の育った集落であります」

「それ何処」

「は、遠内《とおない》と云う集落でありまして、ええ、久我原《くがはら》と云いますか、その、そこ」

池田は指を差した。

「東総元駅の向こう側からですな、山の方にずん、ずんと進みまして――あ、これは方角の話で、道は矢張り久我原のですね」

「判らん」

小山田はそう云ったが、多々良は判りますよと云った。

「判る？　判りますか」

「この辺ですね？　ですよね？」

多々良は腰を上げ、丸っこい体を伸ばして壁に貼ってある地図を示した。

「そこは何にも書いてないですがねえ、先生。森か丘か山か知らんが、村じゃないでしょう」

「でも、今の説明だとここじゃないの？」

「池田君の説明がいかんのでしょう。何処なんだ？　ちゃんと教えなさいよ。先生が間違ったみたいになっちゃうだろ。そんなとこには村も何もないよ」

ないのでありますと池田は云った。

「ない！　廃村ですか。それとも消えた？　ねえ」

多々良にスイッチが入ってしまった。

「いえ、まあ、廃村と申しますか、元元、村と呼べる程の規模ではなかったのであります。集落です。その、山の中に龍王池《りゅうおういけ》と云う池がありまして」

「龍王！」

「ハぁ、池と云っても深いんであります。しかし、沼とか湖と云う程に広くはないのです。辺《ほとり》に龍王さんの祠《ほこら》があって」

「祠ですか！　祀《まつ》っていますか。龍王」

「は？　扨《さて》、何を祀っておるかは覚えておりませんが、いいえ、覗《のぞ》いたことなどございませんが、そう呼ばれておりましたからそうではないかと。その池を中心にして、まあパラパラと家があったのでございますけども、昔のことは存じませんですが、本官が子供の時分、既に空家の方が多く、五世帯ばかりしか残っておらなんだかと。本官の実家も昭和十年には転出致しました。その後、バラバラといなくなりまして、戦前には廃村――と申しますか、村ですらなかった訳でありましてですね」

「説明長いなあ。君は幾歳《いくつ》なの」

「はあ、三十二歳であります。申し訳ありません」

「何故謝るかな。いいよ、三十二でも五でも。で、その川瀬と云うのは？」

「は。本官が子供の時分にはですね、うちの親戚《しんせき》の池田がもう一軒ありまして、水口《みなくち》と云う家が一軒、川瀬が二軒でありました。上《かみ》の川瀬の家は年老いた夫婦が二名のみでありましたが、下《しも》の川瀬には息子が居《お》ってですな、本官より八つばかり齢上《としうえ》の、敏《とし》男《お》さんと云う人が」

「今四十と云うことか」

「は。生きておれば――であります」

「どうしたんだね。戦死されたのか」

「いいえ。敏男さんは我が家が転出する前に、大多喜の人と結婚して遠内を出ているのでありまして、その後、暫《しばら》くしてからこの辺に戻られたんでなかったかと。そう記憶しておりますです。出征されるまでは総元に住んで行商をしておられたかと。それまでは、行き来があったと申しますか、その、行くことはなかったですが来ることはあったのでして」

「何だそりゃあ」

「行商ですから、来るのであります。それで、復員は自分より早かったと母が云っておりましたから、昭和二十二年には帰っておってですね」

今はどうなんだね｜と僅《わず》かに苛《いら》ついたらしい小山田が問うと、今はおりませんと池田は答えた。

「どうやら、復員後、東京に出たらしいです。周囲には儲《もう》け話があると云っていたようであります。その後、帰っておりません」

「女房は」

「はあ、戦争中に亡くなっております。息子さんは、開戦の年に十二歳くらいだったと思いますが、こちらも現在の行方は判りません。関係——ございませんですね」

申し訳ありませんと池田はまた頭を下げた。

「どうかなあ」

「その川瀬敏男さんは、どんな感じの方でした？」

「は。痩《や》せた人でした」

そこが——最初に来るのか。

「おいおい、池田君さ。もっと何かないのか？　ほら、温厚そうだとか喧嘩《けんか》っ早いとか。見た目にしたってさ、黒子《ほくろ》があるとか鼻がでかいとか——」

痩せてたそうですと敦子は云った。

「は？」

「団子屋の店員さんは、痩せた人だと云っていました。他に特徴がないのか、それが何よりの特徴なのか、一二度しか見ていないようですから甚だ不確かですが、第一印象は痩せていた、なんでしょうね」

「じゃあ——」

「儲け話と云う云い方も気になります。実入りの良い仕事を見付けたのなら、そんな云い方はしませんよね？」

「は。本官が聞いております限りでは、東京行きは一時的なものであったかと。息子さんを連れて行った様子は、なかったようで」

「子供置いて行ったんですかッ」

多々良が云うと、子供ったって当時もう十七八でしょうと小山田が返した。

「もっとかな。今はもう成人しとるかもしれんですよ」

「生きておればですが」

「行方不明なのか――」

「はあ。関係ございませんですね。す」

「謝るな。あるかもしれない。多少、都合良過ぎる気もするが」

「この近辺が事件の舞台になっている理由がその川瀬さんにある――と云うことでしたら、都合良くて当然と云う気もしますけど」

「そうなると――ですよ。仮に、仮にその川瀬さんが、その川瀬さんだとして、ですな。可能性としては命を狙われているか、または犯人かと」

犯人ッと池田が大声を上げた。

「敏男さんがッ」

「まだ判らないんだよ。多少、磯部の気持ちが判る気がするな。しかしだね中禅寺さん、そうするとその密議――悪巧みですか。その内容が気になるところですな」

そう。

ここで、三芳の話をすればいいのだ。

敦子は益田から聞いた話を出来るだけ手短に語った。

「模造宝石?」

小山田は手帳を捲《めく》り、それから机の上の紙束を崩してあれどうしたかなと云った。

「何捜してんです」

池田の背後から磯部が顔を覗かせた。

「まだその親爺から聴き取りしてんすか。晩飯とかどうするんすか」

「馬鹿もんッ」

小山田が怒鳴ると、磯部ではなく前にいた池田が畏まって首を竦《すく》めた。

「待て。池田君は謝るなよ。磯部に怒鳴ったんだ。おい、この木偶《でく》の坊が、頭冷やせとは云ったが外していいとは云ってないよ。お前が遁《ふ》けてる間に大進展だぞ。一緒に聞いてろよ。あのな、あれ。遺骸《ホトケ》さんの胴巻きの中身」

「中身？」

「濡《ぬ》れてたから干しただろ。免許証とか、あの」

「ああ。県警本部に送っちゃったじゃないすか」

あ、そうかと云って小山田は額を叩いた。

「何です？」

「そのですな、亀山の胴巻きに写真が入っていたんですわ。身許確認の必要もあるので、遺体と一緒に勝浦署に送ってしまった」

「何が写ってたんです？」

宝石ですよと小山田は云った。

「写真だから紅玉《ルビー》だか蒼玉《サファイア》だか区別が付かんし、ま、白状すれば直《じか》に見たって判らんのですが、まあ、宝石ですよ。宝石なんちゅうもんは、実際見たことも触ったこともないですからな、綺麗な石程度の認識ですわ、実際。何だか函《はこ》のようなもんに入れてあって——」

「幾つありました？」

「数はねえ。写真だし」

五つだ五つと磯部が云った。

「写真には石が五つ写ってたよ。で、色は微妙に透明っぽかったから、きっと金剛石《ダイヤモンド》だよう」

「何で写真で色が判るか」

「判るのさ。僕は、拳銃《けんじゅう》だけじゃなく写真機にだって詳しいし写真だって撮るんだから。自分で現像もするんだ。中間色は区別が付け難《にく》いけど、透明かどうかくらいは判るじゃないか。それが本物かどうかは判らん」

——写真か。

なる程、写真にしてしまえば真贋《しんがん》は見極め難い。模造品でも誤魔化せるかもしれない。ならば、そこに写っているのは三芳が作った模造宝石ではないのか。

敦子はそれが古い写真だったかと尋ねた。

小山田は濡れていたから判らないと答えたが、写真に一家言あるらしい磯部は、あの印画紙は新しいと云った。

そうなら。

「三芳さんが作った模造宝石も——五個だそうです。しかも金剛石だったとか」

小山田は腕を組んで、あらあらと困ったように云った。

益田の思う壺《つぼ》——と云う表現は正しくないような気もするが、敦子は咄嗟《とっさ》にそう感じた。まあ、一応、凡ての点は線上に並んだと云うことになるのだろうか。

益田には連絡しておく必要があるかもしれない。

「そうすると無関係ではない感じだねえ。しかし、まあ何か犯罪的なことが七年前に行われたんだとして、まあ何かが行われたんだろうけれども、それで——裏切りですか？　着服？　いやそれが判らんなあ。どう云うことです？」

仲間割れじゃないのと磯部が云った。

「あれだろ、何人かで共謀して盗むか騙《だま》し取るかしたものを、そのうちの一人が持ち逃げしちゃったとか云う話なんじゃないの？　でもって、悔しいから偽物作って掏《す》り替えようってこと？」

普通はそう考える。

だが――。

「あの、もしそういう筋書きだったとして、略取したのは七年前ですよね。それを誰か一人が着服したんだとして――その人は七年間ずっと宝石を隠匿していた、と云うことになりますよね？　何故お金に換えなかったんでしょうか？」

ほとぼりが醒《さ》めるのを待ってたとかじゃないのと磯部は云った。

「盗品って、実は中中捌《さば》けないもんなんだよ。何処にでもあるもんなら兎《と》も角《かく》、美術品なんかは一点物だったりするからさ。外国で売るとかしないと、割にすぐ足が付くから」

それはない、と多々良が云った。

いつも以上に断定的な口調である。

「何でさ」

「それ、普通の盗品なら、って話でしょ。それ、宝石ですよ宝石」

「だから何？」

「いいですか。この国は何年か前まで占領されてたんですよ。知ってますあなた」

磯部が何か云う前に小山田がそれは能《よ》く知ってますと答えた。

「敗戦から講和まで、ですなあ」

そうですすよそうですすよと多々良は二度云った。

「いいですか、軍部は大量の物資を所有してた訳です。負けたんだから武装解除は仕方がないですが、武器以外のものも沢山持ってたんですよ？　強制的に民間から供出させたり軍用として押さえちゃったりしたからです。そう云う物資をですね、占領軍がやって来る前に、何とかしなくちゃいけないと国は考えたんです。ＧＨＱに横取りされると考えたんでしょうな。だから、慌てて処分した！」

「だから何です？」

「何ですじゃないですよ。軍の物資だけじゃない、軍が管理監督してた民間工場の製品、原材料、兵器以外の備品、衣料品、医薬品、通信機器や木材、それから慥《たし》か食品まで、それはもう、物凄《ものすご》く迅速に処分しろと、閣議決定したんですよ。占領軍がやって来るまでにって、あなた、ポツダム宣言受諾から総本部設置まで二箇月しかなかったんですよ。後で知ったんですが、この緊急処分の決定は二週間くらいで廃止されてるんですよ。二週間って無理ですよ」

時間がないッと多々良は力説した。

「関係省庁や民間生産者なんかに振り分けて、大慌てで処理したんですよ。出来ないですよ、ねえ。これ、僕ら一般人には内緒ですよ。別に広報されませんでしたよ。国民にも内緒、亜米利加《アメリカ》にも黙って、こっそり急いでやったんです。そんなの終わる訳がない。当然杜撰《ずさん》になるでしょうに。杜撰ですよ杜撰。ねえ」

同意を求められ、池田一人は首肯《うなず》きかけたが、二人の刑事が黙っていたので途中で止めたようだった。

「あの、先生ね、それはどう云う――」

「だから」

多々良は強い口調で云った。

「きちんと処理出来る訳ないって。当然、大混乱ですよ。隅隅まで目が行き届く訳ないでしょうに。それに監督する方からして不正してた節がある。だから横流しやら隠匿やらもあった筈です。いいや、あったんです」

「だから――何です」

「判らん人ですな。あのですね、戦中には貴金属類も接収されているんですよ？　軍は、首飾りだろうが指輪だろうがみんな持ってっちゃったんですよ。宝石だって、何に使うのか知りませんけど、みんな取り上げたんですよ。宝の山ですよ。で、そう云うもんを持ち主に返さずに、勝手に処分しちゃった訳です。処分と云っても、今云った通り、杜撰ですよ。不正です。ですからね、今流通してる宝石の何割かは隠匿物資なんですよ。軍部が民間から押収したり供出させたりした貴金属類が、闇から闇に横流しされた訳ですよ」

「ああ、そうだとして――？」

「いいですか、その、それは七年前でしょ？　敗戦からまだ二年ですよ。それはつまり、それらの隠匿物資が右から左へこっそり流されてる時期と云うことですよ。そんな都合の良い時期に宝石手に入れたりしたなら、即座に売るでしょうに。売る方も買う方もこっそり迅速に、ですよ。持っててどうしますか。その当時現金に換えてれば何の問題もないけど、今になって売ったりしたら確実に足が付くでしょう。だって今は問題視されてるんだから。ほとぼり醒ますどころか寧《むし》ろ捕まり易いですよ。それは馬鹿じゃないですか。馬鹿ですか」

　磯部が一歩踏み出すのを池田が抑えた。

「金が欲しいんじゃなく宝石自体が欲しかったのかもしれないだろ。宝石集めるのが趣味の人だっているよ。だから高くても売れるんじゃないか」

「まあそうだけどなあ、磯部」

　小山田が残念な口調で続けた。

「あのな、家出して漁師になったのに隻手になって漁も出来なくなった男、原爆で何もかも失って上京した水泳上手の鑢職人、その辺の山で育って女房に先立たれた子連れ行商の男――まあ、亀山さんと、もう一人の身の上は判らんのだが、いずれ似たり寄ったりの境遇じゃないのか。そんなのが宝石集めるか？　どいつもこいつも喰《く》うや喰わずだろう。欲しいなら――金じゃないのかねえ」

　私もそう思いますと敦子は云った。

「ただ、久保田さんは、宝石を取り戻して売るのではなく、本来の持ち主に返すんだと云っていたそうです」

「じゃあ何か、善行ですか。或《ある》いは償い——と云うことなのかな？　しかしだね中禅寺さん。その、それがこの先生の云うような」

「隠退蔵物資」

「それだとしてさ、なら元の持ち主は軍部ですか？　もう日本に軍隊はないでしょうに。国に返すとでも云うのかね？」

「本来の持ち主でしょう」

「あ、供出した民間人か。そんなの判るものかなあ」

「その宝石に関してだけは判っていた——のじゃないかと思います。勿論、想像なんですが」

　古谷さん古谷さんと敦子は同僚を呼んだ。

　奥の扉が開いて、同僚が顔を出した。

「あ、終わったの？　少し寝てました。じゃあ、帰る？　帰っていい？　帰れるのかな、この時間で。電車とかありますか」

　終わってませんよと、池田を除くほぼ全員が異口同音に云った。

「古谷さん、慥《たし》か去年、接収解除貴金属及びダイヤモンド関係事件の取材しましたよね？　編集長に聞いたんですけど、あれは古谷だったたって」

「何だって？」

眼を擦《こす》り乍《なが》ら古谷が出て来た。

「ええと――あ。はいはい。取材したよ。畑違いだったから困った。俺、そもそも合成金剛石の科学気相蒸着法の記事とか担当してたから、序《つい》でに行って来いって云われたんだけども、関係ないよねえ」

「それはいいんですけど」

「良くないよ。俺は所詮《しょせん》便利遣いされるだけの男だ」

「私はそんな風に思ってませんから、聞いてください。あの時に一番問題視されていたのって、慥か」

「ああそう。コウシツの金剛石だったね」

「硬質？　硬いと云うことですか」

「金剛石はみんな硬いですよ。そうじゃなくて」

皇室ですよと古谷は云った。

「こ」

小山田はそこで絶句した。

「民間から貴金属を供出させるにあたって、先ず範となるべきとしてですな、宮中から金剛石が軍に下賜されてるんですよ。宮様が率先して、由緒正しき神品を差し出されたんですね、そのお蔭で、貴金属の民間からの供出は、慥《たし》か予想の九倍だか十倍だかになったんだそうで。ま、その多くが行方不明になってる訳ですが、その」

「皇室ッ」

そこで小山田は漸く息を吐き出した。

「皇室ってあんた」

「そうですよ。皇室から下賜された王冠だか勲章だかから外したと云う立派な金剛石がですね、未《ま》だ行方不明なんですわ。まあ、お上なんて不公平なもんで、下下が損しても騒がないのに、こと宮様となるとそうもいかんのでしょうな。で、それがどうかした？」

「その下賜された金剛石は、幾つですか」

「え？　あー、五つ——だったかな。でかいんだそうだよ。当時でも数千万くらいになったんじゃないのかなあ？　誰が持ってったんだか、売っ払った金はどうなったんだか」

「す」

今度は多々良が絶句した。

「すう」

多々良は敦子を見て、もう一度すう、と云った。

「ねえ。見たことないよ」

俺だってないと磯部は云った。

「それなら誰でも目が眩《くら》むよ。そんなものを奪取する計画なら、警察辞めて乗ってたかもしれないよう」

戯《たわ》けたことを云うなと小山田が一喝した。

「お、畏れ多くも宮様の宝物だぞ。しかし、それが、その何だ、連中がナニをナニしたと云う――」

「ええ。久保田さんは元の持ち主は高貴な方だと三芳さんに云ったそうですし」

高貴だ、高貴だよと小山田は畏まった。

多々良もそうですよと云った。

「まあ、他に高貴と云っても今の日本にはいないですよ。政治家は高貴じゃないですよ。ないよね？　でもまあ陛下はねえ。高貴と云うよりないかなあ」

「じゃ、じゃあその何ですか中禅寺さん。久保田はその宝石を奪還して、皇室にお戻しすると、そう云う計画を立てたと云うんですか。そのために、その三芳とか云う幼《おさな》馴染《じ》みに偽物を作らせたと？」

「想像です」

推理ではない。想像である。

「そう考えれば、まあ色色と辻褄《つじつま》は合うんですけど、肝心の七年前の悪巧みと、その宝石の在《あ》り処《か》が全く不明ですから、何とも云えないんですけど」

「何とも云えないが、そうだとするなら独り占めしたのは誰か——と云うことになるかな」

「久保田さんが嘘を吐《つ》いている——と云うこともありますけど」

「どう云うことかな?」

「元の持ち主に返すと云っていますが、それはどうでしょうか。返すにしたって警察や宮内庁を経由しなければいけない訳ですし、そうしたところで疑われることはあっても褒められはしないようにも思います。褒められたって得はないですよね。それから、仲間が独り占めしたとか云うのも嘘なのかもしれません。もしかしたら単に本物と掏り替えて売り捌くつもりだったのかもしれませんし。七年前に既に売り捌いていたのだとすると、久保田さんは買った人間を知っていたと云う可能性もあります」

「じゃあ現在誰が持っているか、と云うことか」

「ええ。そして、一番肝心なのはどうして昔の仲間が次次と死んでいるのか——と云うことですね」

川瀬だなあと小山田は云った。

「まあ、その池田君の知り合いの川瀬さんが悪巧みに参加したのかどうか全く判らんし、雲を摑《つか》むような話ではあるんだが、三人が三人共この近辺で死んでいると云うことを考えると、どうも見過ごせないなあ。池田君よ、その、置いてき堀を喰った川瀬の息子さんとやらの消息は、いつ頃まで判っておるのかね」

「はっ。そうですなあ、終戦の頃は久我原の養鶏場で下働きをしていたようでありますが。本官は復員後に一度訪ねております。聞いた話だと、その養鶏場に復員して来た敏男さんが礼を云いに来たことがあったのだそうで、その時、もうすぐ働かなくて良くなるからそうしたら学校に行けと——あの子は香奈男《かなお》と云いましたかな。その香奈男君に云っていたと、まあ養鶏場の親爺が云っていたのを覚えております。しかし敏男さんは戻りませんで、香奈男君もいなくなったと」

「じゃあ何か、姿が見えなくなってから、七年近くは経つ——と云うことか。難儀だなあ」

「それよりも、先ずその亀山さんが所持していた宝石の写真を三芳さんに確認して貰うべきじゃないですか？　三芳さんはさっき私が話したことを、丁度廣田さんのご遺体が発見された日に地元の所轄署に話しているそうですし、その際、多分勝浦署にも照会があった筈なんですけど、全く話が通っていないようですよね」

そんな照会あったかなと小山田が磯部に問うた。磯部はあったんじゃないですかと抑揚なく答えた。

「きっと庶務の津畑さんが適当に返事したんじゃないですか。あの人、警視庁が嫌いだから」

「余計なことは云うなよ。まあそうですねえ。しかし今日はもう遅いなあ。中禅寺さん、あんた今夜はどうする気ですか。大多喜辺りまでなら送りますが、色色考えると明日も出頭して貰った方がいいかなあ」

僕達はいいですかと古谷が云うと、多々良が間髪を容《い》れず駄目だよ校長先生に会ってないじゃないかと被《かぶ》せた。

「第一宿ないじゃないか」

「ここに泊ってもいいですよ。池田君、蒲団《ふとん》くらいあるんだろうが」

「は。二組しかございません」

「夏だからいいだろう雑魚寝《ざこね》で。それでなくても暑苦しいんだよ。しかし、こちらはそうもいかんなあ」

「あ、そうだ」

古谷が手を打った。

「そう云えば、ほらあの、僕らと一緒に水死体《どざえもん》発見した女性」

「通報くれた、役場の南雲さんでありますか？」

「その従姉妹だか姪《めい》だか云う娘さん。何と云ったかな」

「クレさんでしょ」

「あ？　そう、慥《たし》か、呉美由紀さんだ。それは中禅寺君の知り合いでしょ？　そんなこと云ってたけど」

「呉美由紀？　美由紀ちゃんが？」

「ああ。何でもね、親戚が——その南雲さんか。それがここいらに住んでて、夏休みで泊まりに来ているとか」

「美由紀ちゃんが発見者なんですか？」

知らなかった。

「正確に云うなら、第一発見者は僕ですよ」

多々良はそこで胸を張った。

5

「下品な話ですか？」

稲場麻佑《いなばまゆ》は何とも奇妙な表情を見せた。

まあ、それも仕方があるまい。

朝っぱらから見ず知らずの奇妙な集団が家に押し掛けて来て、河童《かっぱ》だ河伯《かはく》だと喚《わめ》き立てられたりしたら、誰だって困惑するだろうと、美由紀は思う。

稲場麻佑は、総元の小学校の前の校長先生の外孫――にあたる人だそうである。外孫なので校長先生とは姓が違っている。淳子より少し齢上《としうえ》だろうか。

「下品な話と云われましても」

「いや、別に下品である必要はないです。下品でも構わないと、こう云っているんです。僕は下品なことを研究している訳ではなくてですね、僕の研究しているものには下品も含まれると云う意味ですよ」

多々良は例に依《よ》って猪突猛進《ちょとつもうしん》である。

斜め後ろに控えた中禅寺敦子がいちいち愛想笑いをしたり頭を下げたりしていなければ、まあ普通は逃げるか怒るか怯《おび》えるだろう。それ以前に、淳子の紹介がなければ門前払いだったに違いない。

昨夜、駐在に誘《いざな》われた敦子が南雲の家にやって来たものだから、美由紀は腰を抜かす程に驚いた。色色事情を聞いてもう一度吃驚《びっくり》した。敦子は宿泊の算段が出来ていないようだったので、南雲の家に泊まって貰《もら》うことにした。

その辺、田舎の人は良い。

中には他所《よそ》者を歓迎しないと云う地域もあるのだろうし、家に依ると云われればそれまでで、田舎と一括《ひとくく》りにしてしまうのはどうかと思うが、少なくとも美由紀の周囲では不意の来訪者を嫌がるような風潮はないと思う。伯母《おば》辺りは特に鷹揚《おうよう》である。

敦子の方は随分恐縮していたようだが、伯父《おじ》も伯母も大歓迎だった。

夕飯は済んでいたのだが、敦子が未《ま》だだと知るや食卓には何やかやが再び並び、美由紀は二度目の夕食を食べる羽目になった。伯父は食事は大勢で食べた方が美味《うま》いのだと云うようなことを頻《しき》りに云っていた訳で、それはまあ、判らないでもないのだけれど、そこまで行くと親切の押し売りっぽい気がしないでもなく、淳子も苦笑していた訳で、敦子は勿論《もちろん》顔になど出さなかったのだけれど、この状況にやや辟易《へきえき》したのではないかと慮《おもんぱか》って、美由紀は一緒に二度目の夕飯を食べたのだった。

お腹は一杯だったのだが。

同じ部屋に蒲団《ふとん》を並べて寝た。

朝ご飯は流石《さすが》に食べられないかと思ったのだが、起きてみれば普通にお腹は減っていた。

こんなだから背がどんどん伸びるのかと美由紀はやや落胆した。

美由紀と淳子は、朝一番で再度詳しく事情を聞きたいと県警の人に云われていたのだが、朝一番と云うのが果たして何時なのか判らず、淳子は行くにしても一度役場に顔を出して事情を説明しなければならないと云うので、美由紀は取《と》り敢《あ》えず、八時になるのを待って敦子と共に駐在所に向かったのだ。

駐在所には県警の人はおらず、代わりに多々良と古谷がいた。

古谷はげっそりと倦《う》み疲れていた。聞けば、多々良がリュックサックの中身を整理するガサガサ云う音が気になって全く眠れなかったのだと云う。多々良の方は整理が済むとさっさと眠ってしまったそうである。

時間をきちんと指定しなかったことを駐在は詫《わ》びた。県警の刑事は昨夜勝浦署に戻り、今こちらに向かっている途中——と云う話だった。まあ敦子の話を聞く限り、ただの溺死《できし》ではなく、かなりややこしいことになっているようだし、会議だの手続きだのが色色とあるのだろう。

古谷は敦子の顔を見るや安堵《あんど》したようで、さっさと帰ると云い出した。多々良と古谷は昨夕たっぷり話を訊《き》かれたものと思われる。二人共もうお役御免らしかった。

しかし多々良は帰らないと云った。云い張った。

元校長から河童の話を聞くまでは何が何でも帰らないと云うのである。

憎めない感じの人だが、困ったおじさんではある。

刑事が到着するまではもう暫《しば》く掛かりそうだったし、その間駐在所に屯《たむろ》していても詮方《せんかた》ない。淳子もいないのに南雲の家まで一旦《いったん》戻って出直すと云うのも何だか変な気がしたし、多々良とて諦《あきら》めそうもない。そこで遅れて出頭して来る淳子の到着を待って、先に多々良を元校長宅に連れて行くのはどうか、と云うことになった。

美由紀は、まあまるで関係なかったのだけれど、独りで居残りするのも嫌だったので同行させて貰うことにした。

古谷は美由紀達がそう決めた途端に小走りで東総元駅に向かった。幾ら急いだってそう上手《うま》く電車は来ませんよと云う駐在の言葉は届かないようだった。一刻も早くこの場を立ち去りたかったのだろう。

古谷と入れ違いに淳子が到着した。

と――云う訳で美由紀はその、小学校の前の校長先生とやらの家に居る訳である。

ところが。

校長先生ご本人は夏風邪を拗《こじ》らせて臥《ふ》せっているのだそうで、看病のために訪れていた孫娘の麻佑さんが応対してくれている——と云う訳である。先生は独り暮らしなのだ。

僕は河童の話が聞きたいんですと多々良は力説した。

「馬を引くとか、人を溺《おぼ》れさせるとか、それから尻《しり》を撫《な》でるとかですね、ご婦人を誘惑するとか——まあ、半分くらいは品のない話になっちゃうんですよ」

「はあ」

「あなたはお若いし、ご婦人ですから、赤の他人に品のない話はしづらいだろうと、そう配慮してですね、僕は品がなくても構いませんと予《あらかじ》めお断りした次第ですよ。いいんです。何を話されようとあなたの品性を疑うようなことはありませんから、知っているなら話してくださいッ」

「知りません」

「え？」

「ですから、知らないんですよ。かっぱと云われましてもねえ。私、大戸じゃなくて三又《みまた》ですけど、あまり聞いたことないですよ。知りません」

「河童を？」

かっぱは知ってますと麻佑は云った。

「ほら、あの、テレビジョンの――何でしたっけ、『かっぱ川太郎《かわたろう》』でしたっけ。うちにはテレビなんかないので、数える程しか観《み》たことないですけど、あの紙芝居みたいな」

連続テレビ漫画ですねと敦子が云った。

「清水崑《しみずこん》さんの」

「何ソレ」

多々良は眼を円《まる》く見開いて敦子を藪睨《やぶにら》みにした。

「知らないよ。そんなのやってるの？」

「今もやってるのかしら。ずっと、毎日放送してたんですよ。人気で、週刊誌にも同じ作者の『かっぱ天国《てんごく》』と云う漫画が連載されていて、それはまだやってると思いますけど」

「え？　それ、皿は？　甲羅は？　毛は？　色は？」

「テレビですから色はないですよ。雑誌も一色ページですから。お皿も甲羅もあるようですが、体表はつるっとした感じです」

それだ。美由紀の知っている河童はそう云うものだ。美由紀も何処《どこ》かで観たのだろう。緑色だと思っていた理由は能《よ》く判らないけれど。

困ったなあと多々良は云った。

「そう云う創作が全国に行き渡ってしまうと色色と淘汰《とうた》されてしまいますよ、地域の特色なんかが。それ、全国ですか？」

「電波塔の設営や受像機の普及がどの程度進んでいるのか正確には知りませんから判りませんけれど、電波が届いて受像機があれば何処でも映るんじゃないですか」

益々《ますます》時間がないなあと多々良は苦渋の顔を見せた。

「時間がないってどう云うことです？」

美由紀が横から尋《き》くと、だってすぐですよと多々良はより理解不能の返答をした。

「だって、各地に伝わる伝説は物凄《ものすご》い勢いで消滅しているんですよ。戦争でやられて復興の際に開発されて、街も様変わりしてしまうでしょう。祠《ほこら》も石も樹木も、失われているんです。習俗もです。文化がなくなってしまうんです。その上そんなものが世の中に行き渡ったら、上塗りされてしまうじゃないですかッ」

「上塗り？」

「そうですよ。薄れて消えかかっているものの上に真っ黒い墨を塗ったら、まるで見えなくなってしまいますよ。のみならず、最初からそうだったと思ってしまうでしょうに、後世の人は。つまりですね、過去まで書き替えられてしまうんです！　いいですか、文化のようなものは、忘れられることで殺されるんです。誰かが記憶してるか記録するかしないと、死んでしまうんですッ」

多々良は鼻から息を噴き出した。

どうもすいません、と麻佑が頭を下げた。

この人が悪い訳じゃないと思うけれども。

今は一寸《ちょっと》した河童ブームですからねと敦子が云う。

「ブームって？　みんなが河童の研究してるの？」

研究はしていないと思いますがと云って敦子は苦笑する。

「去年あたりから、世間は河童の意匠で溢《あふ》れてます。酒舗《バー》の燐寸《マッチ》箱にも、菓子の袋にも河童が描かれていますし。そう云う意匠の方が、云い伝えなんかよりも強い影響を与えることは否めないように思います。伝える人も減っていますし、何より――形があるのは強いですから」

そう云う河童は緑色ですかと尋こうとしたが、止《や》めた。

「そうですねえ。私も、かっぱと云えばそう云うものだと思っていて――そう、夷隅川にもかっぱの話はあるんだと思いますけど」

あるンですカッと多々良は喰《く》い付いた。

「この辺じゃないですよ。聞いたことはあるんですが、話があるのはもっとずっと河口の方です」

「河口？」

「ですから、夷隅の方のお話だと思います。夷隅川ってこうくねくね曲がって、東の夷隅の方に流れて行くんです。だから夷隅川って云う名前なんでしょうけど、夷隅の宮前《みやまえ》に六所神社《ろくしょじんじゃ》とか云う神社があって」

ありますよと多々良は云った。

「六所宮は全国にあります。房総にも数個所あった筈《はず》ですよ。慥《たし》か、この近くにもありますよ。大多喜に。夷隅の方にもあるんですね？」

中禅寺君がいてくれると便利なんだけどなあと多々良は云った。敦子の兄のことだろう。

「僕は一宮《いちのみや》と総社《そうじゃ》なら総《すべ》て覚えてるんですよ。なので館山《たてやま》と市川《いちかわ》の六所神社は判りますけど、近在の六所宮ではそれしか知りませんね。そこは、安房国《あわのくに》と下総国《しもうさのくに》の総社なんです！　で、その夷隅にも」

「はあ。能《よ》く判りませんけど、そこの神社の宮司さんが見せ物になってたかっぱを助けて、そのお礼に、かっぱが水難から人を護《まも》ってくれるようになったとか――近くの淵《ふち》に棲《す》み付いたんだったかしら。それで、どうだったかな、慥か人を救助する時に石で滑って流されて死んじゃったとか。ええと、つるつるとか、つるりんとか――そう云う石があるとかないとか。細かいことは覚えてません」

多々良は首を傾げた。

「行くべきかなあ」

日を改めてくださいと間髪を容《い》れず敦子が云った。

「そのお話は、去年だったか、お友達から聞いたんですけど、その時もかっぱの姿はその、テレビ漫画みたいなものを想像して聞いていました、私。多分、その」

「つるりですか？」

「ええ、頭の中では、石で滑っているのはかっぱの川太郎ちゃんみたいな姿のものでした。違うのかもしれませんが」

違うでしょう、と多々良は云った。

「汚染されています」

えっ、と声を上げて麻佑は頭を押さえた。どうか気になさらないでくださいと敦子が云う。

「センセイ、汚染はないですよ」

「ないかな」

「そんなこと云うならみんな汚染されてます。そもそもそれを汚染と云うなら、それ以前のカッパのイメージだって何かの汚染ですよ」

「そうかもしれないけど、それはさ、長い時間を掛けてその地域の文化が作り上げたものだよ。民意だよ。誰か個人の創作じゃないよ」

「それはそうでしょうけど、幾ら民意があったとしても、土地の文化が生み出したものであっても、誰かが創り出したものに違いはないですよ。慥《たし》かに、カッパの仕業とされる現象自体は実際にあるのでしょうが、肝心のカッパそのものは——いないんですよ」

矢《や》っ張《ぱ》りそうだよなと美由紀は思う。淳子も麻佑も首肯《うなず》いている。多々良は不服そうである。

「目撃者はいますよ」

「目撃者はいるでしょうが、それをカッパだとするのは見た人の解釈ですよ。その解釈もまた、その土地に伝わる何かに規定された判断ですよね？　そして見た人は、自分が見たモノを情報として他者に伝えるしかないんです。見ていない人はそれを聞いて想像するしかないですよね？」

「それはそうだけど」

「想像する際にも、明白かつ厳格なガイドラインはないんです。お皿があるんだと云われても、どんな風になっているのかは個人個人が想像するしかないです。実際、私もどうなっているのか判りません。凹《へこ》んでいるだけなのか、平らなのか、蓋《ふた》でも付いているのか——」

「蓋！」

蓋付きなら水は溢《こぼ》れない——かもしれない。

「どんなに情報が豊富でも、実物が示せない以上は、どうしたってそれぞれの想像になってしまいます。それは時代を経るごとに変質するでしょうし、新しい情報も足されて行くでしょう。その新情報がインパクトのある、説得力のあるものなら、民意も得られるでしょうし、なら更新されても行くでしょう。それ、汚染でしょうか」

「いや、そうなんだけど」

図像は強いんですと敦子は云った。

「言葉で説明されるより、絵や像で示された方がずっと判り易いんです。事実、今の漫画のカッパの意匠だって、江戸期に描かれた絵姿の影響下にある訳ですし」

それはそうだねと多々良は云った。

「そうです。何でもかんでも古い方が正しい、オリジナルだと考えるのは。ことお化けに関しては間違っているように私は思います。そんなこと云ったら地方のローカルルールだって、多分——後付けですよね？」

「え？」

「原初的なカッパって、そんなに多種多様な姿形だったんでしょうか。私にはそうとは思えないんですけど」

「原形はあるでしょ」

「なら、地方に伝わるカッパに類する色色なものは、地方の文化に汚染されてると云うことになっちゃいますよ？　それは違うでしょう」

違うねと多々良は素直に認めた。

「そうした特色がどうやって出来上がって行ったのか、それを調べることで文化の違いや成り立ちを見極めるのがセンセイのお仕事ですよね？　なら」

そうですよそうですよと、二回云って、多々良は体ごと斜めに傾いた。

「いや、そうなんだけど、速過ぎますよ、この変化。そうした地域色って、かなり長い年月をかけて醸成されたものですよ。時代時代で更新されて来たのだとしても、それもまた積み重ねでしょ。五年十年でがらっと変わっちゃうものじゃないよ。江戸明治大正と、それくらいまでは、地続きで、この間まで地方の特色はまだ生きていたでしょ？」

それは流通の仕組みなんかの問題じゃないですかと敦子は云う。

「絵草紙や何かが全国津津浦浦に行き渡ることはなかったでしょう。そもそも部数の桁《けた》が違いますから。もし行き渡っていたとしても、手に取れる人は限られていたのではないですか」

それはそうだよねと多々良は云った。

「地方に届くにしても時間が掛かったでしょ」

「そうですね。でも、今は違います。新聞も雑誌も、同じものが全国で、余り日を空けずに発売されますし、テレビに至っては受像機さえあれば日本中が同時に視《み》られるんですよ」

「だから困るんじゃない」

「公共の放送でこれが河童ですと云う画像が流されて、これはうちの地方の何何とは違うって、自信を持って断言出来る人がどれだけいるんでしょうか。いたとしてもそう云う人は違うものだと思うんじゃないですか？　そもそも地域で呼び方も違うんですから。ですから──何でしたっけひょうすえか。ひょうすえと河童は別物だと思うだけなんじゃないでしょうか」

級友が云っていた名前と似ている。でも、もう彼女が何と云っていたのか美由紀は思い出せない。

ひょ、が付くのは九州だったか。東北の方は──。

「め、めど」

メドチですかと多々良が云った。

「それです。少し違うかもしれないけど、そんな。岩手の友達が云ってました」

それはカッパなの、と敦子は尋いた。

「まあ、そのような、そうでないような──」

「そうでしょう。漫画のカッパが全国に浸透したなら、メドチも、スイコも、みんな別物か、そうでなければカッパに似たもの、或《ある》いはカッパの別称——そう云う理解になってしまいますよね。名前が違うし性質も違う。でも元元カッパと呼んでいた地域もある訳で、そう云う処の場合、今はもう——」

漫画の姿になってしまったんでしょうと敦子は云った。

「もう遅い？」

「遅いんでしょうけど、だからセンセイはこうやって東奔西走してるんじゃないですか。私もセンセイの考え方に賛同したからこそ、連載をお願いしてるし、こうやって取材も同行してるんです。カッパと云うのは、慥《たし》か関東圏を中心にした呼び方なんですよね？」

「まあ、そうですよ」

「なら、この辺りには漫画のカッパのイメージを凌駕《りょうが》するだけの特徴を持ったカッパの伝承はなかった、と考えるべきなんじゃないですか？　それ程の違いがなかったとか」

「うーむ」

多々良は腕を組んだ。

「伝承がないですか？　河童の」

「ないんじゃなくて、こんなカッパはカッパじゃないと退けるだけの大きな違いはこの辺りの謂《い》い伝えにはなかった——と考えるべきなんじゃないでしょうか」

「ああ」

そうかもなと多々良は云う。

「勿論、それは外見や何かのことであって、逸話や習性なんかはまた違っているんでしょうけど、そう云う細かな差異は、漫画の外見であったとしても別に温存出来るものなんじゃないですか？」

そうかそうだねと多々良は云った。

「だとしても——云い伝えすらもないんですね？」

多々良はやや弱まった口調で麻佑に問い質《ただ》した。

「伝説と云っても、この辺は——そうですねえ、日蓮《にちれん》上人の云い伝えがあるくらいだと思うんですよね。鴨川《かもがわ》や勝浦に近いでしょう」

小湊《こみなと》、鯛《たい》ノ浦《うら》、と多々良は叫ぶ。

「日蓮上人生誕の地！」

「そうです。ですから、古いお題目なんかが伝わったお寺はあります」

ご、ご真筆ですかと多々良は興奮したが、日蓮上人のものではありませんと淳子が応《こた》えた。

「村内の寺院に伝わっているのは、室町《むろまち》から江戸初期の鬚曼陀羅《ひげまんだら》数点ですね。山中郷《やまなか》八箇村——要するに総元村は、古くから日蓮宗に帰依《きえ》していたようで、まあ、文化財です」

それはそれで立派なものですと多々良は云う。

「後は——そうですねえ。寸暇《ちょっと》待っててください。祖父に尋《き》いて来ます。起きてはいるんです。ただ、咳《せき》が酷《ひど》くってお客様にお感染《うつ》ししてもいけないと——」

どうもすいませんと敦子と淳子が頭を下げた。美由紀も慌てて会釈をしたが、多々良は何も動じなかった。

麻佑は直《す》ぐに戻った。

「龍とか蛇だそうです」

「は？」

「いいえ、この辺の水の——何と云うんですか、かっぱっぽいものは、蛇とか龍だと祖父は云ってます」

「りゅ、龍ですか」

「はあ。池の主とかは概《おおむ》ね大蛇だそうですし、蛇は婦女子を誑《たぶら》かして子供を産ませたりするようです」

「子供を！」

「ええ。後、何だっけ、これは能《よ》く判りませんけど、八畳間に独りで寝ると蛇になるとか――」

そんなことを云ったら美由紀はもう蛇である。

南雲の家の客間は八畳だったのだ。

「蛇ですか」

「ええ。で、水の神様として考えれば、龍だとか」

「この辺一帯――山中郷八箇村の総社は、慥《たし》か、貴《き》船《ふね》神社じゃなかったですか？　違いますか」

違いませんねと淳子が応える。

「村社は八つありますけど、総社は堀《ほり》之《の》内《うち》の山の方にある貴船神社ですね」

「そこは？」

そこは、とだけ尋かれても困るだろうと美由紀は思ったのだが、淳子は平気で答えた。伝わっているのだ。

多々良に慣れたのか。

「創立起源は不詳です。安《あ》房《わ》里《さと》見《み》氏統治の時代と謂《い》われますが、文献などでは確認出来ていないので、判りません。近在の漁業関係者が多くお参りするので、水の神様です」

「貴船神社と云うなら祭神は高龗《たかおかみのかみ》神ですよ。伊邪那岐神《いざなぎのかみ》が迦具土《かぐつちのかみ》神を殺した時に生まれた三柱の神のうちの一柱で、水神ですよ、水神。龗《おかみ》と云うのは、これは龍の古語です」

「はあ」

龍なんだなと多々良は云う。

「ええ、まあこの貴船神社ですが、俗信では——」

俗信！　と多々良は叫んだ。どうもこの研究者は単語に反応し、その単語だけを反復する癖《へき》があるようだ。

「——その堀之内の辺りの夷隅川縁《べり》に、舟付《ふなつき》と云う処があるんですね。その舟付と云う地名の由来が、貴船神社のご神体が流れ着いた処だから、と謂うんです」

「流れ着くって、何処から流れ出したんです？」

ここからだそうですと淳子は云った。

「ここ？　この辺ですか？」

「大戸から流れて来たと伝えられてるようです。こっちの方が上流なので、豪雨の時に流されたんだと」

「ここの何処です」

さあ、と淳子は首を傾げた。

「貴船面《きふねめん》と云う地名はありますけど――村内に神社は幾つもあるんですが、大戸の神社って、河伯神社くらいですけどねえ」

「か、河伯！」

それってかっぱ神社ですかと麻佑は云った。

「カッパ？　カハクじゃなくて？」

「私は小さい頃からかっぱ神社と呼んでましたけど。かっぱじゃないんですか？」

河童が祀《まつ》ってあるのかねえと淳子は美由紀に顔を向けて尋いた。

こっちが尋きたい。

カッパでいいんじゃないですかねと敦子が云った。

「いいってどう云うこと？」

「ですから――まあ、こう云うことは勝手に決めていいことじゃないですし、常に類推でしかないんですけど、カッパって河の童と表記すると決まってる訳じゃないですよね？　河童と書いて普通にカッパと読むようになったのって、いつ頃からです？」

それは古いよと多々良は云った。

「でも、江戸期の文献を覧《み》ると、河伯と書いてカッパと読ませるようなものも散見しますよね。河童と書いてカワワラワと読ませたりもするでしょう。必ずしも、河童イクォールカッパと云う訳じゃないですよね？」

「それはそうだけども」

「民俗社会でカッパと云った場合、それって音だけの言葉なのであって、漢字表記が前提になっている訳じゃないようにも思うんです。他の呼び方が総《すべ》て漢字表記で書かれる訳じゃないですよね？　ヒョウスエとかメドチとか」

「それはそうですよ。識字の問題もあるし」

「カッパだけは漢字表記されることが多いんですけど、でもカッパも同じだと考えたならどうです？　そうなら、後から漢字を当てている訳ですよね？」

そうとも限りませんよと多々良は云った。

「漢字——と云うか、漢字表記出来る名称が先の場合だってありますよ。ヒョウスエだって、兵主部《ひょうすべ》の意と云う可能性があるし、メドチだって、ミンツチだって、あれはミズチの訛化《かか》だと思いますよ。なら水《みず》、霊《ち》ですよ」

「だからってメドチは漢字表記しませんよセンセイ」

「しない——ねえ」

「カッパだってそうなんじゃないんですか？　ガワッパだとかカワワラワだって、漢字で書こうとすれば河童になっちゃうんじゃないですか。ほら、センセイはゴウラとかゴウラボシの方も、甲羅じゃなくて、朝鮮語由来説を唱えていらしたんじゃなかったですか？」

「そうですよ。そうですけど」

「なら、河伯神と云う表記だからと云って、そのまま大陸の河伯神信仰と結び付けるのも早計――と云う気もするんです。そもそも道教で謂うところの河伯と、民間信仰の河伯も、きちんと呼応するものではないですよね。黄河の水神と云うだけで、姿も来歴も結構バラバラじゃないですか」

詳しいですねえと美由紀が云うと、予習したからと敦子は答えた。

そう云う人なのだ。

多々良は突如切迫したような顔付きになった。

「じゃあ河伯神社の燃えちゃったご神体が龍の形の女神像だったと云うのも、黄河の河伯由来じゃない？　河伯と関係ない、ただの龍？　まあ、女神だから河伯そのものじゃないんだけど、関係ないの？」

「かもしれない――ですけど。勿論、関係があるのかもしれないけれど、無理矢理関係付けなくても理解は可能なんじゃないですか？」

「それって、単に表記の問題だと云う理解？　河伯と書いてカッパと読ませたってこと？　いや、カッパなら河童と書くんじゃないのかな？　いや、そんなこともないですね――うん、まあ、そう読ませてる例もあるんだけども、じゃあ祭神は河伯神じゃなく河童だと云うんですか？　そうかもしれないけどさ」

「芥川龍《あくたがわりゅうの》之介《すけ》の『河童』と云う小説がありますよね」

　敦子は唐突にそう云った。

「ありますよ。僕も喜んで読みましたけど、あれは文芸作品でしょ。社会批判と云うか諷刺《ふうし》と云うか、狂人の目を通して見た痛烈な人間批評と云うか、そうしたものですよ。伝承や信仰とは無関係でしょ」

「そうです。でも、副題に『どうか Kappa と発音して下さい』とあるのを覚えてますか？」

「え？　まあローマ字表記があったよね。作中に英語も沢山使われてましたよ。覚えてませんけど。でもそれは表現規制が厳しくなったことへの反発とか、そう云うものでしょ？」

「私もそう読んだんですけど、でも、もしかしたら普通に読み難《にく》かったのかもしれませんよ。発表されたのは昭和二年ですが、その頃、河童をカッパと読むのが当たり前だったのかどうか。勿論、江戸期からカッパは河童と記されていましたけど、河伯を当てることだって少なからずあった訳ですから。原義がどうであれ、語源がどうであれ、いずれにしろ民俗語彙《ごい》としては——当て字ですよね」

「ああ。まあ」

「河伯神社の創建は？」

「元禄十三年ですよ。だから、総社の貴船神社の方がずっと古い筈《はず》ですよ。でもその貴船のご神体は元元この大戸から流れて行ったって――え？　どう云うこと？」

「知りませんけど、この大戸にもっと古くから龍か何かが祀られていて、本当にそれが災害で堀之内まで流されたのか、或いは何かの隠喩《いんゆ》なのか、全くの俗説なのか、それは解りませんよ。でも、ここの神社が元禄時代に造られたのだとして、です。その時代、カッパは河童と表記すると決まっていた――とは思えないんですけど。古くなる程に揺れは大きくなるんじゃないですか？」

「河童子とか河子と書いてカッパと読ませるような例もありますよ。『本草綱目《ほんぞうこうもく》』だと封《ほう》をガワタロと同定しているから、それもカッパと読んだかもしれない。勿論、河伯もありますよ。河伯は多いかもしれませんよ。文化文政《ぶんかぶんせい》くらいになると河童表記が定着して来るような印象ですけど、黄表紙なんかだと平仮名だったりもしますね。なら、え？　元禄十三年か。それって一七〇〇年ですよね。そのくらいの時代なら、単にカッパを祀る際に河伯と云う字を当てることも――え？　いや。でもさ、いや、そうか」

多々良は自問自答して混乱し、それで結局、

「そうですね」

と云った。

「当て字と考えれば、別に不自然じゃないのかな？」

「ええ。勿論、黄河の神様と無関係と決まった訳じゃないですけど――」

「当て字？　あ、そうですすよ。メドチやミンツチの水霊《みずち》って、蛟《みずち》と解すればほぼ龍ですよッ。イクォールではないけど、蛟は大蛇や龍の類《たぐ》いですよ。ミズチのチはオロチのチとも謂われますよ。足のある蛇です。角もあったりするし、蛟龍《こうりゅう》となると、極めて龍に近いですよッ」

「河童って龍神様に尻子玉供えるんじゃないんですか？」

美由紀はいつだったかそう聞いた。

多々良はアッと云った。

「そッ、そうですよ。房総の太平洋側の沿岸部には龍宮や龍神を信仰するところがあるんですよッ。海神としての龍です。そうだ、勝浦だって龍宮様を祀ってるじゃないですか。龍は山の方に行くと蛇に置き換わることも能《よ》くあることです。いずれにしても水神として捉《とら》えるならば、河童を祀る神社のご神体が龍だったとしても」

そんなに変じゃないのかと多々良は云った。

「河伯神社の河伯は、素直に河童と考えてもいいのかもしれないんですねッ。ご神体が龍でも。黄河の河伯神を持ち出す前に、龗《おかみ》でも蛟でも考えるべきものは沢山ある訳ですよ。お、奥が深いですよ河童」

多々良は大きく息を吐き出した。

麻佑は少し呆《あき》れたようだったが、やや脱力して、

「祖父曰《いわ》く、蛇は水神としては龍で、子供や獣の尻子玉を抜いたり、溺れさせたり、そう云う悪さをする時は、かっぱなんだろうって云ってましたけど」

と、云った。

「そうですか。つまり、この辺は河童の伝承が少ないと云うよりも、蛇や龍なんかに属性が移っている可能性があると云うことですか」

敦子は興奮する多々良に早合点はいけませんよと云ったが、多々良は止まらなかった。

「じゃ、じゃあ龍はどうです。龍を祀ったところはないですか。その、貴船神社の他にです。ご神体が龍と云うような祠や神社は——」

ないですよと淳子が即答した。

「私が勤める前のことですけど、役場で調べたんですよ。あの、敗戦で社格が廃止されて、神社本庁に管轄が統一されましたよね。その時に調べたようです。明治の神社改めで一村一社になったので、総社が貴船神社、村社が八箇村で八社。無格の神社が二十四社あって、うち七社が明治末に合祀《ごうし》されているので、残っているのは十七社です。龍神様が祭神の神社はないです」

能《よ》く覚えてますねと多々良は感心した。

「実は——今度町村合併するので、いずれ村史を編むために見直していたんです」

「合併?」

総元村はなくなるのよと淳子は云った。

「今年の十月で。だから後二箇月ですね。老川《おいかわ》村や西畑《にしはた》村や、この辺はみんな纏《まと》まって、大多喜町になるの。この辺りは夷隅郡大多喜町大戸になって、総元村じゃなくなるのね。総元と云う名前は消滅」

「まあ」

「でも、町村制が施行されるまでは八箇村だった訳で、元元総元なんて村はなかった訳だし、今でも大戸は大戸、三又は三又って感じではあったから、あんまり実感ないんだけど——役場はなくなっちゃうのね」

失業するのと美由紀が問うと、そうじゃないけど考え中と淳子は云った。

「大多喜の町役場に移れるかもしれないんだけど。人は余るからね。通うにしても遠くなるし、この際、転職しようかなとか」

私は少し淋《さび》しい気がしますけどと麻佑は云った。

「小学校の名前に総元は残るみたいですけど——祖父も、それで落ち込んで風邪引いちゃったんで」

「まあ、先生は総元村のために長年尽力されて来られた方ですからねえ。お年寄りは皆さんあまり良い顔をされていません。でも、決まったことですから。と──云う訳で、ないと思います。龍を祀った神社」

「あるわ」

麻佑が声を上げた。

「あるわよ、淳子さん」

「いや、ないでしょう」

「多分、調査に漏れてるのよ、その明治時代の。ほら、役場の裏手から登ってく、山の中」

「はあ？」

「それ、遠内とか云う処ですか？」

敦子がそう云うと、麻佑は能《よ》くご存じですねえと云って大いに驚いた。淳子はポカンとして、それは何処ですかと問うた。

「駐在さんに聞いたんです」

「駐在さんって、池田さんですか？」

「ああ、池田さんって遠内の出なんだっけ？」

淳子ちゃんは知らないかと麻佑は云う。

「もう十年くらい前に誰も住まなくなっちゃったんだっけかな。私が小学校入ったぐらいの頃は、慥《たし》かまだあったのよ。山の中の集落。そこから通ってた子もいたし」

「なくなった集落？　そんなの知りません」

「道は久我原の方に繋《つな》がってるんだけど、遠回りになるからって、道もない山の中を歩いて来てた子がいた。凄い山の中の集落。そこに、龍神様の祠があるとか聞いた」

「あっ」

多々良が声を上げた。能《よ》く声を上げる人だ。

「昨日の、あの。龍王池！　池だか淵だかがあるとか――」

待ってくださいと敦子が云った。

「昨日池田さんから、その集落は昭和十年以降――開戦前には無人になったと聞かされました。子供もいなかったようなんですけど、昭和十年と云えば、十九年も前ですよね。でも稲場さん、今、十年前って仰《おっしゃ》いましたよね？　戦中ですか？」

「昭和十九年――くらいになるかしら。私は昭和十四年に小学校に入ったんです。同級生の、川――」

「川瀬さん？」

「そうそう。川瀬香奈男君。五年生くらいまではそこから通ってたと思いますけど」

おかしいですよねセンセイ、と敦子は多々良に問うた。

「何が？」

「だって池田さんの話だと、川瀬さんは池田さんが集落を出た昭和十年より前に大多喜の人と結婚して転出したと云う話じゃなかったですか？　正確な年代は判りませんけど、少なくとも昭和九年には、もう遠内にはいなかったと云うことですよね？　その川瀬さんのお子さんが、どうして遠内から総元の小学校に通うんですか？　川瀬さんも総元中心に行商をしてらしたようですし、香奈男さんが麻佑さんと同年代と云うのは計算が合うんですけど――」

戻ったんでしょと多々良は云った。

「戻った――」

「例えば、川瀬さんが兵役に取られて、奥さんとお子さんは集落に戻った――と云うことでしょうか。え？　開戦よりも前にですか？」

そうなのかなあ、と麻佑は悩ましげな顔をした。

そんなことはどうでもいいですよと多々良は云う。

「問題はその龍王池の祠ですよ。そこに何が祀られているかでしょう。ねえ」

「ええまあ――」

敦子は困ったような顔をして、多々良の言葉を遣《や》り過ごし、麻佑に向けて云った。

「その香奈男さんですが、その後のことは」

「どうだったかなあ。一度、その遠内に行ってみたことがあるんですよ、私」

「行った！　見たんですかッ」

「別に何も見ませんけど——池はありました。池と云うか泉なのかな。後は田圃《たんぼ》だったような」

「ほ、祠は」

「さあ。その遠内って処《ところ》、昔は——何て云うんですか、その、あまり行ってはいけない場所だったようなんですね。明治より前は孤立していたんだそうです。祖父は進歩的な人なので、そう云う差別的な考えは旧弊だと退けてたし、実際そう云う差別は私が小さい頃にはもうなかったと思うんですけど」

まあ、誰も住んでいなかったのだとしたら、差別のしようもないのだろうが。

「でも、曾祖母《そうそぼ》なんかは凄く怒って。何でも、水涸《みずが》れのご祈禱《きとう》する時以外は近付いてもいけない——とか」

「雨乞《あまご》いと云うことですか？」

「馬の首を切ってその池に沈めるんだって曾祖母は云ってましたけど」

「馬の首ッ」

そう云う習俗は他所《よそ》にもありますよと多々良は矢鱈《やたら》に興奮した。ぐいぐいと前に出る。まあ、この一途《いちず》さと云うか集中力は見習いたいと美由紀も思う。

「そ、それで」

詳しくは知りませんと麻佑は云った。

「そのお婆さんは何処に」

「曾祖母はもうずっと先に亡くなりました。でも、私がその、遠内と呼ばれている集落に行ったと知るや、顔を真っ赤にして怒って——祖父が執り成してくれなければ一体どうなっていたやら。ですから、禁足地と云うんですか、その、集落ごと蔑視《べっし》されていたのかもしれません」

いかんことですと多々良は云った。

「いかんですけど、一方でその昔の習俗文化としては珍しいことじゃないです。そこは、ゆ、由来とかその——」

さあ、と麻佑は眉根《まゆね》を寄せた。

「本当に詳しく知らないんですけど、曾祖母の話だとその昔——どのくらい昔か知りませんけど、大昔に何処かから流れて来たか落ち延びて来たかした人達が住み着いた場所で、元は——猿がどうしたとか。猿引きとか——猿回しと龍神様は関係ないよなあと思った覚えが」

「サル！」

多々良はそれだけ云って敦子や美由紀に顔を向け、サルですよともう一度云った。

「猿と馬は関係が深いのです。厩祓《うまやばら》いは猿回しのお役目ですよ。そして猿は河童に置き換えられるものです。だから河童も馬を引くんです。馬は水神への供物になるんですよ。だから雨乞いの贄《にえ》になるんですよ。ねえ？」

ねえと云われても。

先に興奮されてしまうと、他の者は醒《さ》めがちになるものである。美由紀は多々良の小振りな鼻から次次に漏れる息の方が面白かったりした。

「それ以上のことは判りませんねえ」

麻佑がそう云い切る前に、大収穫ですよと多々良は云った。

「そ、そこは行けますか？」

「まあ行けますけど、もう誰も住んでないし、家だってどうなっているか——」

「建て替えられたり開発されたりしてるくらいなら放置の方が千倍マシですよ。風化は緩やかだッ！」

行きましょうと多々良は云った。

「いや、駐在所に行かなくちゃ駄目ですよ」

淳子がそう云うと多々良はエッと一際大声で云った。

「私達は約束してるんですから」

「僕は一人で平気ですよ。目的地さえあれば道すら要りません。方角は判りますッ」

腰を浮かせる多々良の袖《そで》を敦子が引いた。

「待ってくださいセンセイ」

「な、何を待ちますか」

「私を待ってください。あの、稲場さん。その川瀬香奈男さんの消息って——ご存じですか？」

「香奈男君ですか？」

麻佑は寸暇《ちょっと》考えて、そう云えば、と云った。

「つい最近、この近くで香奈男君に会ったと云う友人がいました。ええと、お父さんが亡くなって——」

「亡くなった？　川瀬さん亡くなっていたんですか？」

「はあ。誰も知らなかったんですけど——と云うか、私達お父さんのことを能《よ》く知らなくて——香奈男君の話だと、又聞きですけど、香奈男君自身、亡くなっていることは最近知ったような口振りだったようです」

「慥《たし》か、養鶏場に勤めていたとか」

「勤めていたと云うより下働きでしょうね。戦時中はまだ子供ですし。戦後の話だとしても十三四くらいでしょう？　いつの間にかいなくなってしまって——」

「昭和二十二年頃にお父さんが復員されて、一度戻ってらしたと聞きましたが」

「それは知りません。友達が聞いたところに依れば、香奈男君は千葉の方で、つい最近まで漁師の真似ごとをしていたようですね」

「千葉ですか」

「はあ、千葉と云ってもここも千葉の内ではありますからね、何処だか判りませんけど——港のある処でしょう」

敦子は何か考えている。

美由紀の知らないことを知っているのか、或いは美由紀が思い付かないことを思い付いたのか。

「すると——彼はその働き先で、お父さんが亡くなったことを知った、と云うことでしょうか」

そうなりますかねえと麻佑は云った。

「何しろ伝聞ですし、何も確証はないんですけど。兎《と》に角《かく》最近になって、お父さんが随分前に——慥《たし》かもう七年も前とか云っていたかしら。そんな前に亡くなられていたことを知って、この辺に戻って来たんだとか、どうとか」

「七年前——ですか」

復員して来てすぐに亡くなったと云うことなのか。

「それ、最近のことなんでしょうか」

「話を聞いたのは二月《ふたつき》くらい前だったと思いますけど。あの、それが、何かかっぱと関係あるんですか？」

「関係ありそうです」

敦子はそう云った。

何を云い出すのか。

多々良もぎょっとしている。

「え？　河童の話？」

「ええ、これは河童の話——なんでしょうね。センセイ、その遠内と云う処ですが」

私も一緒に行きますと敦子は意外なことを云った。

「行くって敦子さん——」

「ええ、判ってます。いずれにしても一度駐在所に戻りましょう。駐在の池田さんに同行して貰った方がいいと思いますし。そこのご出身だそうですから」

敦子さん、と美由紀はもう一度声を掛けたのだが、敦子はちらりと振り向いて苦笑しただけだった。

丁寧に礼をして、校長先生の家を辞した。

道すがら発奮した多々良は猿がどうした龍がどうしたと語り捲《まく》っていたが、美由紀は敦子の態度が気になって何も耳には入らなかった。

敦子はずっと何かを考えているようだった。

駐在所には昨日もいた千葉県警の刑事と、制服を着た女性が待っていた。女性の警察官らしいが、美由紀はそう云う役職の人を初めて見た――と云うか――会った。

「比嘉宏美《ひがひろみ》巡査です」

小山田と云う刑事がそう紹介した。

「お恥ずかしい話ですがね、うちの磯部の態度があまりにもその、何なもので、県警唯一の婦人警官を連れて来ました。いや、あれも悪気はないのですがな、お嬢さん方に高圧的な接し方をしたのじゃ、民主警察としてその、どうかと思いましてね。まあ河童懲罰の方は私が――」

小山田は多少困ったような――と云うかあからさまにあんた未《ま》だいたのかと云う顔で多々良を盗み見た。それまで厳しい顔付きだった比嘉巡査は、刑事の仕草を見てから美由紀の方を向き、こっそり表情を綻《ほころ》ばせた。

「珍しい？　女の警官」

「は？　ああ。いや、初めてです」

「婦人警察官は、戦後GHQの指導で警視庁が採用を決定した後、全国の国家地方警察で募集したので一時期多少は増えたんですけど、それでも狭き門だったので――それ以前に、そもそもが男社会ですし」

比嘉巡査は小山田刑事をちらりと見た。

「うちの署でもいつの間にかみんな辞めてしまって——千葉では今、私一人です。でも警察法が改正されたし、随時募集もしてるので、今後は増えると思います。そのうち警察官の前《さき》に婦人なんて付かなくなるでしょうね。宜《よろ》しく。比嘉です」

「ひ——がさん」

「珍しい名前でしょう。祖父が琉球《りゅうきゅう》の人なの。沖縄《おきなわ》の姓なんだと思います。尤《もっと》も私は行ったことがないんですけどね、沖縄。簡単に行けなくなってしまいましたし」

現状、沖縄はアメリカの統治下にある——ようだ。

お子様の美由紀には能《よ》く判らない。そもそも田舎の子供には占領されていたと云う実感もそんなにないのだ。いけないことだと思う。

淳子と二人、奥の畳の部屋で話を訊かれた。

比嘉巡査は丁寧に話を聞いてくれた。淳子は兎《と》も角《かく》、美由紀の方は余計なことを沢山喋《しゃべ》った気がするが、そもそも偶々《たまたま》見付けただけなので、そんなに話すことはない。だからあることないこと——嘘は云わなかったが——話した。

ただ。

「そうすると、呉さんは流れて行く人体らしきものを発見の一時間程前に目撃している——と云うことですね？」

そうなるのか。

慥《たし》かにそう云うものは見ているのだが、美由紀はそれと水死体とを結び付けて考えていなかったのだ。流れが蛇行している所為《せい》か、どっちが上流なのか理解出来ていなかったのである。比嘉巡査は地図を出した。

「ここから見た、と云うことですね。そこから発見現場の洗い越しまで――流れたとして、どのくらいになりますかね？　南雲さん」

「別に増水はしていなかったので――まあ三十分程度じゃないですかね。もっと速いかも。いや、何か流したことなんかないから判りませんね」

「なる程」

比嘉は帳面に書き記し、もう結構ですよと云った。

「ご協力有り難うございました」

「はあ」

障子を開けて土間の方を見ると、小山田が腕組みをして唸《うな》っていた。

「ああ、終わりましたか。比嘉君、比嘉君。あの、亀山さんの奥さんの証言なんだがね、何と云っていたかね、あの、名前」

「亀山綾子《あやこ》さんですか？」

「いや、奥さんの名前じゃなくて。その、訪ねて来たと云う男の方だ。ええと――」

「菅原《すがわら》です。菅原市祐《いちすけ》」

「そう、それだ。それ、あなたが云うところのス何とかとか云う男――と云うことになりませんかな？」

四文字だと云ってましたと敦子は云った。

「四文字と云っても四音と云うことだと思いますから、スガワラは適合しますね」

「そうですか。亀山智嗣さんは――あ、奥さんに遺体確認して貰ったので身許《みもと》は確定ですな。亀山さんは、その菅原と云う人相の悪い男と、あれこれ口論していたんだそうですわ。亀山さんと云うのは、これが愛想だけは良い人だったらしく滅多に声を荒《あら》らげたりしなかったようですがね。その菅原とは云い争いをしていたと云う」

そうだったなと小山田が問うと、そうですと比嘉が答えた。

「女性の参考人や被疑者への応対は女性の警察官に任せようとね、まあそう上が決めたんだが、みんな辞めてしまったもんで、比嘉が大活躍ですわ。で、何だっけ」

比嘉巡査は美由紀達を追い越して土間に出た。

「奥さんは次の間にいたらしく、瞭然《はっきり》とは聞かれていないんですけど、聞こえて来たのは――先《ま》ず、川瀬は死んでいるだろう、と」

川瀬なんですわと小山田は云った。

「まあ、それが池田君の知ってる川瀬氏かどうかまでは判りませんがね」

川瀬さんは七年くらい前に亡くなっているそうですと敦子が云う。麻佑の云っていたことだ。

「死んでるのか――」

小山田は嫌な顔をした。比嘉が続けた。

「それから、俺じゃない、玉はあいつがとった、とったんだ、と菅原氏が云っていたとか」

「とった――と云うのは？」

「盗んだの意か、手に取るの意かは不明です。後は――単語ですね。リュウとか、そして、カッパ」

「龍に河童！」

居眠りでもしているように腰掛けたまま脱力して下を向いていた多々良が、座ったまま跳び上がった。

「か、河童」

「いや、河童懲罰は私がしますから先生は寝ててください」

「寝てないですよ。寝られませんよ！」

もう少し我慢してくださいと敦子が諫《いさ》めた。

「まあ、益々怪しい訳ですがね、川瀬」

「それ以前に、亀山さんの処に久保田さんの訪問はなかったのでしょうか？」

「それに就いては確認しましたが、近近《きんきん》にはなかったようです。廣田さんも来てはいません。奥さんはご両人とも見知っていたようですね。頻繁に行き来はなかったものの、何度か訪ねているようです。ただ、菅原と云う人だけは初めて来た人だと云っていましたね」

「久保田さんと廣田さんが亡くなったことは？」

「新聞を見て知ったようです。亀山さんは随分驚いていたと云っていましたね。長屋で行われた廣田さんのお葬式には行かれたようです。久保田さんの方は——葬儀が行われなかったようで」

久保田さんとは接触していないんだと云って、敦子は自分のおでこを突《つつ》いた。

美由紀には何が何だかサッパリ判らない。

「そうだ。写真——宝石の写真は」

奥さんは見てないそうですねと比嘉は答えた。

「亀山さんが写真のようなものを眺めていた、とは云っていましたが」

「そうですか。それでは——菅原さんが訪ねてくる前に、二十代の若い男性が亀山さんを訪ねてはいませんか？」

「ああ——それは」

能《よ》くお判りですねと比嘉は眼を円《まる》くした。

「訪ねて来たそうです」

小山田がほう、と声を上げた。

「その若者が来るなりに亀山さんは大いに驚いて、何処か外——多分近所の居酒屋だと思うと奥さんは云っていましたが、そこに行ってしまったので、名前も、何を話したのかも判らなかったようですが。何でも以前世話になった人の息子さんだとか云っていたようです」

「写真を眺めていたのはその後、じゃないですか？」

それに就いては結び付けて考えていませんでしたと比嘉は云った。

「中禅寺さん、あんた何か摑《つか》んだんですかな」

小山田が訝《いぶか》しそうに問うた。

「私にゃあ何が何だか判らんがねえ。もし何かお気付きの点があるのなら、是非ともご教示願いたいもんですなあ。私も一応、河童懲罰より犯罪捜査の方が優先事項になるもんで——」

未《ま》だ何も判りませんと敦子は答えた。

「ただ、散らばっていた断片がそれなりの形に纏まって来た——と云うだけです。欠けた部分が多いので、確かなことは何も云えません。比嘉さん、その若者が訪ねて来たのはいつのことなんでしょう？」

「一週間前のことだそうです。その後、亀山さんは仕事を休み、二日ばかりあちこち歩き回って、それで菅原さんを家に連れて来た。それから、妙にそわそわとして、千葉に行くと云って家を出たのが三日前です」

「因《ちな》みに」

亀山さんの死亡推定時刻は一昨日の午後四時から六時くらいですわ――と小山田が云った。丁度、美由紀が東総元駅に到着した頃である。

「まあ、何処で亡くなったのかは皆目判りませんがね、そもそも上流が一本じゃないんですわ。平沢川が合流しているしね。流れて来たとして――この辺りですかなあ」

小山田は壁の地図を示した。

「まあ障害物もあるからね。あっちこっち曲がってるし素直には流れなかったでしょうが、ほれ、廣田さんのご遺体は平沢川に上がった訳ですから、もし同じ場所で犯行が繰り返されたのなら、上流になる平沢川から夷隅川に流れた、と云うことになるでしょう。そうならね、時間的なことを考慮すると、この辺、これより先から流れて来たってことはない――と云うのが会議で出された見解ですわ」

「ここはどうです？」

椅子に座っていた敦子は立ち上がって、矢張《やは》り地図を示した。

山の中である。

「そこは山ですよ中禅寺さん。いや、あ、そこは」

遠内でありますと池田巡査が声を発した。

「ほ、本官の生家がある場所で」

「いや、だって山じゃないかよ」

池がありますよねと敦子は云った。

「龍王池って、思うに水が溜《た》まっているのではなく、湧水なんじゃないですか？ 稲場さんも泉と云ってましたから。水が湧いているのなら、それは何処かに流れ出ているのじゃありませんか？」

流れ出ておりますと池田は答えた。

「大きな流れではありませんが、小川と云うようなものでもなく、一応川にはなっております。流れは急で、子供が遊ぶのに適した川ではありません。危ないと」

そんな豆知識はいいよと小山田は云った。

「川があるんだな」

「その川は――夷隅川に通じているんじゃないですか？」

「はあ、通じておるかと」

「ああ？」

小山田は大きな声を出した。

「つまり何か、支流――じゃないな。ええと、その能《よ》くは判らんが、そこから流したもんは夷隅川に流れ出るのか？」

「流れ出るかと思われますが」

早く云いなさいよと小山田は情けない声を出した。

「か、関係ある事柄でしたかッ」

「あるさ。つまり上流――源流の一つなんだろ。こっちから流れて来たとは限らんのかい」

何処に流れておるんだと小山田は問うた。

「地図には何も書かれておらんよ」

「はあ。その地図は住居地図でありますし、山の方は最早《もはや》、誰も住んでおりませんので、巡回の必要もないのでありまして――その、川と云うのであれば、黒原《くろはら》の上の方にも池沼はありますし、小さな湧き水はあっちこっちに結構ありましてですね、ちょろちょろと夷隅川に流れ込んでおります。それらは樹木に覆われておりますから、航空写真にも写らない――と云うような話も聞きますです。従って地図にも記されておらんのであります」

ややこしい川だなあと小山田は云った。

「で？」

「はあ。流れは二筋になっておりまして、一方はこう」

池田は指で示す。

「大戸の方に流れておりまして、もう一方は、こう、久我原の西側に流れ出て、この辺――ですな。ここに」

「それは何とか云う滝の上流じゃないか！」

「不動《ふどう》の滝でありますか？　まあそうなりますかなあ」

「つまり平沢川だろ？　廣田さんの死体が見付かった」

「そうなりますかな」

あのさあ、と云って小山田は頭を掻《か》いた。

「そのナントカの滝んとこが問題だった訳さ。水死体はそこ越えて流れないんじゃないかと云うね。越えてもほら、合流してるでしょうに。三《み》つ叉《また》みたいに。久保田さんと亀山さんはその下流で見付かってる訳。で、廣田さんは」

こっちだよと小山田は示す。

「さっきも云ったが、これ、もし殺人事件で、しかも同じ処で殺害されたんだとしたら――だよ。平沢川の方から流れて来たと考えるよりなかった訳だよ。そうでしょうに。でもこんな滝やら合流地点やらを越えてこっち側にスイスイと来るか？　まあ来るのかもしれないけど」

と云うか本当《ホント》ややこしい川だなあと小山田は云った。

すいません、と淳子が謝った。

「いや、怒っているんじゃないですよ。と云うか、あなたが造った川じゃないでしょう、これ。でもだね、その池田君の故郷の、何だ、そこからなら、合流点の上流下流どっちにも流れると云うことなんだね？」

「どっちにも流れるんであります」

大事なことだよねえと小山田は謡《うた》うように云った。

「行ってみる——べきじゃないですか？」

「何処に？　遠内か。まあ、でもですな、中禅寺さん。これが殺人だとして——いまだに判らんのだけれども、犯人がいると仮定して、ですよ。犯行現場に——いや、犯行現場ってたって水死ですよ。殺人だとしたって同じ場所で行う必要はないでしょうや。現場の特定も無理でしょう」

瘤《こぶ》があるでしょと多々良が云った。

「凹みじゃなくて凸《とつ》ですよ。あの謎はどうなります」

「どうなりますって」

「しかもお尻が出ているじゃないですか。その、ぬ」

亀山ですかと美由紀は云った。

そうじゃないかと思ったのだが、そうだった。

「亀山さんのズボンは発見されたんですか？　もしかしたらその、ぬ」

遠内ですねと美由紀は云う。

「遠内から流れ出てる川に引っ掛かってるかもしれんですよ。いいんですか見付けないで。その元集落には龍神が祀られているかもしれないんですよ？　河童は尻子玉を龍神に供えるんですよ？　年貢ですよ年貢」

「はあ、その」

河童はねえと小山田は云った。

「捕まえられればねえ。喜んで罰しますけど、先ず、捕まらんでしょうしねえ」

捕まる訳ないですよッと多々良は威張った。

「一昔前なら確実に河童の仕業とされてた事件ですよ。でも今はもう昭和です。残念乍《なが》ら二十世紀に河童でしたは通用しないでしょうに！」

お前が云うかと云う顔で小山田は多々良を見た。

「それに、この辺では河童の属性は蛇や龍神に振り分けられているようですから、そもそも河童らしい河童はいないんです。ですから、懲罰するなら犯人ですよッ！」

人間ですよと、研究家は強い口調で云った。

「そ、そりゃ同感ですが――」

「さっさと行きましょうよッ」

「小山田さん」

亀山さんの事件の発表はいつですかと、唐突に敦子が尋いた。

「は？　昨夜のうちに身元確認が出来てる訳だから」

もう発表されていますよと比嘉が答えた。

「夕刊には載るんじゃないかと思いますが。勿論殺人とも連続とも発表していないので、不審死となるでしょうが」

「そうですか」

あまり時間はないかもしれませんねと敦子は云った。

「時間って――何です？」

「お電話お借りしていいですか？　編集部に確認事項があるのと――探偵に調査もして貰いたいので」

敦子はそう云って、ちらりと美由紀の方を見た。

6

「品のない話ですいませんね」

益田龍一はそう云った。

昨日の午後に連絡したのに丸一日で粗方調べ上げたのであるから、それなりに調査能力はあるのだ。

敦子は多少なりとも益田を見直したのだが——。

「でも、こりゃあ僕が悪いんじゃなく、そう云う話なんですから仕方ないですわ。僕だって好きこのんでこんな話を美由紀ちゃんみたいな可憐《かれん》な女学生の前で話したかァないですよ、実際」

口数が多いのは相変わらずである。

どうやら益田は昨年の春の事件の際に既に美由紀と知り合っていたようで、妙に気安い。美由紀の方はやや迷惑そうである。

どうでもいいから先に進めてくれと敦子は頼んだ。

「はあ。ですから、浅草界隈《かいわい》を騒がせた覗《のぞ》き魔ってのは、どうも若い男だったようです。風呂《ふろ》や便所を覗かれたのはまあ、概《おおむ》ね三十過ぎ、五十くらいの親爺《おやじ》です。親爺の尻が好きな若者――つうことですな。まあ、性癖嗜好《しこう》は人それぞれ、そっちの道は奥深いですからね。老《ふ》け好きもいようってなもんですが――」

「事実だけ報告してくれればいいんです」

あまり時間はない――と思う。

「はあ。ご存じの通り、模倣犯や便乗犯が沢山現れましたから、正確には判らんのですが――愉快犯みたいな悪戯《いたずら》もありましたからね。都合四人検挙されてる訳で、うち三人は女性を覗いている。こりゃ、ただの出歯亀《でばかめ》です。残りの一人は完全な悪戯。結局捕まってない方が多いみたいですね。美由紀ちゃんの学校でも騒ぎがあったようですけど、これも犯人は捕まってないですなあ。オリジナルの犯人――俗に云う、覗き陰間《かげま》も、挙げられてません」

「そのオリジナルと云うのが活動した時期は？」

六月中旬から七月の初旬までですと益田は答えた。

「意外に短いですよ。件数も、発覚してるのは八件。まあ覗き魔ってのはこっそり覗いてますからね、露見していないのもあるんでしょうが――」

で、と益田は前髪を揺らした。

「流石《さすが》、敦子さんの炯眼《けいがん》には恐れ入りますな。出されてましたよ、被害届。亀山さん家《ち》から」

亀山あ、と横で黙って聞いていた小山田が声を上げた。

「どう云うことです中禅寺さん」

「ですから、亀山さんの家が覗き魔に覗かれた——と云うことです。そうですね？」

「はいはい。亀山さん家は内風呂で。覗かれたなあ風呂ですね。亀山さんの奥さんてえのが近所でも評判の別嬪《べっぴん》らしいから、旦那《だんな》は慌てて交番に届けたんですが——」

亡くなったそうですねえと益田は萎《しお》れた。

「若くして未亡人ですかあ。可哀想になあ」

「いちいち脱線する男だな、この探偵」

小山田が顔を顰《しか》めた。

「能《よ》く云われます。ま、覗かれたのは旦那の方だった訳ですがね。で——廣田さんの方はですな、こりゃ銭湯なんですけどもね。行きつけの銭湯——これが紙乃湯《かみのゆ》ってんですが、変な名前ですね。そっちでは別に覗き騒ぎはない。考えてみれば、これ、男同士ですからね、銭湯の場合は覗く必要はないです。入りゃいいんだから。真っ裸見放題ですよ。ところがですね、廣田さんはあんまり銭湯に行かなかったんですわ。廣田さん、職人でしょう。こう、鑢《やすり》の目をごりごりごりごり——」

真似はいいですよと敦子は云った。

「あ、真似と云うか想像ですけどね。鑢の目立て仕事なんざ見たこたあないです。それで、兎《と》に角《かく》ずっと働いてて、気付くと風呂屋はもう落ちてるんですわ。そんなですから、専《もっぱ》ら行水で済ませてたようで。頼まれた仕事が一段落してですね、納品も済ませてから、寛緩《ゆっく》り風呂屋に行って、酒飲んで休むと云う暮らしです。で、丁度六月から七月にかけては忙しかったんですなあ。矢鱈《やたら》と発注があった。鑢は季節もんとも思えないいんですが——」

「で？」

「ああ。その廣田さんの住んでたのは六軒長屋で、便所は共同です。そこで覗きがありました」

「廣田さんも覗かれてたのか！」

小山田は驚いたようだった。

「はあ、覗かれたと騒いで届け出たのは隣の金魚屋ですけどね。これも、まあ覗かれたのは自分なんだが、おかみさんが美人なんですわ。そしたらその隣の大工も覗かれていて、仏具職人も覗かれていた。全部野郎で、どうも男ばかり覗くと云う噂はここから出た節がありますな」

「廣田さん自身は？」

「これが——能《よ》く判らないんですな。覗かれてたかもしれないけれど、判らんと云ってたようです。鈍感な人だったようで——まあ、俺のケツならいつでも見せるのにくらいのことは云ってたようですけど」

下品でしょうと益田は美由紀に向けて云った。

美由紀は何も答えずに、少し横を向いた。

「で、後はまあ、数軒、それらしい覗きはある訳ですが」

「菅原さん——ですか」

「ええ、そうですね。調べましたよ、菅原市祐」

調べたのかねと小山田がまた驚く。

「調べますよ。仕事ですから。僕ァ依頼されれば何でもしますからね、法律に触れない範囲でですが。その上に、敦子さんのご依頼とあらば通常の三倍は働きますよ。何たって下僕体質が身に沁《し》みてますから、もう身を粉《こ》にして——」

君のことはどうでもいいよと小山田が云った。

「そうですか。仲村屋の幸江さんと芽生さんにも確認しました。スガワラで記憶にピタリだそうで。青木《あおき》君にも協力してもらいましたしね。菅原、前科もありますな。恐喝と窃盗で前科三犯。商売は、まあ香具師《やし》みたいなものです」

「住居は」

「浅草——と云っても外れの方でして、今戸《いまど》に近いです。住まいは一軒家ですが、借家です。商売柄旅が多くて、家にはあんまりいません。その上、表札も何も出ていない。昨夜見て来ました」

ご苦労様ですと云うとお蔭様《かげさま》でと返された。

通じ難《にく》い返しだが、平素のことである。

「へえ、まあ隣近所に聴き込みもしましたが、その一帯が一番覗きの被害が多かったですな。独り暮らしのお爺《じい》さんやら寡夫《やもめ》のお父《と》っつぁんやら、男所帯ばかりが覗かれてました」

「うーん」

そりゃどう云うことなんですかと小山田は敦子に向けて尋いた。

「ええ。覗き魔は何処《どこ》が菅原さんの家だか判らなかったんだと思います。その上、菅原さんの顔も知らなかった。名前を変えている疑いも持っていた。だから手当たり次第に覗いた——んでしょうか」

「何故」

「刺青《いれずみ》を確認するため——でしょうね」

「刺青？」

そうなんですわと益田は前屈《まえかが》みになる。

「いや、真逆《まさか》昭和の出歯亀が自分の抱えてる案件に関わってるたぁ、夢にも思いませんでした。あのですね、犯人は尻に宝珠の刺青がある男——なんです」

「犯人？」

それは——違う。誤解を招く云い方だ。

「その覗き魔は、お尻に宝珠の刺青がある人物を捜していた、と云うことですよ小山田さん。廣田さんか亀山さんか菅原と云う人のいずれかの尻に刺青があると、絞り込んでいたんでしょうな、そいつは。でも、その」

お尻見せてとは云えないですよと、ずっと黙っていた多々良が云った。

「ねえ」

「だから覗いた？　風呂や便所を？　また迂遠《うえん》なことをしたもんですなあ。で、それは一体——」

まるで解りませんと美由紀が云う。

「まあ、私が解る必要はないんですけど」

この段階では説明し難い。

いつも思うのだが、兄のようには出来ない。何もかもが出揃って、凡《すべ》てが動かし難く、きっちり確定してから行動を起こすような真似は、敦子には無理である。

「まあそうとしか思えませんわ」

と、益田が続ける。

「廣田、亀山、菅原は、久保田さんと共に七年前の宝石略取事件――に関わった人間と思われます。関わった五人のうち、川瀬さんは亡くなっているようなので――って敦子さん、実は僕も能《よ》く解らんのです。久保田、廣田、亀山は既にケツが出てる訳ですな。刺青はなかったんですね？」

そんなものはないなと小山田は云う。

お尻はただのお尻だったよと多々良も云った。

「すると、尻に宝珠の男は菅原――ってことになりますよね。久保田さんの話を信じるなら。だって、その尻宝珠の男を騙《だま》して宝石を奪還するために、三芳さんに依頼した訳ですからね、久保田さんは。模造宝石の制作を。川瀬さんが亡くなってるんであれば、当然騙せない訳だし――」

刺青の男は菅原市祐で間違いないだろう、とは思う。

「それで――ですよ敦子さん。尻宝珠が菅原だとして、残りの四人は凡て死んでる訳ですよ。で、三芳さんの作った模造宝石かもしれん写真は、亀山さんが持っていた訳でしょうに。なら、その生き残りの三人が、尻宝珠の菅原を騙そうと画策して返り討ちに遭った――ってことじゃないんですかね？　なら犯人は菅原じゃないですか」

そうなるなあと小山田は云った。

「覗きの方はどうなるんです？」

「は？　覗きは——覗きじゃないですか。軽犯罪でしょ」

「誰が覗いたんです？」

「いや、それは」

「そうだよ。宝石略取の仲間達ってのは、そもそも菅原さんに刺青があることを知っていた可能性が高いんじゃないかね？　仲間なんだし。ならそれ以外の人と云うことになるのかな？」

「厠《かわや》を覗くのは河童ですよ」

そう云って多々良はひひ、と笑った。

「河童なら懲罰ですがね、でも、河童はねえ」

いや——。

「そうですね。その河童が——誰かと云うことです」

「河童が誰かって、中禅寺さんあんた」

小山田は顔を顰《しか》めた。

これはまだ想像なのだが——。

「益田さん、それで、別件の方は——」

はいはい、と益田は調子良く帳面を捲《めく》った。

「久保田さんが勤めていたのはですね、ええと、銚子の江尻《えじり》水産と云う会社で――また尻が付きますなあ。これ、会社の体裁になったのは例のマッカーサーラインの第三次許可以降ですから、四年くらい前ですね。それまではただの網元――だったんですかな。遠洋漁業中心に調子良く業績を伸ばしてたんですが、これも例の原子マグロ騒動で相当打撃を受けまして、倒産こそ免《まぬが》れましたが、かなり人員整理をしてる。久保田さんもその一人です。久保田さんはですな、仲村幸江さんの証言通り昭和二十三年の冬に千葉に舞い戻っていて、江尻水産設立時に事務方として雇われているようですね。江尻さんとは戦前、漁師として一緒に働いていたそうで――縁故採用ですな」

能《よ》く調べたなあと小山田が感心した。

「お役所仕事では中中突き止められなくってね。まあ、刑事事件と決まった訳じゃなかったから、捜査と云っても身許《みもと》洗うと云うところまでしてなかったんだが」

「まあ、僕は卑怯《ひきょう》で姑息《こそく》ですから。目先のことなら何とでもなりますね。後で呵《しか》られても謝るだけで。あ、ホントに違法なことはしません。小心者でもありますから」

そんなことはどうでもいいですと云った。

「敦子さん、最近僕に風当たりが強い気がしますがね。ええと、今年になって江尻水産を解雇された人の中に、お捜しの人はいませんでした。いませんでしたが、こりゃ要するに正式な社員の中にいなかったと云うだけでして」

「と、云うと？」

「小間使いと云うか用務員と云うか——いますでしょう見習いみたいなのが。学生服着てたりする。あの待遇。社員じゃないけど働いていたんですよ」

誰が、と小山田が問う。

「ええ」

川瀬香奈男さんですと益田は云った。

「か、川瀬の息子かッ」

「はあ、香奈男さんは——こりゃ僕が直接聞いたんじゃなくて同業に頼んだんで、伝聞なんですがね。六年くらい前と云いますから、これも昭和二十三年ですか。その時分に九十九里《くじゅうくり》に流れて来て、あっちこっちで漁師の手伝いなんかをしていたようですね。その頃は少年だったようで。江尻水産に拾われたのが、一昨年のことです。でも、まあこの春には馘《くび》ですわ。水爆実験の所為《せい》ですなあ」

「待て。すると、久保田と川瀬の息子は——同じ会社にいたと云うことかい？」

「そうなりますな。それがどんな意味を持つのか、僕にゃあ皆目判りませんが。馘んなった後の消息は不明です」

一度郷里に戻り——それから。

——浅草に行ったか。

「香奈男さんにお父さんが死亡していることを告げたのは久保田さん――だと思います。総元小学校の前の校長先生の外孫――稲場さんと仰《おっしゃ》るんですが、彼女は香奈男さんと同級らしいです。その彼女の話だと、香奈男さんは五月か六月頃に一度、この総元村近辺を訪れているようです。その際に香奈男さんは、七年前に自分の父親は亡くなっていて、自分は最近そのことを知ったのだ――と云うようなことを語ったんだそうです。春まで香奈男さんが江尻水産に勤めていたのだとすると、同じ職場には久保田さんがいたと云うことになります。香奈男さんのお父さん――」

敏男さんでありますと池田は云った。

「川瀬敏男さんは、戦前、この近辺を中心に行商をしていらしたようですから、その段階で銚子辺りにいた久保田さんと接点があったとは考え難《にく》いんですが、もし、宝石略取の五人組の一人が、その川瀬さんなんだとしたら」

「間違いないっぽいなあ」

小山田は池田に視軸を投じた。

「久保田さんは三芳さんに、宝石略取の際には人死にまで出ている――と語っていたようです。ならば五人のうち誰かが亡くなっている可能性がある。それが川瀬さんだとすれば」

「丁度、七年前に死んでいる、と云うことになるか」

「ええ。七年前復員した敏男さんは、香奈男さんに儲《もう》け話があるからと云い残して東京に出て、そのまま戻らなかった——らしいんですよね?」

そうでありますと池田は答えた。

「儲け話と云うのが宝石略取計画だった可能性はあります。そしてその宝石略取計画の存在を仄《ほの》めかした久保田さんは、多分、同時期に右腕を失う大怪我を負っているんです。だから、何かはあったんでしょう。しかし何かがあったのだとしても、それを知る者は多くない。額面通りに受け取れば、それは犯罪ですから。しかも露見していない犯罪なんですね。そうすると、川瀬さんの死を知っている人間と云うのも自《おの》ずと限られて来る訳でしょう。その中の一人が——久保田さんであることは、先《ま》ず疑いようがないことですから」

「すると——」

復讐《ふくしゅう》なんですかと美由紀が云った。

そう——なのだろう。

「お父さんの復讐?」

でも、判らない。断定は出来ない。

「その、お父さんを殺されちゃった香奈男と云う人と、片腕をなくした久保田と云う人が——復讐しようとした、と云うことですか?」

「それはそうなんだろうけども——」

「いやいや」

小山田が手を振った。

「それ、誰に復讐すると云うんだね？　その、内輪揉《も》めがあったんだと云うことなんだろうけども——誰か一人が一人を殺し、一人を怪我させて、その畏《おそ》れ多い宝物を独り占めした——と云う筋書きだと考えればいいのかね」

大筋はそう云うことなのだろう。

だが——。

「そうすると、的は尻に刺青の男——菅原ってことになるんじゃないか？　さっきは菅原が犯人だって云う話じゃなかったかね」

そりゃあ僕が云ったんですと小声で云って、益田が小さく手を挙げた。

「刑事さんも賛成してくれたじゃないですか」

「そうだけども。違うのかな」

違うと思います、と云った。

「覗き魔は——川瀬香奈男さんだったんだと思います」

「おやま。そうするとですね、敦子さん。香奈男さんは、尻宝珠男が誰なのか知らなかった、ちゅうことになりますけど」

「そう考えないと辻褄《つじつま》が合いません。香奈男さんはお父さんの昔の仲間の名前や居所を久保田さんから聞き出したのでしょうが——その中の誰が父を死に追い遣《や》った張本人かは判っていなかった。ただ、その張本人のお尻に刺青があることだけは知っていた、と云うことじゃないですか」

「は？　だから便所覗いて尻を確認し、仇敵《かたき》を確定しようとしていた——と云うのかね？　中禅寺さんは」

「ええ。そのくらいの理由がなければ、そんなことはしないと思うんですけど、如何《いかが》です？」

まあ無性に男の尻が好きだと云う以外に理由はそれしか思い付きませんなあと益田は云った。

それ、少し変ですよと美由紀が云った。

そう。慥《たし》かに少し——変なのだ。

「だって、久保田とか云う人はそれが誰なのか知っていたんじゃないですか？　どうしてそこんとこは教えなかったんですか？」

「そうなの」

判らないのは久保田の動きである。

大体の断片《ピース》はきちんと嵌《は》まった。だから大きな構図に変わりはない——と思う。

しかし、久保田の動向に関しては巧《うま》く収まらない。

主犯——と云うより略取した宝石を独り占めしたのが宝珠の刺青の男——菅原市祐だと仮定する。当然、久保田悠介はそのことを知っていた可能性が高い。久保田に怪我を負わせ川瀬敏男を殺害したのが菅原であるのなら、久保田はそのことを当然川瀬香奈男に告げているだろう。

その点は伏せられている。

もし、これが久保田悠介と川瀬香奈男の復讐であるのであれば、二人は協力し合う筈だ。しかし久保田は多分、香奈男とは別行動を取っている。

三芳彰に模造宝石を作らせたのは久保田の独断なのではないかと、敦子は考えている。何より、作らせた目的が今一つ判らない。

その上、久保田自身が死んでいる。

しかも、一番最初に。

「久保田と云う人は復讐したい側の人なんじゃないんですか？　でも、死んでますよね。と、云うか、そのお尻の刺青の人だけ生き残ってますよ？　他は、全部死んでます。苦労してお尻確認したのに。結局、誰かが殺したんだとしても、お尻に刺青のない人だけ殺してることになりません？　そうなら最初の返り討ち説の方が正しいような気がします」

美由紀の云うことは解る。

しかし。

「覗き行為では確認出来なかったんじゃないかな。だから次の手に出た——そんな気がするの。何か餌で釣って引っ掛かって来るのを待った——」

「餌ってのは宝石でしょうねえ。この場合。他に美味《おい》しそうなものはないですからねえ。しかしですね敦子さん。その宝石、久保田の言を信じるなら菅原が持ってることになりますよ？　その菅原を釣るのに宝石って変じゃないですか。いやあ、そりゃ変ですわ」

「変なんですよ。でもね、どうして水死体の下半身は剝《む》かれていたのか——と云う点を考えるなら、矢《や》っ張《ば》りそうなると思う。何か罠《わな》を掛けたとして、罠に掛かったのが本命の仇敵なのかどうか、確認した——のじゃないですか」

「ああ。いやあ、つまり標的を絞るための尻確認に失敗したから、取り敢えず順番に罠に嵌めて殺して、それから尻確認したってことですか？　それは酷《ひど》いなあ。でも死んでしまえば尻は見放題ですからなあ。と云うか、なら全部ハズレじゃないですか」

だから。

時間がないと思うのだ。

つまりこう云うことですかと益田は云う。

「川瀬香奈男さんは、久保田さんから話を聞いてお父さんの仇討《あだう》ちをしようと目論《もくろ》んだ。憎き仇《にっく》は、廣田、亀山、菅原の三人の中の一人で、お尻に宝珠の刺青がある男だと云うところまでは絞り込めている。ただ誰のおケツに彫りもんがあるのか判らないから、先《ま》ずそれを確認しようと便所や風呂を覗いたが、まあ判らなかった——」

判らなかったのだ、とは思う。

「で、次に何らかの罠を仕掛けた。この罠と云うのは、三芳さんの作らされた模造宝石とは」

「関係ないのじゃないかと思います」

関係ないのかあと気の抜けた声で云って、益田は一度放心したように口を開けた。

「あ。いや、すいません。それで、その何だか判らない罠に——最初に引っ掛かったのは」

久保田さんと云うことになりますが——と云い乍《なが》ら益田は前髪を掻《か》き上げ、それはどうですか、と続けた。

「だって、香奈男さんに諸諸《もろもろ》の情報を漏らしたのは、久保田さんだと云う前提なんでしょうに。なら何でそんな半端な教え方するんですか。万が一ですよ、久保田さん自身、尻宝珠が他の三人のうちの誰なのか知らなかったんだとしても——です。何だってその罠に進んで引っ掛かるんですか」

「別の計画があったんだと私は考えてます」

「久保田さんにですか？　香奈男君とは別に？　だって、亀山さんに写真を渡したのは、敦子さんの推理だと香奈男君になるのでしょ？　その写真に写ってたのは模造宝石じゃないんですか？」

確認して貰《もら》いましたよと小山田は云った。

「昨日の夕方、勝浦署の署員がその、河童の橋だかまで出向きましてね、ええと、三芳さんか。その人に写真を覧《み》て貰った。断言は出来ないものの、自分が作った模造宝石と同じ形、同じ数だと云う証言が取れました。比較対象物が写っていないので大きさが確定出来ないし、模造したものではなく本物と云う可能性もあるから、断定は出来ないと云う話で。まあ、正確を期した証言だと思いますな。寧《むし》ろ信用出来ますわ」

ほらあ、と益田は鼻の下を伸ばした。

「なら、久保田と香奈男は共犯ですよ」

「だったら——共犯者を最初に殺したんですか？　で、殺してから刺青を確認したんですか？　ズボンを下ろして？」

美由紀が不服そうに尋いた。

「ああ。まあ、そう——なんじゃないんですか」

益田はそう云うが、それは考え難《にく》いように敦子は思う。

ズボンのゴムを切ってまで確認している以上、犯人は久保田もまた刺青の男である可能性を持つ者の一人と考えていたことは間違いない。共犯関係にある者に対しても疑いを持つと云うことはあり得るのだろうが、そうだとしても確証もなく最初に殺すようなことをするだろうか。益田の云った通り、幾ら何でもそれは酷《ひど》い。

事実久保田に刺青はなかったのだ。

久保田を含めるとして候補者は四人。その中の一人が狙いだったとするなら、そんな罠――どんな罠なのかは判らないけれど――は、仕掛けないだろう。そもそも確認してから殺すと云うならまだしも、殺してから確認しても仕様がないのではないか。最初から全員殺すつもりなら、いちいち確認する必要もないと云う気がする。

これは、矢張《やは》り久保田が勝手に罠に掛かったと考えた方が素直なのではないか。久保田だけではなく、廣田も亀山もそうだったと云う可能性はないか。

「いずれにしても何か欠けてはいるんですよ」

敦子はそう云った。

「ただ、それは考えて判るものではないと思います。解ったところで実証は出来ないし、実証出来ても」

阻止は出来ない。

阻止と云うのは何ですかなと小山田が問う。

「今のところ確実なのは、悪巧みをしていた五人組の中で生き残っているのは菅原と云う人だけ、と云うことです。益田さんの云う通り、その人は犯人であるかもしれない。でも同時に」

最後の被害者になる可能性もある。

「菅原も殺されると云うのかね」

「可能性はあると思いますけど」

だが殺すと云ってもなあ——と小山田は腕を組んだ。

「どうやって殺したと云うんですか。正直、ただの溺死《できし》である可能性の方が大きいのですよ。そりゃ、そちらの先生が仰るようにね、たん瘤《こぶ》はある。だから外傷がないとは云わないですわ。でも致命傷じゃない。溺《おぼ》れてるんです」

「河童だね」

多々良は明後日《あさって》の方を向いて小声で云った。

本当に河童の仕業で済むのならいいのだが。

河童でも捕まえますよと小山田は云う。

「ただね、犯人がいるんだとしても、確実なのは死後にベルト切ったたってことだけですよ。それだって死後に切ったかどうかさえ判らんのです。今の段階では、矢張り殺人事件と決め付けることは出来ないですからなあ——」

「でも」

　そう。

「何故そうなったのかは判らないんですが、結果的に確認は出来てしまったと云うことですよね？　計画的にそうしたのか偶然そうなったのかは別にして、久保田さんにも廣田さんにも亀山さんにも刺青がないことは確認出来た訳で」

　じっくり検分出来ますからねえと益田が接《つ》いだ。

「お尻」

「もし、川瀬香奈男さんが何らかの手段で刺青の男を特定しようとしていたのだとすれば、それは特定出来た、と云うことにはなりませんか？」

　菅原市祐に。

「そうか。今までの三人が事故死か殺人かはあんまり関係ない、と云うことなんですね？　菅原とか云う人は、狙われているかもしれない――のか」

「美由紀ちゃんの云う通りです。もし川瀬香奈男さんが敵討《かたきう》ちを考えているのならば、仇敵《かたき》は菅原さんに一本化されたことになる。一方で、益田さんの云うように菅原市祐が自分を狙っている者達を次次に返り討ちにしていると云うのであれば、最後の一人は」

　川瀬香奈男である。

「勿論《もちろん》、三人の不審死の謎は解くべきなのでしょうが、それよりも、これから起きる事件を防ぐことの方が優先されるべきだと私は思います。これ以上被害者を増やしてはいけないでしょう。縦《よ》んば復讐と云う目的があったのであれば、相手の特定が出来た以上、もう、後は」

殺すだけなのだ。

そりゃ判りますがねえと小山田は顔を歪《ゆが》めた。

「人員はこれ以上割けないですわ。現在、平沢川と夷隅川の合流地点を中心に、地元の協力を得て亀山さんのズボンを捜しておるんです」

「遠内でしょ」

多々良が云った。

昨日から多々良は遠内に行きたくて仕方がないようである。今もすっかり準備を整えて、いつでも出発出来るように入り口に立っている。

「ズボンがあるとすれば遠内ですよ。だって昨日、そう云う結論に達したじゃないですかッ」

「いや、そりゃ結論でなくて推論ですわ先生。一応、午前中の会議で報告はしましたがな。と、云うかですな、本件に関しては捜査本部も正式には立ち上がってないんですよ、現状」

なら行きますよと多々良は云った。

「ならって――少少意味が通じ難《にく》いですがな」

「ですから、警察の捜査対象地域じゃないなら、僕がそこに行こうと何しようと勝手と云うことでしょ。違うんですか？」

「違わんです。私に先生を止める権利はないですわ。しかしですなあ、中禅寺さんの話を聞くに、何か起きるかもしらんでしょう。もしも、ちゅうこともあるから」

「なら行きましょう」

「いや、私はここにいなくちゃいかんのですよ。もうすぐその、勝浦署からの連絡員が来ますもんでね――」

来ましたよ来ましたよと多々良は二回云った。

云い切る前に何か音が聞こえて、自動車が駐在所の前に停まった。ドアが開いて比嘉巡査が出て来た。運転席には磯部刑事がいるようだった。

「主任、菅原市祐の――」

そこまで云って比嘉は敦子と美由紀に気付き、少し驚いたようだった。

「いや、まあ捜査協力で本日もお出《い》で願ったんだよ。こちらは東京の探偵事務所の益田さんだ。色色と情報提供をしてくれてね。ま、菅原の素性なんかも聞いた」

やあ婦警さんですかあと云って益田は前に出て来た。

「お蔭様で、僕ァ元国家警察官でして。神奈川本部にも婦人警察官はいましたが、何か怒って辞めちゃいましたよ直《す》ぐに。環境が悪いんですねえ、職場の。国家地方警察から県警察になって改善されたのかなあ。親爺《おやじ》ばっかりですからねえ。職務がキツいと云う以前に、親爺がキツいすから。ひ弱で貧弱な僕は保《も》ちませんでしたねえ。女性には辛《つら》いですよねえ、警察」

同感ですと比嘉は云った。

小山田は更に顔を歪《ゆが》めた。

「菅原の写真が警視庁から届きました」

比嘉は写真を出した。

「菅原は昨夕、自宅を出て何処かへ出掛けたようです。香具師仲間の話では、別に遠出の仕事も興行もない筈だ、と云うことだそうですが」

「そうかい――」

小山田は益々渋面を作った。

「それから、亀山さんの行政解剖の結果ですが、溺死だそうです。頭部の傷は死因とは直接関係ないと云うことですが、例えば水中で何かにぶつかったりして出来たものならば、そのまま意識を失ってしまったり、或《あ》いはその際に大量に水を飲んでしまったりするようなことは考えられるだろうと」

「まあ、素人でもそのくらいは判るがね。司法解剖して貰うよう進言するんだったかなあ。無理だろうなあ。何も出ないだろうしなあ。睡眠薬でも出ればね、まあ、そんな判り易いもんなら行政解剖でも判るのかね？」

そこで益田があっと声を上げた。

「何ですか。これ以上話をややこしくせんでください」

「そうじゃないですよ。と、云うか多分ややこしくしちゃいますよ僕は。僕は、今朝一番の電車に乗り、バスだの何だの乗り継いでやって来た訳ですがね、木原線で——一緒でしたよ。この人」

「どの人だ」

だからこの人ですと益田は小山田の指先を示した。

「菅原——か？」

「その人がス何とかこと菅原さんなら、そうですよ。乗ってましたよ」

「そいつ、何処で降りたのかな？」

「何処でって同じですって。東総元駅でしたっけ？」

「この辺にいるってことか？」

捜しますかと池田巡査が云う。

「捜すって別に手配されてる訳じゃあ——」

いや。

遠内だろう。敦子はそう確信している。

「センセイ、行きましょう」

そう云った。

「立て込んでいるようですし、これ以上提供出来る情報もないです。その、龍王池の祠《ほこら》の取材をして、東京に戻りましょう」

私も行きますと美由紀が云った。

「待て待て。あんたはマズイよ」

「どうしてです？　山の中だからですか？　人、いないんですよね？」

「そうだが――」

小山田さあんと車の窓から磯部が呼んだ。

「河原の捜索の監督に行かなくちゃいかんでしょ。さっさと行きましょうよ。早く済ませて一旦《いったん》県警本部に戻らなくちゃ叱られますよう。あ、お前、探偵だな」

磯部は益田を認めると指で鉄砲の形を作って一発撃つ真似をした。これは誰にでもやるようだ。お調子者の益田は撃たれた振りをした。これはすべきではないだろう。

「いや、そうなんだがな。比嘉君、君は――」

「私も本日中に千葉に戻る予定です。勝浦署には寄らなくてもいいと」

「そうか。じゃあ、すまんが暫《しばら》くこの駐在所にいてくれないかな。池田君、君、この人達と一緒にその、遠内か。そこに行ってくれないか。もしかしたら何かあるかもしれんから。あってからじゃマズイし。あ、お嬢さんは行かないようにね」

小山田はそう云うと己《じぶん》の額をぺたぺた叩《たた》いて、ホントに河童の方が良かったよとぼやき乍《なが》ら、自動車に乗り込んだ。

比嘉は自動車を見送ってから、

「勝手ですねえ」

と云った。

「こちらの都合も尋かずに、返事もしてないのに。そもそもどうなっているのか私には状況が全く判ってないんですけど――」

命令ですから従いますけどもと云って、比嘉は駐在所に入って来た。それから池田巡査に、そう云うことだそうですから宜《よろ》しくお願いしますと云った。池田は畏《かしこ》まりましたと敬礼した。

「これ以上は何も起こりはしないかと思いますが」

「何かあった場合の連絡要員と云うことでしょうから。本部でお茶汲《く》みさせられるよりずっといいですし。主任は何かあるかもしれないと仰ってましたけど、何かあるかもしれないんですか？」

池田はまた敬礼した。

「残念乍《なが》ら本官の理解の及ぶところではありません」

「そうですか——ではくれぐれも気を付《つ》け」

その段階で多々良は既に胸を張って意気揚揚と歩き出していた。池田が慌てて大声を出した。

「先生様、そちらではありませんッ」

「え？　だって方角はこっちでしょ」

「方角は正しいかもしれませんが、米軍のM４中戦車にでも乗らなければ迚《とて》も直線での移動は不可能であります。本来であれば木原線で久我原まで行き、細い山路を登るのでありますが——」

そんな時間ないですよと多々良は云った。

「で、では本官が最短の道をご案内致します。道らしい道は殆《ほとん》どないですが、でも人間が移動出来る範囲の環境かと思います。それでも」

そちらの方向ではありませんと、再び歩き出した多々良を池田は止めた。

取《と》り敢《あ》えず駅まで向かい、駅を越して山の方に分け入った。益田と美由紀も一緒である。敦子も美由紀の同行は止《よ》すべきかと思ったのだが、云って聞く娘ではない気がしたし、池田も黙っていたので、何も云わなかった。

いざとなったら美由紀は自分が護《まも》るしかない。

何か起きた場合の多々良の反応は、全く予測出来ない。

腕力皆無にして卑怯者を自任する益田は——勿論有事の場合は敦子や美由紀を護るべく行動に出るのだとは思うけれども、真っ先にやられてしまうような気がした。頼りになるのは池田だけである。

と——云うより。

敦子は暴力沙汰《ざた》は予想していない。

ただ、菅原と云う人物に就いては不明の点が多い。反応が予想出来ないから、用心するに越したことはないとは考えている。

山——と云うより、原野のようだ。

藪《やぶ》のようなものを掻き分け道を切り開くかのようにして池田巡査は進んだ。

思うに稲場麻佑が云っていた、川瀬香奈男が通学路として使っていた道と云うのがこのコースなのだろう。

樹木の背が高くなり始める。

地面も傾斜している。明らかに山である。

やがて、川が現れた。

大きな川ではないが、傾斜の所為か流れは速いように思える。

「これが龍王池から流れ出ている川ですわ。遠内の者は東の筋と云ってましたが。久我原の方に流れるのは西の筋ですな。ですから、川と云う理解ではなかったのかもしれんですなあ」

後はこの流れに沿って登りますと池田は云った。

見上げるといつの間にか樹樹が空を覆っていた。

慥《たし》かに、航空写真でもこの川は写らないだろう。

それでも人間の死体を流すくらいの水量はある。

「転出してから一度も行っておりませんのでね。もう二十年近く登ってないことになるですが、変わっておりません」

「そうだ。前の校長先生のお孫さんの話だと、川瀬香奈男さんはこの経路を通って学校に通っていたようですけど」

「そりゃ変だな」

池田は立ち止まった。

「敏男さんは、若くして結婚して――初めは大多喜で所帯を持った筈ですがな。その後一二年で大多喜を出て、てっきり総元に宿替えしたんだと思っていたですが――うちにも偶《たま》に寄ってくれてたから、山中郷八箇村のどっかに住んでるもんだと思い込んでいたんだが、違ったのかね。遠内に戻ってたのか？」

「そうじゃないんでしょうか」

「そんなことあるかなあ。だって誰もおらんのですよ。生活出来ないでしょう」

「行商って、何を売っていたんです？」

「ああ、薬ですね。打ち身や捻挫《ねんざ》に効く膏薬《こうやく》を売っていたんだと思いますな。我が家も買いましたが、使った覚えがないですわ」

河童の膏薬じゃないのと多々良は云って、ひひひと笑ってからそれは出来過ぎだねと続けた。

「その、香奈男さんは開戦時に十二歳くらいだった訳ですよね？　現在はもう二十五歳くらいと云うことになりますけど——少し年齢が合わない気がします。敏男さんは池田さんの八つ上でしたよね？　すると今年で四十歳くらいですから——十五歳の時の子供と云うことになってしまいますが」

「ああ、そうですな。そんなことはないなあ。いや、どうなのかな。じゃあもう少し小さかったのですか。大人びてたがなあ、あの子は。あれ？」

首を傾げ乍《なが》ら池田はまた登り始めた。

「その香奈男さんと同級の麻佑さんは多分、二十一か二ですよ。昭和十四年に入学したとか云ってましたから。二十歳の淳子さんより上の学年の筈ですし——」

美由紀はそう云った。

「それでも変ですかね？」

「いや、それなら勘定は合いますな。敏男さんは十八九で集落を出てるんですわ」

「ひゃあ」

そんなに若いうちに結婚されてるんですかと美由紀が声を上げた。

「いや、いいんですけど。私、図体《ずうたい》が大きい割に、お子様なもので」

「まあその、大きな声では云えませんが、子供が出来てしまって已《や》むなく所帯を持ったんだと——後で聞きましたけどねえ。こんなことはお嬢さん方の前で云うことではないですが」

「奥さんと云う人は？」

「それがねえ。本官は奥さんに会ったことがないんですわ。ただ敏男さんが徴兵された時——そうだなあ。あの時、香奈男君は養鶏場に預けられて——あ、違うな。敏男さんは志願兵だったのか」

「志願兵？」

「そうですわ。うっかりしておったけれど、徴兵されたのではなかった筈ですわ。敏男さんは開戦して直《す》ぐに——いやいや、そうするとおかしな具合ですな。ええと、香奈男君が小学校に入学したのは昭和十四年、なんですな？　開戦は」

「昭和十六年の末ですね」

「いやあ、そうなると香奈男君は戦争中にも小学校に通っていたと云うことになりますなあ。それは慥《たし》かに具合が悪い。本官は何か間違っとるようですな。少なくとも終戦後は養鶏場にいたんです。本官は復員してから様子を見に行ってますし。いや、待てよ、すると香奈男君は、開戦ではなくて、終戦の頃に十二歳くらい、つうことですか？」

何か記憶が錯乱しているようだ。

頭整理した方がいいすよと益田が云った。

「人間、普段の生活に関係ないこたぁ、大抵忘れてますからね。でもそりゃ思い出す必要がないってだけで、覚えてるもんですよ、大体。忘れてるってことは、記憶が変に改変されたりもしてないってことですしねえ」

池田は再び立ち止まった。

「なる程、そうですな。自分は変な思い込みをしておりました。敏男さんは、お国のために奉仕したいと開戦して直ぐに志願したんです。それは覚えてます。うちに挨拶《あいさつ》に来てですね、勇ましいものだなあと思いましたから。当時本官は十九で、正直戦争に行くのが怖かったです」

誰も行きたかあないですよと益田は云った。

「僕も赤紙手にして絶望しましたからね」

「はあ。その時に、敏男さんは本官の母親に、自分が戦死したら息子を頼むと云ったんですわ。で――その時、そうですなあ、そう、小学校を出たら養鶏場で働けるように頼んである、と云ったんだな」

「小学校を出たら、ですか」

「はあ。で、実際復員後に行ってみたらば、いた訳で、考えてみればその時に十二歳くらいだった、と云うことですわなあ。そうすると、香奈男君は」

「遅くとも敏男さんが兵役に就かれて以降は、遠内に戻っていたということじゃないですか？　お母さんと二人で」

「お母さん――ですか」

会ったことがないんだよなあと池田は云った。

突然、斜面が急になった。川も、滝とまでは云えないものの、水はかなりの高低差を落ちている。急流だ。植物が繁茂しているから行く手は遮られているのだが、川筋の先には空間があるように見て取れた。

「この上が遠内ですが。登れるかな」

池田が蔓《つる》だの枝だのを掻き分けていると、美由紀があれズボンですよね、と大声で云った。

「ズボンじゃないですか？」

多々良は身体ごと向き直って、ああそうだねえなどと云い乍《なが》ら川に二三歩脚を突っ込んで岩に引っ掛かっているそれを拾い上げた。

　気にしない人なのである。

「僕が云った通りじゃない。ズボンですよ。あ、ベルトは切れてますよ。これ、切ってるよねえ」

「これって、見えないですからね」

　益田は腰が引けている。

「間違いないね。あの水死体の人のズボンですよ。これで僕は上半身も下半身も発見しましたよ」

「下半身じゃないでしょうに。ズボンですよ。衣類。それに最初に見付けたのは上半身じゃなくて全身でしょ。どうでもいいから早く上がってくださいよ。滑って転んで流されたって僕《ぼか》ァ助けられませんよ」

　この人細かいよと云い乍ら多々良は川から上がり、ずぶ濡《ぬ》れのズボンを石の上にポイと放った。

「持ってても仕様がないよね？」

「投げ捨てるなら拾わなきゃいいじゃないですかあ」

　噂通りの人だなあと益田が云うと、確認だよ確認と多々良は憤慨した。

「殺人現場じゃないんだからさ。場所が判ればいいじゃない。現場保存とかあんまり意味ないよ。ここにあった以上は、この上から流れて来たってことじゃない。ズボンは川　遡《さかのぼ》ったりしないよ。どっちにしても、これで下の河原の捜索は無意味と云うことですよ。無意味」

まあ、その通りではある。

そうしているうちに池田が路《みち》を切り開いた。

「かなり足場が悪いですがね。でも、多少行き来した跡がありますな。最近、誰かが上り下りしたんでしょうか。ああ、樹に摑《つか》まるのはいいですが、蔓は切れますから気を付けてくださいよ」

斜面は急だが、崖《がけ》と云う程の高さはない。転げ落ちたとしても余程変な落ち方をしない限り怪我はするまい。

水辺には羊歯《しだ》類が群生し、岩は苔生《こけむ》している。曲がりくねった木の根と、生《お》い茂る藪。絡まった葛《かずら》。蔦《つた》のような植物が四方に触手を伸ばしている。

池田の先導で先ずは美由紀を登らせて、次に敦子が登った。益田が慌てて続いた。多々良が落ちると予想したのだろう。かの巨漢の下に付くのは危ない。

案の定背後でアっと云うセンセイの声が聞こえた。

取り敢えず気にしない。多々良は慣れている筈だ。

登り切ると視界は開けた。ただ、一面が草である。

凡てが緑に覆い尽くされた光景と云うのは、ありそうでない。

森に囲まれた平地一帯に、敦子の腰丈程もあろうかと云う草が繁茂している。

低木もある。何処までも草だ。

その真ん中に川が流れている。

「遠内ですな」

池田が云った。

「って、村ですかこれ？」

益田が見渡す。

「あ、あれ、建物？」

蔦に覆われた塊のようなものが左右に確認出来た。

「ああ、凄《すご》いことになってますなあ。いや、こりゃあもうどうしようもないです」

池田は草を掻き分けて進む。

「足許が能《よ》く見えんですが、川がありますから気を付けてくださいよ。この、雑草でもってキワが判らんですから、足滑らせると落ちますからね」

また背後から多々良の悲鳴が聞こえた。

落ちかけたのだろう。

「ここいらは元は一面が田圃《たんぼ》で。私の生家は——あれですわ」

池田が指差す方に目を遣ると、矢張り緑色の塊が確認出来た。蔦はそれ程絡んでおらず、壁や玄関はあるようなので、辛うじて建物と判る。ただ、屋根には草が繁茂していた。結構大きな家である。

池田は暫くそれを眺めていたが、

「あ、申し訳ない。祠はもう少し先です」

と云って歩き出した。

「この川の先がですな——ああ、見えますかな」

緑色がせり上がっている。

まるで緑に覆われた壁のようだ。

「あの崖は登れませんな。で、ほら、あの、洞《ほら》」

湖——ではない。大きさから云うなら慥《たし》かに池である。

緑色の輪の内側が徐徐に翳《かげ》り、黒く艶《つや》やかな円い平面を作っている。比較する対象が植物しかない所為か、巨大な湖のミニチュアを眺めているような錯覚に陥る。実際はそれ程大きくない。五坪程だろうか。ただし、深さはかなりあるようだ。

池の三分の一は、抉《えぐ》れた崖に喰い込んでいる。

洞の中に植物は生えていない。暗くて見えないのか。

そこがこの川の起点であることは間違いなかった。湧き出した水は正面に向けて筋を作っている。池田云うところの東の筋——敦子達が辿《たど》って来た川——である。湧水は左側にも流れを作っているようだ。それが西の筋、と云うことだろう。

水も極めて澄んでいるようだ。

池の奥、洞の中に祠らしきものがあった。

「あれが龍王池ですなあ。で、祠、見えますか」

「祠には——」

行けない。

池が阻んでいる。

「ご覧の通り、この龍王池は、あの洞とほぼ同じ幅でありまして。狭い池ですが、湧き出る水量は多いですすし、舟か何か用意しなきゃ祠には行けんのですよ。入っちゃいかん決まりですしね。なので、裡《なか》に何があるのかは、見ておりませんなあ——」

「ああ」

最後尾から前に飛び出した多々良は、眼鏡の奥の目を細め、口を横に開いた。

「泳いで行けるでしょ？」

「まあ、相当深いですが、小さいですからね。でも不入池《いらずのいけ》ですから。入っちゃいかんのですわ」

「だって誰も咎《とが》める人はいないじゃないですか」

多々良と云う男は、信心深いのか無信心なのか判らないところがある。それが明白な迷信妄信であっても、土地の文化としては遺《のこ》すべきだ護るべきだと主張する。一方で禁忌は平気で破る。自分は土地の者ではない、他所《よそ》者だと云う自覚があるから、そうした呪縛《じゅばく》もない——と云うことなのだろうか。

僕は嫌ですよと益田が云った。

誰も益田に行けとは云っていないのだが。

「水泳は不得手ですからね。濡れるのも御免です。湘南《しょうなん》辺りで水浴びしたことくらいしかないですよ、僕ァ。それも」

「川瀬さんのお宅はどちらですか」

敦子は問う。

祠よりも先ずは——進行中の事件だ。

「はい、上《かみ》の川瀬はそっちの」

池田は右側を示した。

「奥の方で。下《しも》はその、そこです」

池の左側。

建物があった。

屋敷とは呼べないかもしれないが、かなり大きい。しかも他と違って家としての体裁が保たれている。屋根に草が生い繁っているところは一緒だが、壁も柱も戸もちゃんとある。ただ、あまりにも風景に馴染《なじ》んでいたために、そうと認識出来なかったようだ。

「上下《かみしも》川瀬は池を挟んで左右にあるです。元元、川瀬の家が池の祠の管理と申しますか、その、堂守と申しますか、そう云う役割だったんだと聞きますな――」

神官ですかと問う多々良の声がした。

「いやいや、神主さんとか、そう云うものではないでしょうなあ。堂守ですよ。お供えしたり、掃除したりしていたんだと思いますが――大正時代くらいまでは、手入れのために祠に渡る艀《はしけ》のようなものがあったようです。本官の子供の時分もあったと云いますが、記憶にはないですな」

池田は歩き出した。

「江戸の頃は、集落全体で十五戸くらいはあったようなんですが、川瀬の家は上下共に代代そう云うお役目だったと聞きます。池田の家は田圃を任されておったらしい」

それで池田なんですかと美由紀が云った。

「池の田圃ですもんね」

そんな単純なものかいと益田が云ったが、そうでしょうなと池田は答えた。

「苗字《みょうじ》は明治になって付けたもんで。それまではなかったのか、あったとして何と呼ばれていたのかは知らんです」

川瀬家の真ん前には川――西筋が横切っていて、小さな橋が架かっていた。見た目は朽ちかけているようだが、丈夫そうだった。

「この西の筋は久我原の方に流れますが、西の筋沿いにはもう少しまともな道がありましてね、馬も通れる。この集落から麓《ふもと》に通じる唯一の道です。集落の玄関口には水口の家があって、麓の村との交渉ごと、ものの売り買いは主に水口の者がやっておったようです。ま、いずれもご一新前のことで、本官がいた頃にはもう、どの家も出稼ぎで――」

下の川瀬の家の前に至った。

「この家――」

ここは使えますよねと美由紀が云う。と云うか最近まで使ってたんじゃないですかと益田が受けた。

「何か、出入りした感がありますよ」

「いいえ」

敦子は云う。

「今も使っています。と云うか、多分」

いる。

「誰かいます」

敦子が戸に手を掛けようとするのを池田が制した。

「ここは本官が。万が一と云うこともあります」

池田は皆さん下がって、と云った後、戸を敲《たた》いた。

「誰かおりますか。香奈男君、いるのかな。覚えておるかな、以前この遠内に住んでた池田です。お父さんの知り合いの。ほら、下の養鶏場で会ったでしょう」

気配はする。

池田は一度敦子を顧み、それから開けるよう、と大きな声で云った。戸は難なく開いた。

裡《なか》は暗かった。

「香奈男君、いるのかな」

何かが動く音がした。

やがて、いますよと云う、か細い声が聞こえた。

「香奈男君か。入ってもいいかね」

「帰ってくれと云っても、帰ってはくれないんでしょう。お仕事で来られているんでしょうし」

「いやあ、仕事と云うかなあ。半分はね」

懐かしくってねえと云って、池田は家の中に足を踏み入れた。

「うちはもう駄目になっていたから」

「そりゃそうですよ。みんな、ここを捨てて行ったんですから。捨てられたら塵芥《ごみ》ですよ。使えなくなります」

「そう——かもしれないが、ここは」

ここは使ってますからと声——香奈男は云った。

「使っているって——」

「他にもお巡りさんを連れて来たんですか。僕を捕まえるために？　僕は抵抗なんかしませんよ。でも僕は」

何もしていませんよと香奈男は云う。

「そうじゃないって。一緒に来たのは、ほら、警官なんかじゃないから」

敦子は裡に入った。続いて美由紀と益田、最後に多々良が入って来た。

「誰です？」

僕は研究家ですよと多々良が云った。

「それに、編集者に女学生に探偵です」

「訳が解らない」

香奈男は少し笑ったようだった。

「まあ、それより香奈男君。使っているって、君はここに住んでいるのかい？　もしかして」

「住んでいますよ。ずっと」

「ずっと？　だって君は、大多喜で生まれたのじゃなかったか？　お母さんは大多喜の人だろう」

大多喜でのことは覚えていませんと香奈男は答えた。

「二歳か三歳か——そのくらいまでは何とか暮らしていたようですけど。あんまり覚えてないですよ」

追い出されたんですよと香奈男は云った。

「池田さんは平気だったようですけどね」

「平気って？」

「遠内者はね、嫌われてましたから。特に川瀬は蔑《さげす》まれていたようですよ。母の話だと、僕も、猿飼いの子だの河童の子だのと謂《い》われたようですから。猿なんか飼ったことはないし、河童なんて見たこともないのに。苛《いじ》められてたんですよ。だから記憶にないんです。父さんもまともには働けなくて、母さんも実家から縁切られたそうですし。仕事がなくちゃ家賃も払えないですからね。ここなら只《ただ》です」

「いや、それじゃあ――総元村じゃなく、ここに舞い戻っていたのかね。みんな転出してしまった後に、かい」

いやあ、と池田は嘆息を漏らした。

「敏男さんは何も云っていなかったがな」

「云わないでしょう。大戸や三又の辺りはまだ人当たりが良くって――と云うか、近いのに、どう云う処なのかそんなに知られてなかったみたいですよ。久我原の人とは元元交流もあったようですすしね。山中郷の村なら、まあ暮らせたみたいです。住む気にはならなかったようですが。でもね、大きめの村は何処も駄目なんですよ。嫌われる。多分、その昔廻っていたからだろう――と、父さんは云ってましたけどね」

「廻ってた？」

廏祓《うまやばら》いですねと多々良が云った。

「猿を舞わせて、廏の邪気を祓うんです。猿回しはですね、現在ではただの芸能扱いですけど、その昔はそうした役目を担った一種の宗教者だったんですよ。但し、他の民間宗教者がそうであったように、まあ、蔑視されてもいた訳です」

蔑視ですか、こりゃあいいやと香奈男は笑った。

「されてたんですよ、蔑視」

「だが、その、猿なんか本官も触ったことがないぞ」

「父さんだって同じですよ。曾祖父《そうそふ》あたりまではやってたようですけどね、その何とか。大体、大きな村に行ってたんですよ。門付《かどづ》けみたいにして廻ってた。馬がいますからね。それに、その猿なんとかをするのは川瀬の家だけで、他の遠内者はしていなかったと聞いてます」

多々良が唸《うな》った。

「大多喜辺りだとこっちから行ってたようですけど、近在の村の方は、寧《むし》ろ雨乞《あまご》いを頼みに向こうから来ていたようですからね。まだ扱いがマシなんですよ。低く見られてはいましたけどね。小学校にも通えたし、友達もいましたから」

稲場麻佑さんがここに来たと云っていましたと美由紀が云った。

「ああ。麻佑ちゃんか。校長先生の孫でしょ。あの校長先生は立派な人で、そんな迷信や旧弊はいかん、出自で差別するなど以ての外だと云って、入学させてくれただけじゃなくて、色色と面倒もみてくれたんですよ。普通に接しなさいと麻佑ちゃんなんかに云ってたようですからね。でも、あの娘《こ》は一度ここに来て——それからはあまり口を利かなくなってしまったけれど」

「あの校長先生は人格者だからなあ」

「でも父さんは有り難迷惑って顔してましたけどね」

「いや、迷惑と云うのは判らんが——」

「迷信なんかじゃないと父さんは云い張ってましたからね」

　香奈男はそう云った。

　明暗順応が成って、敦子は漸《ようや》く声の主の姿が見え始めている。青年は囲炉裏《いろり》の奥に座っている。

「父さんは逆に周囲を見下げてたんですよ、迷信を盾にして。自分達は元は高貴な出なんだって。都で宮中の厩番をしていた一族の末裔《まつえい》だから——って。まあ、それくらいしか誇れるものがなかったんでしょうね。謂い伝えを全部、迷信だ嘘っ八だと切り捨てちゃうと、そう云う誇りみたいなものまで捨てることになる訳でしょう。それが嫌だったんじゃないですかね。父さんは」

「いや、すると敏男さんはここから村に下りて行商しておったのか。うちにも何度も来たんだが——」

　遠内者同士は気安いですからと香奈男は云う。

「懐かしかったんじゃないですか」

「上《かみ》の川瀬や、君のお祖父《じい》さんなんかは、そう云えばどうしたんだね」

「祖父は、多分池田さんが出た後に死んだんでしょう。殆《ほとん》ど記憶にないです。大多喜には一度も来なかったと思いますよ。上の川瀬には会ったことがないです」

「そうか。そうだったのか」

池田はそう云って、漸く框《かまち》に腰を下ろした。

「じゃあ、君は敏男さんの出征後、ずっとお母さんと二人切りか。お母さんは戦争中に亡くなったと聞いてるが——」

「母さんは直《す》ぐ死にました」

「直ぐって——」

「父さんが戦争に行って直ぐに死にましたよ。きっと栄養失調でしょうね。だから僕は、ずっと一人ですよ」

「だって君、その時分——銃後は小学生だろう」

「そうですね」

「そうですねって——それこそ校長先生にでも相談すりゃ良かったじゃないか。あの人なら幾らでも助けてくれただろう」

誰にも云いませんでしたよと香奈男は云った。

「まあ、父さんと懇意にしていた養鶏場の小父《おじ》さんにだけは云いましたけどね。それも随分経ってからですよ。でも、他の人には云ってません。云うような間柄の人がいませんから」

「しかしだな、そうすると、君は——開戦当時なら、まだ八つか九つか、そんなものだろうに。こんな処で、独りで生きて行けないじゃないか」

意外に生きて行けますよと香奈男は答えた。

「僕は、学校が終わると久我原の方に下《お》りて、畑のものを盗み喰いしたり、時には本当の泥棒もしました。愈々《いよいよ》困ると養鶏場に行って面倒みて貰ってましたし」

「それで喰い繋《つな》いでいたのか」

「そうです。父さんだって似たようなものだったんですよ。父さんが売り歩いていた膏薬は、この遠内に生える何とか云う草だか実だかを原料にして作ったもんです。効くのか効かないのか知りませんが、売れるもんじゃないですよ。きっと僕と同じようにしていたんじゃないですか。泥棒ですよ。僕が学校で厭《いと》われていたのは、だから遠内者だからじゃなくて、汚かったからですよ。服も襤褸襤褸《ぼろぼろ》、風呂なんか入りませんからね。母さんが生きていた頃は、多少は身綺麗《みぎれい》でしたけどね。それでも汚くて、臭かったんです。麻佑ちゃんも能《よ》く付いて来ましたよ」

いやあ、と池田は絞り出すような声を出した。

「迂闊《うかつ》だったよ。駐在として目が行き届いていなかった。それ以前に、何故に一言相談してくれなかったかなあ、敏男さんは。本官なら幾らでも力になったのに――」

見栄ですよと香奈男は云う。

「見栄とは違うのかな。校長先生の援助を断ったのと同じ理由でしょうね」

「ほ、本官はここの出身だよ」

「だからですよ。池田さんとこは、元元は川瀬の眷族《けんぞく》なんですよ、きっと。厩を清められるのも、雨を降らせられるのも、それは川瀬だけで、それ以外の遠内者は――武士で云うなら、家来です」

「臣下に助けは求められんと云うことかい」

池田は淋《さび》しそうな顔をした。

「父さんにとって、だからこの前の戦争は特別なものだったんですよ。父さんは云ってましたよ。自分は陛下のために死ぬんだ――って」

「へ、陛下ッ」

池田は身を硬くした。

香奈男はゆっくりと自分の真上を指差した。

香奈男の背後には不必要に大きな祭壇か仏壇のようなものがある。その上に御真影が懸けられていた。

「上古《いにしえ》より宮中で馬の清めをしていた一族として、畏れ多くも陛下がお望みになるのであれば、一兵卒として命を賭《と》すが当然と、そんなことを云ってましたよ。それくらいしか、人生の明かりが見えなかったんですよ」

暗い家裡の、更に暗い上方に掲げられたそれは、それと知れる以上には殆ど見えなかった。

「これだって何処から持って来たのだか。学校にも飾ってあったから、何処にでも飾るもんだと思ってましたけどね。兎《と》も角《かく》父さんは朝晩これを拝んでましたよ。僕も拝まされた。まあどっかで凝り固まっちゃったんですよ、父さんは」

赤貧でしたから——と香奈男は笑った。

「父さんがいても、母さんが死ななくても、暮らし向きにあまり変わりはなかったと思いますよ。だから、別に何とも思ってないです。僕は——生きてますしね」

昔話はそのくらいにしてくださいと益田が云った。

「僕ァ、その、そう云う話は苦手なんです」

「先の話は出来ないですよ。明日のことなんか考えたことはないですからね。僕にはくだらない昔があるだけです。それよりも——どんなご用なんです？」

「あ。僕はその、七年前の宝石のですね」

ああ、と云って、香奈男は胡坐《あぐら》の足を組み替えた。

「父さんが昔仕出かした犯罪を追っていらっしゃるんですか、探偵さんは」

そう云う訳じゃなかったんですけどねえと云って、益田は背中を丸めた。

いいですよ話しますよと香奈男は云う。

「知ってることしか話せませんけどね。まあ、意気揚揚と出征したものの、陛下のために——死ねなかったんです、父さんはね」

おまけに戦争も負けたでしょうと、香奈男は何故か愉快そうに云った。

「僕はね、戦争のことは能《よ》く判らなかったですよ。ここにはラジオもないし新聞もない。学校も、戦況が怪しくなってからは行かなくなっちゃった。だからまあ、その頃は十歳過ぎたくらいですかね。ただの浮浪児で。卒業もしてないですよ小学校。或る日、養鶏場に行ったら、戦争は終わったと云われて、でもピンと来なかった。小父さんがここで働けと云うから、まあその通りにしたんです」

「本官は復員して直ぐに訪ねて行ったろ。敏男さんに頼むと云われていたからね。君は、普通にしていたが」

覚えてますよと香奈男は云った。

「まあ、いつだって普通ですよ僕は。そして——敗戦から二年目くらいかな。池田さんが来てくれたのより前ですよ。父さんが帰って来たんですよ。それでね、こんなこと云ってました。俺はこれから」

ご恩返しをする——。

「そう云ってましたよ」

「ご恩返しって、誰にですか？　その養鶏場の小父さんにですか」

益田が問うと、香奈男は再び上を指差した。

「え？」

「変わってなかったんですよ父さん。僕なんかは、誰のために戦って誰が負けを決めたのか――なんて思っちゃうんですけどね。父さんは違ってた。まあ、色色と難しいこともあるんでしょうから、間違いじゃないでしょうけど」

この人の所為《せい》じゃないのかと僕は思ってたんですけどねと香奈男は御真影を示して云った。

一口に戦争責任と云っても、立場や見解に依《よ》ってその意味合いは大きく変わるものだ。法律的な責任、政治的な責任、倫理的な責任はそれぞれ分けて考えねばならないだろうし、そう云う意味では、広義の戦争責任などと云うものはなくて――あるとするなら国民凡《すべ》てに敷延すべきものとなるのかもしれず――幾つもの狭義の戦争責任が重層的にあるだけなのだと敦子は考える。

だからこそ、皇室の責任に関しては大きく意見が分かれるところだ。否、それを論じること自体が一種タブーとされているような感はある。発言する者はそれなりにいたのだけれど、建設的な議論に発展することはなかったのではないか。云いっ放しで無視されるか、封殺されるか攻撃されるか――そんな印象を受ける。

敦子も一時期真剣に考えたことがあったのだが、結局は誰にも相談出来ず、結論も出すことは出来なかった。

父さんは――香奈男は続ける。

「復員して一週間くらいはここにいました。負けて悔しいとか云うようなことは全く云わなかったけれど——陛下に退位を求めるような論調には——その頃、そう云う風に云う人もいたらしいんですよ。僕は知らないけれど。それには、豪《えら》く肚《はら》を立てていた。それで」

恩返しですかと益田が問う。

「ええ。何のことかと思ったけれど、皇室が軍に下賜した宝石だかが闇で流れていて云々《うんぬん》、と云う話でしたよ。父さんは不敬だ不敬だと矢鱈《やたら》に怒っていて、それを取り戻して陛下にお戻しするのだと云っていました」

本当だったんだと多々良が呆《あき》れた。

「どんな計画だったんですか。何か奇手奇策でも？」

ただ奪い取る——と云う話だったと思いますよと香奈男は云った。

「ただ？　強盗？」

「でしょう。何でも、同じ部隊にいた男がブローカーからブツの運搬を頼まれているんだとか——それ、実は久保田さんだったんですけどね。ご存じなんでしょ、久保田さん」

会ったこたぁありませんと益田は云った。

「死んでましたし」

「久保田さんは善い人でしたけどね」

そう。

久保田の動きが――今一つ敦子には判らないのだ。

「父さんの話だと、同じ部隊にいた三人に、二人ばかり加えて実行するような――まあ、同じ部隊にいたってのは亀山さんで、後から参加したのが廣田さんと」

菅原か。

そうですよと香奈男は云った。

「いや、復員船の中で体毀《こわ》したらしく、復員して暫くの間は東京の病院にいたようなんですよ、父さん。そこに久保田さんが見舞いに来たんだそうで。まあ、後から久保田さん本人に聞いてみたところ、やくざだか何だかの仕事を請け負って羽振りが良くなったから、バナナかなんか買って行ったんだ――と云う話で」

「その、久保田さんが請け負った仕事と云うのが、隠退蔵物資の横流しの手伝いだった訳ですか」

「請け負ったと云っても指定の場所に運ぶだけだったと云う話でしたよ。で、今は小口ばかりだが半年後に大きな儲け口があるから、退院したら手伝わないかと、父さんを誘ったんだそうです。一人頭相当額の日当が出るとか」

「その儲け口ってのが皇室の宝石だった、と？」

香奈男は一度上を見上げて、父さんは怒ったんですねと云った。

「久保田さん曰《いわ》く、最初は興味を持っていたようだが皇室絡《がら》みと知れた途端に顔を赤くして、畏れ多くも宮様の宝物で私腹を肥やそうなんて話は看過出来ないと——だから、まあ父さんが火元なんですよ」

「火元——ですか？」

「だって、普通やくざから何か奪い取るなんて考えませんよ。命が幾つあっても足りないでしょうよ。割に合いませんからね。余程の理由がなくちゃ」

「まあねえ。横流し品の横取りですからねえ」

相当危ない橋だよなあと益田は云った。

「でしょう。でも父さんにはその危ない橋を渡るだけの理由があったんです。父さんは、陛下を崇《あが》め奉っていたんですよ。お国のために役立てようと下賜された皇室の品を売り払って金に換えようなんて、まあ、万死に値する大罪でしかなかったんでしょう。父さんにしてみれば」

警察に報《しら》せるとか云うんじゃ駄目だったんですかねと美由紀が至極真っ当なことを云った。

「占領下だったんですよ。警察が押収しても、右から左でＧＨＱに盗《と》られると考えてたようですよ、父さんは」

実際そうなっていた可能性も——ないではない。

「そんな訳で、父さんが云い出しっぺで、宝石の横取りが計画された——と云う経緯だったようですね。でも、思惑はそれぞれだったようですけどね。久保田さんは、まあ返すにしても礼金くらいは欲しいとか、一つくらいは着服してやろうとか、そんな軽い気持ちだったようです。亀山さんも同じような感じだったんじゃないですか。問題は後から加わった」

「カッパの廣田さんと、菅原——ですか」

僕はみんな能《よ》く知らないんですよと香奈男は云った。

「ただ、亀山さんも廣田さんも、悪い人と云う感じではなかったし、近所の評判も良かったですよ、でも、廣田さんと云う人は、日本も米国も——と云うか、戦争自体を酷《ひど》く憎んでいて、だから皇室に返還することには反対していたようですね。盗られたものを取り返す、何千万円貰っても足りないと、そんな風に云っていたと、久保田さんは云ってましたけどね」

「あの人は原子爆弾で家族親類根刮《ねこそ》ぎ殺されてんですよ」

益田が暗い口調でそう云った。

「まあ、補塡《ほてん》出来ないですよ、お金じゃね」

そうなんですかと香奈男は云った。

「僕は原子マグロでクビになりましたけどね。原爆だの水爆だのってのは、あれ、爆発させて誰かが得するもんなんですか？」

誰も得はしませんよと益田は即答した。

「脅しに使うだけでしょ。あんなものは。実際に使うもんじゃないですよ。落とすぞと脅すだけ。ただ、脅すためには、まあ恐ろしい威力があるんだぞと知らしめる必要があったんですよ、きっと。だから何発か落としたんでしょう。そんな理由であんなに殺されたんじゃ、堪《たま》らんですよ。亡くなった方も浮かばれませんよ。馬鹿らしいです」

厄介ですねえと香奈男は云った。

「それで、菅原と云う人は、まあ奪取したら全部売り捌《さば》こうと考えていたようなんですね。これ、父さんとしては到底認められない訳です。自分が一番嫌うことを、自分達で行うことになる訳だから」

そうなるだろう。

「でも、その菅原と云う人が宝石横取り作戦を練った事実上の司令塔——だったようで。まあ、後の四人は素人ですからね。菅原抜きでは実行は不可能だったろうと、これはまあ、久保田さんの談なんですが。でも何度話し合っても話は纏《まと》まらなかったようですよ」

仲村屋での度重なる会合は、その相談だったのだろう。

川瀬があまり参加していなかったのは一人だけ頑《かたく》なに返還を主張していた所為か。

計画を知っている以上——と云うより発案者であるから外《はず》す訳にはいかなかったのだろうが、川瀬がいると話が前に進まないので、他の四人で計画を詰めてから呼び出した——と云うところか。

「でもね」

香奈男は何処か自嘲《じちょう》めいた口調で続けた。

「取り敢えず宝石を奪わないことには始まらない訳でしょう。だから宝石の処分に関しては成功してから改めて決めようと云うことになったんだと、久保田さんは云ってましたけどね」

「しかし香奈男君。敏男さんは、いい儲け口があるんだと養鶏場の親爺さんに話していたようだがな。少しは金に換える算段をしていたのじゃないかね？」

池田が問うと、それは養鶏場の小父さんの考えでしょうよと香奈男は答えた。

「その人にとって一番大事なものは何か、と云う話ですよ。小父さんにとってはお金だったんでしょう。生活が大事なんだから。そりゃ普通そうですよ。でも、父さんにとっては違ってたんです。名誉——違うな。忠誠心とか、いやそうだなあ。いずれにしても」

自己満足ですよと香奈男は云った。

「父さんがここに戻って来たのは、思うに決行の直前だったんじゃないですかね。父さんは、戦争に負けたのは自分達の働きが足りなかったからだと云っていたし、生きて戻れたのは陛下の英断があったからだとも云っていた。その償いと、恩返しをするんだと、まあ父さんは大分昂《たか》ぶってましたからね。小父さんにしてみれば――こりゃ余程儲かるんだろうと思ったんじゃないですか。それで」

やっちゃったんですよと香奈男は云って、笑った。

「それがね、どう云う計画だったのか、僕は全く知りません。久保田さんも何も云いませんでしたし。でも、まあ作戦は決行されて、しかも――どうやら成功しちゃったようですね」

「宝石は奪い取ったんですね、実際に」

「そのようですね。でも、まるまる成功したかと云うとそんなことはなくて、これからは久保田さんから聞いた話ですが、先ず久保田さんが捕まっちゃったんだそうですよ。何も知らないとシラを切り通したようですが、そもそも運搬仕事を受けてたのは久保田さんですし、人足を手配したのも久保田さんですからね。責任取らされた」

「え？」

「はあ。指くらいじゃ済まないと、腕を――」

切られたんですかと美由紀は声を上げ、落とし前ですかあと益田は素《す》っ頓狂《とんきょう》な声を出した。

「さあ。僕は田舎者ですから、やくざのしきたりなんかは知りませんけど、そう云うもんなんですか」

「いや、普通は小指ですよ。まあヘマするごとに順番に切られてくような話も聞きますけど――それ、いきなり腕一本ですか？　いやあ、まあ、かなりの取引金額だったんだろうからなあ。想像ですが、外国に売り飛ばしちゃうような企《たくら》みがあったんだと思いますけどね。それならまあ、殺されちゃっても仕方ない感じですかねえ。やくざなら。あ、でも一応久保田さんは堅気《かたぎ》なのか。別に杯《さかずき》交わした訳じゃないですもんね。いや、それで腕切っちゃうかあ」

「そう云ってましたけどね。だから、久保田さんはその後仲間がどうなったのか、宝石がどうなったのか、全く知らないいんです」

「はあ――」

「どんな作戦だったのかは想像も出来ないんですけど、ただ決行は深夜で、しかも海か川か湖か、そう云うところで行われたみたいですね。舟を使ったようですし。みんな泳いで逃げた――と云うことでしたから」

「それで廣田さんはスカウトされたのかなあ。泳ぎが自慢だったようですからね」

「ああ、なら、そうかもしれません。父さんも水練は達者だったと思いますし、他の人もそうだったんでしょう。詳しくは知りませんけど、舟の上で、宝石の入った箱を奪い取って——後はそれぞれバラバラの方向に泳ぐ——みたいな、お粗末な計画だったようです」

「単純な作戦ですねえ」

そうなんですよきっと、と香奈男は云う。

単純——なのだろうと敦子も思う。菅原抜きでは計画が成立しなかったと云う久保田の言は、多分盗んだ後の宝石の処分に関する算段のことではないのか。素人が盗んだ宝石を売り捌くことは不可能である。久保田も亀山も、体を張って参加する以上はそれなりに見返りが欲しかったのだろうし。

つまり、川瀬敏男は最初から仲間に謀《たばか》られていた——と云うことになるのか。

「初めの計画では、久保田さんは手引きだけして、一人だけ舟の上に残る手筈だったようですね。一人だけやくざに素性が知れている訳ですし、一緒に泳いで逃げたっていずれ陸《おか》に上がるんだし、逃げ切れるもんじゃないでしょう。だから何も知らない体《てい》で残る——と云う段取りですよ。その方がシラも切り易いんでしょうし、足止めやなんかも出来るだろうと。分け前は後から貰えばいいと云う」

「いやいや。それで捕まっちゃったんでしょ。バレますよ」

そうじゃないようですよと香奈男は云った。

「久保田さんは、自分はかなり信用されていたから計画通りに進んでいれば平気だったと思うと云ってましたね。ところが、いざ決行と云う時に、仲間の誰かに水の中に突き落とされちゃったと云うんです」

「海にですか？」

「さあ。海なのか湖なのか。でもそうなると、もう逃げるしかないですよね？　一緒に飛び込んだようにしか見えないんだし」

仲間と思われちゃいますかねえと云って、益田は前髪を揺らした。

「まあ、そうなったら、僕は——どうするかなあ。溺れた振りして——いや、猿芝居はバレちゃいますよね。泥棒泥棒と叫ぶ——のも駄目か。久保田さん、根は善人らしいから速攻でやくざに寝返るってのもねえ。と云うか、どっちにしろ責任問題ですしね。逃げますかねえ」

「そうですよね。まあ、予想外の展開と云うか、久保田さんは何が何だか判らなかったようですが、兎《と》も角《かく》こうなったら逃げるよりないと思ったんだそうです。ところが泳ごうとすると、矢張り仲間の一人に攻撃されて、それで泳げなくなって、溺れかけたところを捕まえられた——らしいですね」

「攻撃？」

「そう云ってましたね」

何で仲間が攻撃するんですと美由紀は益田に尋《き》いた。

「それ以前に、どうして突き落とすんです？　計画遂行出来なくして、何か得があるんですか？」

「いや、それはさ、美由紀ちゃん。久保田さんはやくざに面も素性も割れているんだから、万が一共犯だとバレたりしたなら、そん時は逃げられやしないでしょうに。下手すれば寝返る可能性もある訳だよ。保身のために裏切るかもしれない訳でしょ。だから、手引きだけはさせて、あわ能《よ》くば口封じに殺しちゃえ、みたいな筋書きだったんですよきっと」

「殺すつもりだったんでしょうかね」

そりゃあそうでしょうよと益田は大袈裟《おおげさ》に云った。

「そうでなきゃ、余計に危ないじゃないですか。久保田さんは全員の身許を知ってるんだし。それ、誰にやられたのかは判らなかったんですか？」

「判らなかったようですね。暗いでしょうし。水の中ですから。でもね、一瞬――見えたんだそうです」

「何が？」

刺青ですよと香奈男は云った。

「当て身か何か喰らわされたんですかね、気が遠くなりかける寸前、月明かりに、こう、ざぶんと水に潜る尻が見えた。その尻に――」

「宝珠！」

と多々良が短く云った。

「宝珠ですね！」

「はあ。尻っぺたの右側と云ってましたね。でも最初に聞いた時は、宝珠って何だろう――と思いましたけどね。後で、絵か何か見て何となく判りました」

「珠《たま》と云っても尖《とが》ってるでしょ」

栗みたいにさと多々良は云う。

私は全く判りませんと美由紀が云った。

「知らない！　宝珠は梵語《ぼんご》でチンターマニですよ。如意《にょい》宝珠です。願いを叶《かな》える霊験ある珠ですよ。あれはですね、地蔵菩薩《ぼさつ》や――」

今はいいですよと、多々良の饒舌《じょうぜつ》を益田が止めた。

見えたんだそうですよそれが――と香奈男は云う。

「攻撃した人が久保田さんを殺すつもりだったのかどうかまでは知りませんけど、でも気を失いかけた久保田さんは、溺れる前にそのままやくざに捕まってしまった」

最悪じゃないですかと益田は云った。

「それ、絶対に白状しますから。恐いですよやくざの恫喝《どうかつ》。しかも大金が絡んでますからね。僕なら訊かれる前に全部白状しますね。で、全力で許しを請います」

「久保田さんは何も云わなかったそうですよ」

「は？　良い人だから？」

「違いますよ。自分も加担していたと知られたら殺されると思ったそうです。仲間の名前や居所を教えちゃったら、誰かは捕まるでしょう。その場合は久保田が裏切ったんだと思うでしょうから、仲間も久保田さんを護りやしない。あることないこと云うでしょう。そうなれば、宝石が戻ったとしても久保田さんは――」

「まあ何処かに埋められちゃうかもしれませんなあ。いや、でもそれじゃあ腕はどうなります？　落とし前でしょ」

「ですから、それは身許の不確かな連中を雇ったことへの落とし前ですよ」

「そっちですか？」

「ええ。久保田さんは拷問されても頑《がん》として自分は無関係だと主張したようです。それでも連中を引き入れた責任はありますからね、それで利き腕を落とされて、血が止まるまでどこかに監禁されて、やがて放逐されたんだ、と云ってました。命があるだけ良かったと思えと云われたようですけど。白状してたら殺されてたでしょうね。それで、もうすっかり落ち込んで、東京から古巣の銚子に逃げ戻ったんですね」

つまり。

宝石は残りの四人のうちの誰かが持って逃げた――と云うことになるのか。久保田は三芳に宝石は着服されたのだと云っていたようだが、そう云うことなら理解は出来る。取り返して持ち主に返すと云うやや奇妙に思える話も、元は川瀬の主張していたことなのだ。

君はどうしていたんだと池田が尋いた。

「僕ですか？　僕はずっと父さんを待ってましたよ。もう遠内には行くなと云われたんで、ずっと養鶏場にいました。小父さんには十日くらいで戻ると云って出たそうですが、半年経っても戻らない。何処に行ったのかも知らないから、捜すことも出来ない。それで一度この家に戻ったんですが――」

そこで香奈男は言葉を切った。

それから開け放しになった戸口の先に目を遣った。

「――戻ってみると、どうも、一度誰かが来たような様子があったんです。戸が開いていて。まあ来るとしたら父さんだけだろうし、じゃあ戻っているのかと、暫く待ってみたんですが、待てど暮らせど帰って来ない。仕方なく遠内《ここ》を出て、養鶏場にも戻らず――」

また香奈男は言葉を止めた。

「――千葉の方に出て、職を転転として、江尻さんと云う人に拾われて、会社の、書生と云うか、雑役夫として雇って貰ったんですけどね。そこに久保田さんがいたんですよね。偶然ですよ。僕が川瀬敏男の息子だと知って、久保田さんは随分驚いていましたからね」

香奈男は腰を上げ、ゆっくりと立ち上がった。

「宝石はどうなったんです？」

美由紀が問うた。益田が続ける。

「ああ、そうですよね。それに就いてその、久保田――」

「宝石は」

香奈男はひと際大きな声で、まるで益田の言葉を遮るかのように云った。

「宝石は、父さんが持ち帰っていたんですよ、ここに」

「こ、ここ？」

「そうです。父さんはやくざから逃げ切った後、誰かと争って大怪我をしたようですね。刺されたか何かしたのでしょうか。いや、刺されてたんですよ」

「何故判るんですか」

「僅《わず》かに血痕《けっこん》が残ってたんですよ。床や、地面や、その橋に。だから怪我はしていたんです。しかし手当てもせずに、何とかここまで戻って、死んだんですよ」

「死んだって——死体は？　なかった訳でしょ、何も」

「父さんは、宝石が見付からないように、自分の死骸ごと隠したんですよ」

自分で自分の死体は隠せないよと多々良が云った。

「無理でしょ。死んでちゃ」

「勿論、生きているうちに移動したんです。傷の手当てより、自分の命より——」

陛下への忠誠を選んだんですよと香奈男は云った。

「父さんは、何処から逃げて来たのか知りませんけど、生まれ故郷のこの遠内に至って死期を悟ったんじゃないですかね。でも、もし誰かが追い掛けて来ているかもしれない。その場合、自分が死んでいれば宝石は奪われて、売り飛ばされてしまうでしょう。だから——生きているうちに身を隠したんです」

「ど、何処にですか」

益田は見回す。

「龍王池の底ですよ。祠の真下に、横孔《よこあな》があるんです」

「い——池の底ォ？」

「ええ。その横孔の中に宝石はあります。今も——」

「今も？」

そう云うことですよ菅原さん、と香奈男は大声で言った。

「聞こえてましたか菅原さん」

戸口に影が差した。

「ああ、聞いたよ」

筋肉質の目付きの悪い男だ。

池田が立ち上がった。

益田は飛び上がって多々良の背後に身を潜めた。多々良は動じる様子もない。美由紀も硬直している。

何だ大勢いるなあと、菅原は云った。

「おい。お巡りさんもいンのかよ。おっと、お巡りさんよ。俺はまだ何にもしてねえからな、捕まえることは出来ねえよ。おいお前。お前があの川瀬の——息子か」

「香奈男と云います」

菅原はフン、と鼻で嗤《わら》った。

「俺が来ると踏んでたのかよ。一つ尋くが——宝石があるのを知っていて、お前は何故取らない？」

興味がないからですよと香奈男は云った。

「僕はね、ずっと赤貧で生きて来ましたからね。そんなもの手にしたって、お金に換えることは出来ないし、換えられたって使い道が判りませんよ」

「ふん」

欲のねえことだと菅原は吐き捨てるように云った。

「お前の親父は、何としても皇室にお返しするんだと云って聞かなかったがな。それもいいのか？　親父の遺志を引き継ごうって頭はなかったのか」

ないですねと香奈男は即答した。

「僕は、まあ、あんな父さんに育てられたから、それなりにその」

香奈男は少し顔を後ろに向けた。

「陛下ですか。尊い方なんだと思ってますし、敬う気持ちもありますよ。でも、あの何とか云う米国の司令官だかと並んだ写真が載ったでしょう、新聞かなんかに。あれを覧《み》た時に、何だかどうでも良くなってしまったんですよ。きっと偉い人なんでしょうし、尊い人なんでしょうけど、人間ですよね。横の外人はスカしてましたしね。この人のために死ぬと云うのは、どうなんだろうと——」

親父より話が通じるなあと云って菅原は笑った。

「お前の親父がお前くらい話の解る男だったらな、今頃は俺もお前も左団扇《うちわ》のお大尽《だいじん》だったんだがなあ。ま、済んだことは仕方ないわな。そうかい。あの池の底かい」

菅原は背後を確認した。

気が付くと蟬《せみ》の声が響いている。

ずっと聞こえていたのかもしれないが、敦子は全く認識していなかった。突然鳴き出したかのようだった。

「そうだ。それとな、久保田や廣田、それから亀山か。あれは何で死んだんだ？　俺は――お前が殺したのかと思ってたんだけどな」

「どうやって殺すんですか。知りませんよ。それこそ僕は何もしてないですよ。ただ溺れ死んだんでしょう？　甘く見たのじゃないですか。あの池は小さいし透き通っているから、浅く思えるんですよ。みんな何の準備もしないで、そのまんま池に入ったみたいですね。服も脱いでない。公園にある池なんかと同じに思ったんじゃないですか。でも、あの池は見た目よりずっと深いですよ。背も立たないし、水もどんどん湧き出ていて、流れ出てもいるんですから、危ないんですよ」

「なる程な。ならいいよ」

菅原はそう云うと、後ずさるように戸口から離れた。

「つまり、あいつらは池の底の宝石を取ろうとしてヘマをしたと云うことだな」

それは――そうなのだろうが。

「ま、どんだけ泳ぎが上手でもな、素潜りってのはまた違うんだよ。残念だが俺は餓鬼の頃から素潜りってのが得意でね。取れると思うけどね。取れたなら――俺が貰ってもいい、と云うことだよな」

「いや、君、それはだな」

池田が踏み出した。

「おっとお巡りさんよ。俺はまだ何もしてねえと云ってるじゃないかよ」

「いや、待て。そうだ。し、七年前のだな」

「それなら物資の横流ししてた連中を捕まえなよ。大体俺がその強奪犯だって証拠はねえだろう。その餓鬼が語ってるだけだし、そいつだって又聞きだぜ。証人は誰もいないんだからさ。勾引《しょっぴ》けねえだろ、それだけじゃ」

菅原は此方《こちら》を向いたまま、橋の上まで移動した。

「ま、暫くそこから動かねえで温順《おとな》しくしててくれよ。俺は——用が済んだらすぐに消えるからよ。下手に動くと、後悔するぜ」

「おいッ」

菅原は円首の襯衣《シャツ》を脱ぎ捨て、ズボンも脱いで、褌《ふんどし》姿になった。池に入るつもりなのだろう。

「待ってください」

敦子は——止《と》めた。

止めるしかない。

香奈男は嘘を吐いている。

「何だよ、お嬢ちゃん。あんたが先に潜るとか云うんじゃねえだろうな。それならそれで見物《みもの》だけどな」

「違います。そこに――宝石はないと思いますよ」

「何だと？」

「そうですよね、香奈男さん」

適当なことを云うなよと菅原は云う。

「そうやって妙に時間稼いだところで誰も来ねえだろう。来たところでどうしようもねえだろうけどな」

菅原は背を向けて橋を渡り、池の辺《ほとり》まで進んだ。

尻に――刺青がある。

筋彫である。上方が尖った珠だ。周囲には炎のような模様も描かれている。

「菅原さん。潜れば――死にますよ」

敦子はそう云った。

「そこは――禁忌の池なんです」

「祟《たた》りがあるとか云うのかよ。けッ、馬鹿にしてるぜ。何だ、河童でもいるってのかよくだらねえ」

菅原は一度敦子に一瞥《いちべつ》をくれると、大きく息を吸ってから――。

池に入った。

「菅原さんッ」

池田と美由紀が駆け寄る。

多々良と益田も家から出た。

香奈男は敦子に向けて云った。

「何方《どなた》か知りませんが、何故あの人を止めたんです。好きにさせればいいじゃないですか。誰のものか、どんな価値があるのか判らないけど、そんなもんはただの綺麗な石ころでしょう、欲しいと云う人にあげればいいんですよ。持ち主に返したってどうにもならないでしょうに。生活《くらし》に困っていると云うなら兎《と》も角《かく》、宮様でしょう。こんな処まで来て、水に潜ってまで欲しがってるんだから」

「でも」

ないですよねと敦子は云った。

「香奈男さん。あなた、お父さんが亡くなったことを、最近になって久保田さんから聞いた——のではなかったんですか？」

「そうだとして、何です」

香奈男は囲炉裏を越して前に出て来た。

未《ま》だ幼さが残っているが、もう二十一歳である。

「久保田さんは川瀬敏男さん――お父さんが七年前に亡くなっていることを知っていた訳ですね。と云うことは、宝石を持って逃げたのもお父さんだと久保田さんは知っていた――のでしょうか？」

「いや、それは違いますよ。宝石に就いてあの人は何も知らないですよ。宝石を見付けたのは、僕です」

「どうやって見付けたんですか」

「簡単ですよ。横孔のことは川瀬の者しか知らないんですよ。それに――僕はその孔に」

母さんの骨も入れましたからと香奈男は云った。

「骨――」

「ええ。池田さんはご存じかもしれませんが、遠内には檀那寺《だんなでら》がないんですよ。お寺の檀家になることは認められてなかったんですよ。だから墓地もない。ここで出た死人は、皆その辺に埋められてますよ。何百年も前からね。母さんが死んだ時、僕はまだ十歳に満たない童《ガキ》だったんですよ。どうしようもないでしょう。どうしようもないから、放っておきました。穴も掘れないですから、家の裏まで何とか運んで、寝かせておいたんですよ。二年くらいで骨になった。だから池で洗って、そして家の裏に埋めて、骸骨《がいこつ》だけ――」

祠の下に納めたんですよ。

「龍王池は遠内で一番綺麗な処なんです」

香奈男は池の方に顔を向けた。

「神聖とか、清浄とか、そう云うのは判らないけれど、綺麗なんですよ。水だって一度も濁ったことがない。その横孔の下から水が湧いて出てるんですよ、滾滾《こんこん》と。だから、いつでも、夏でも冷たい。あんなに小さい時分でなかったら僕は必ず、母さんの死骸をあの孔に入れたでしょうね。腐る前にね。だから、父さんも同じことを考えるだろうと、ふと思ったんですよ。だから」

「そうですか」

そうか。

それでか。

「だから潜ってみた。そして見付けた。思った通りでしたよ。死期を悟った父さんはそこに身を隠したんです。それだけですよ」

「それでも——久保田さんがお父さんの死を知っていると云うのは、おかしいですよね」

戸口の外から美由紀が云った。

「そんなことないでしょう」

「いいえ、変ですよ。海に突き落とされて、当て身を喰らわされて溺れかけて、それで捕まっちゃった人には知りようもないことじゃないですか。あの、香奈男さん、何か隠してませんか？」

「細かい人達だなあ」

香奈男は土間に降りると、少し笑った。

かなり痩《や》せている。

「そうですよ。そこの女の子の云う通りです。僕は少しばかり省略してお話ししました。先ず——久保田さんですがね、父さんが宝石の箱を持って飛び込むところは、目撃しているんですよ。突き落とされる直前に」

香奈男は寛緩《ゆっくり》と時間を計るように歩を進めた。敦子は圧《お》されて後ずさり、戸口の外に出て美由紀と並んだ。

「しかし、久保田さんは水の中で当て身を喰った時、喰らわせた奴が箱を持っていたのも——見ているんです」

「でも、それ変じゃないですか。久保田さんが泳ぐのを邪魔したのは菅原さんなんでしょ？　今、私見ましたよ、お尻。栗饅頭《まんじゅう》みたいな絵がありましたよ。お尻に宝珠の人にやられたんでしょ？」

美由紀は喰い下がった。

「そう。だから久保田さんはずっと自分を陥れたのは父さん、川瀬敏男なのじゃないかと思っていた――らしいですね。でもね、僕と知り合って、久保田さんは川瀬敏男の尻には刺青なんかないと云うことを知った。ある訳ないですよ。ここで暮らし、そのまま兵隊になったんだから。戦地で彫ったと云うなら別ですけどね。それで、そうなると久保田さんに当て身を喰らわせた男と云うのは――」

亀山か。廣田か。菅原か。

「誰であったとしても、そいつは、父さんから箱を奪い取った――と云うことになるでしょう。それは、そうなんですよ。父さんが宝石を持っていたなら、陛下に忠誠を誓った父さんが、ですよ。私利私欲に凝り固まった男や国に怨恨《えんこん》を抱いている男なんかに、素直にそれを渡す訳がないですからね。最初に父さんが持っていて、それが別の者の手に渡ったんだとすれば、必ず争いになっていたことでしょうね。でも」

奪い取ったのが亀山なのか廣田なのか菅原なのか、久保田さんには判らなかったんですよと香奈男は云った。

「ただ、尻に宝珠の刺青がある男だと云うことだけは間違いないと久保田さんは信じていた。そいつは自分を嵌めて、自分から腕を奪った男でもある訳ですけどね。知っていたら名前を云うでしょう。でも、本当に知らなかったんですよ。あの人は」

「そうだとしても」

あなたは久保田さんも騙したのではないですかと敦子は云った。

「どうして騙さなきゃいけないんですか」

「騙したのでなかったとしても、香奈男さん、あなたは久保田さんを全面的に信用しては——いませんでしたよね？」

「どう云う意味です」

その時——。

龍王池がさんざめいた。

波立ったとか、水音がしたとか云うのではない。

そして菅原が——背を向けて浮かんで来た。

「早く、引き揚げてくださいっ」

敦子は叫んだ。

池田と益田が池の縁《ふち》まで駆け寄った。敦子と美由紀も橋を渡る。多々良が続いた。

軽く振り向くと、香奈男は表情をなくして、無感動に池を見詰めていた。

池田が半《なか》ば飛び込むようにして菅原を縁まで引き寄せ、美由紀と敦子、そして益田が引き揚げた。手が切れる程に冷たい水だった。真夏だと云うのに。

これは溺れてますよと多々良が云って、菅原に跨《また》がり胸を圧した。

「ほ、本官が」

池田が人工呼吸を施した。

やがて菅原は水を吐き出して大きく息を吸い——そして、まるで化け物でも見るような目で香奈男を見た。

香奈男は覇気のない動作で橋を渡ると、菅原の横に立った。

「助けちゃった——んですね」

「当たり前だよ香奈男君。溺れてる者を見て助けんような公僕はおらんよ」

そうですねと云って、香奈男は屈んで、菅原の顔を覗き込んだ。

「何が——いました？」

「あ。あれは——あれは」

歯の根が合っていない。

「あれはね、河童ですよ。いや、猿かな」

「河童！」

多々良が大声を出した。

「かかか、河童がいるんですかっ！」

池を覗き込む。

「センセイ落ちます溺れます。絶対に引き揚げられませんから止《や》めてください」

益田が多々良のチョッキを掴んだ。

「菅原さんは――運が好いんだな。運には敵《かな》わないですよね。僕は――あなただけで良かったんだけど」

香奈男はそう云った。

「父さんを刺したのか」

菅原は充血した眼で香奈男を見上げた。

「刺したんだな。刺して宝石を奪った。そうでしょう」

菅原は数度噎《む》せて、それから漸《よう》やっと言葉を発した。

「い、生きてる筈はないんだ。こんな場所まで来られたことさえ信じられない。あり得ない。あ、あいつは、川瀬は、刺してやったのに、それでも泳いで、俺を追って来た。し、執拗《しつこ》い男だ。埠頭《ふとう》の上で組み付いて来た。俺は、川瀬の目が」

目が怖くて。

「怯《ひる》んだ隙《すき》に箱を奪い取られてしまった。だから――」

「どうなんだ。それでまた刺したのか」

刺したよと菅原は云った。

「何度もな。何度も刺した。あいつはそれでも箱を手放さず、箱を持ったまま海に落ちたんだよ。随分捜したが、何処にも、何処にもいなかった。箱もなかった。泳げるとは思えなかった。死んだ筈なんだよ。あいつは――」

菅原は頭を押さえ痙攣《けいれん》して唸《うな》り出した。

「頭を打っとるのか。ほ、本官はこの人を下まで連れて行きます。久我原に病院がありますから――」

池田は後はお願いしますと誰にともなく云うと、菅原を負ぶって走り出した。逞《たくま》しいなあと益田が云った。

「ああ。あれならあの人は助かりますねえ」

まあ、良かったのかなと香奈男は云った。

わんわんと蟬が鳴いている。

さわさわと草が戦《そよ》いでいる。

香奈男は、無表情のままだ。

池は閑寂として澄んでいる。

「香奈男さん」

敦子が呼んでも香奈男は反応しない。

「池の底にいる河童は――あなたのお父さん、川瀬敏男さん――ですね?」

敦子がそう云うと、香奈男は漸く敦子に顔を向け、眼を見開いて、能《よ》く解りましたねえ、と云った。

待ってくださいよ敦子さんと益田が云う。

「それ。死体と云うことですか？　いや、亡くなったのは七年前だし――じゃあ骨ですか？」

「屍蠟《しろう》――なんですね」

香奈男は笑って、知りませんと云った。

「父さんは生きている時と変わらない姿で、孔の中で、母さんの髑髏《どくろ》を抱いて座ってるんですよ。今も――」

香奈男は池の水面に目を投じる。

しろうって何ですかと美由紀が問うた。

蠟ですよ蠟と多々良が云う。

「低温で酸化しない状況では、死体の脂肪が鹼化《けんか》するんですよ。石鹼みたいなものですよ。腐ったりしないし骨にもならないし、乾かないから木乃伊《ミイラ》にもなりません。見た目は――蠟人形みたいなもんですよ」

「はあ。すると――」

「洞の中の、池の底の横孔の奥――ですから、かなり暗いでしょう。幾ら水が澄んでいると云っても、能くは見えない。なら生きているように見えた筈ですよ」

うわあ、と美由紀が声を上げる。

「そ、それかなり怖いですよ――」

美由紀は池の水面に目を向けた。

敦子は問う。

「香奈男さん、その横孔と云うのは、どのくらいの大きさなんですか？」

「高さも幅も一メートルないです。奥行きは二メートル程度で、奥の方の天井が少し高くなっていますかね」

敦子は想像する。

冷たい池に潜り、孔を見付けて、そこを覗くと。

死んだ筈の男が生きている時そのままの姿で座っているのだ。

こっちを向いて――。

驚くことは――間違いないだろう。狭い孔の中で反射的にのけ反れば、頭頂部や後頭部を孔の天井にぶつけてしまうこともある。否、皆ぶつけているらしい。その段階で、息はかなり苦しくなっている筈だ。

そして――。

そう云うことかと益田が云った。

どう云う状況か思い至ったのだろう。

「まあ、そりゃ吃驚《びっくり》しますわ。と云うより、水中でそんなに息は続かんですし、驚けば水飲んじゃいますよ。恐慌《パニック》状態になって頭でもぶつけりゃあ――」

溺れますよと多々良が云う。

「意図的にそう仕向けた——訳ではないのですか」

「さあ。能《よ》く判らないですよ。いや、江尻水産時代に久保田さんから父さんは死んでるかもしれないと聞かされて——それまでは宝石奪取の件さえ知らなかったんですから、僕は結構驚いたんですよ。それで、まあ二人とも解雇されたんですが、久保田さんは行き場がないなら一緒に東京に出ようと云ってくれた。でも僕は、どうしてもここに一度来たくて——さっき、血痕《けっこん》があったと云ったのは本当です。だからもしかしたら、と思ったんです」

池の底に。

父さんがいた。

「それで、僕は東京に出て、久保田さんにそれを報せた。それだけです。報せるべきだと思ったんですよ。そしたら久保田さんは、じゃあそれは殺されたんだと云う。亀山か廣田か菅原か——その中で、尻に宝珠の刺青のある奴が犯人だと、こう云う。まあ、そうかなと思いました。でも誰なのか特定出来なくて——浅知恵で、便所を覗いたりしてみたら騒ぎになっちゃって」

諦《あきら》めて遠内《ここ》に帰ったんですよと香奈男は云った。

「帰った？　何もしないで？」

「することなんかないです。幸い江尻社長が退職金、と云うんですか、それをくれたので、暫くは暮らせるだろうと」

「じゃあ久保田は、何だって三芳さんに模造宝石を作らせたんですか？」

写真を撮るためですよと敦子は云った。

「その写真を見せて、相手の出方を見ようとしたんじゃないでしょうか」

「相手ってのは──残りの三人ですか？」

「ええ。香奈男さんの云う通りなんだとしたら、久保田さんは誰が宝石を持って行ったのか、本当に知らなかった訳ですよね。もし川瀬さんが持って行ったのなら、それはこの遠内にあることになる。でもそうでない可能性もある。だから」

「試したってんですか？」

「廣田さんに、川瀬が故郷にあの宝石を隠しているようだと云って、宝石の写真を見せたとすると」

「廣田さんが宝石を持って行った張本人だとしたら──」

判っちゃいますねと美由紀は云った。

「廣田さんは浅草界隈ではそれなりに有名な人だったようですから、直ぐに居場所が判ったんでしょう。廣田さんと亀山さんはその後も交流があったようですから、亀山さんも宝石を持っていないことは知れる。だから亀山さんとは──」

「亀山さんの居所は僕が調べたんですよ。覗くために」

香奈男が云った。

「菅原さんの居所も探し当てました。それも久保田さんに教えました。久保田さんにとっても、まあ仇のようなものでしょう、宝珠の男は。だから」

「そうですか」

「でも、そんなこと僕は与《あずか》り知らぬことですよ」

そうなのだろう。

「あの人が何をしようとしてたのかは知りません。久保田さんは、ただ、そこで」

香奈男は池を指差す。

「死んでたんですよ」

ありゃあ、と益田が変な声を出した。

「久保田さんの意図ってのは何だったんですかね。まあ川瀬さん以外の誰かが宝石を持っていたなら、そりゃこの人の云う通り、久保田さんにとっても憎い相手と云うことになるんでしょうけど――」

欲だよ欲と多々良が云った。

「恨みより欲。そうでしょ。そうだよね」

そう――なのだろうか。

もしかしたら、久保田悠介は本当に川瀬の遺志を継いで宝石を皇室に返上しようとしていたのではないかと、敦子は思うのだ。勿論欲に目が眩《くら》んだだけなのかもしれないのだけれど。善い人だったと、仲村幸江も云っていたのだし。

「或る日」

香奈男は云う。

「いや、僕はここを根城にして、この辺一帯で日雇い仕事なんかをして暮らしてたんですけどね。或る日、戻ってみると、久保田さんが死んでいたんですよ。ほら、そっちの——東の筋の処でね。それを見て、最初は何が何だか解らなくって、驚いたんですけど、そして気付いたんです。この人はもしかしたら宝石があると思ってここに来たんじゃないか、と。そして、あちこち捜した揚げ句、池に入って——」

罰《バチ》が中《あ》たったのかと。

「そう思ってしまうと、久保田さんの云ってたことが全部、何もかも怪しく思えて来たんですよ。口で云うだけなら何とでも云えることですから。信じる謂《いわ》れは、実は何もない訳でしょう。その女の人の云った通り、僕は久保田さんを信じてなかったんです。いや、死体を見て、信じられなくなったんですよ。でも」

騙した訳じゃないと香奈男は云った。

そうなのだろう。

少なくとも久保田悠介は、偶然に出来上がった罠に自分から嵌まっただけ――だったようである。

「結局、お金が欲しかっただけじゃないのかとも思った。なら、他の人と変わらないですよ。僕が川瀬敏男の息子だから、僕の前では嘘を云って親切そうに取り繕《つくろ》ったんじゃないか――そんな風に思えて来た。何もかも仲間の所為にして、被害者面《づら》していたけれど、もしかしたら自分のしたことを仲間に押し付けているだけで、こいつが父さんを殺した男なんじゃないか――と云う思いが過《よぎ》った。だから」

尻確認しましたかあと云って、益田が口を開けた。

「ええ。何ででしょうね。尻の刺青の話だって久保田さんが云ってただけだし、自分のことなら云いませんよ。そう後から気付いたんですけど、何故か確認しなくちゃいけない気がして。何もなかったですけどね。確認した時にズボンの尻ポケットからあの写真を見付けました。覧《み》ても何だか解りませんでしたが、宝石らしいと云うことだけは判った。なら、昔撮ったものだろうと思ったんです。そして日を空けずに――」

廣田さんも死んでたんですと香奈男は云った。

「家の前の、その橋の処に引っ掛かってた。いや、もしかしたら僕が見付けた時は未《ま》だ完全に死んではいなかったのかもしれませんね。でも、助けるより先ず――」

尻ですかと益田は残念そうに云った。

「ええ。何だか、無性に肚《はら》が立ったんです。何で死んでるかと云えば、欲に駆られたからでしょう。そんなことで命を棄ててるんですよ。父さんも同じですよ。何のために死んだんですか。死ななきゃならなかったんですか？」

香奈男は激高した。

「誰が殺したかとか、犯人は誰かとか、もうどうでも良くなってたかもしれない。復讐とか、仇討ちとかでもないですよ。ただ、宝石を欲しがって命を落とすような金の亡者は、死んで当然だ——と云う気持ちにはなってましたけどね。母さんは食べるものがなくって死んだ。父さんの所為ですよ。その父さんは、何だか訳の判らない使命感から死んだ。家族でもない、親子でもない、会ったこともない誰かのために死ぬって、どう云うことなんですか？」

僕は生きてますよと香奈男は云う。

「お金もないし、蔑まれて苛められても生きてますよ。生きられますよ、人は。それなのに暮らして行けるだけの経済力があって、ちゃんと生活出来ている奴等が、これ以上何を欲しがるんですか。久保田さんは、慥《たし》かに障碍《しょうがい》もあって、失業もしていたけれど、昔の僕に較《くら》べればずっとマシですよ。浅草の人達は親切でしたしね。廣田さんだって、家族を失ったと云う哀しい過去はあるんでしょうけど、それでも愉《たの》しそうに暮らしてましたよ。生きて行けるんですよ人は。それが——」

「それで亀山さんの処に行ったんですか？　それは、どうしてです？」

「久保田さんがそんな企みごとをしているなんて知りませんでしたからね。どうして次次と遠内《ここ》にやって来るのか、探ろうと考えたんです。残るのは亀山か菅原ですからね。そこで先ず亀山さんを訪ねてみた。菅原さんは幾度訪ねても留守だったし、どうも胡散臭《うさんくさ》かった。亀山さんは、奥さんもいて、大層幸せそうでしたから。だから興味も何も示さないのかとも思ったんですけども――」

同じでしたよと香奈男は云った。

「歯を剝《む》いて眼を輝かせてましたよ。久保田の云ってたことは本当だったのかと云って。いや、亀山さんは久保田さんの話、と云うか久保田さん自身を信じてなかったようです。もう、別にどうでもいいと思ってはいたようですし。職場に連絡は来たものの取り合わなかったんだそうです」

それが正解ですよと香奈男は云う。

「満ち足りていたんですよ亀山さんは。でも、僕が写真を見せた途端に豹変《ひょうへん》したんです。僕は、実はこんなものがあるんだが何だか判らない、値打ちものなんですかと尋いてみたんですよ。久保田さんに尋ねようとしたんだけれども亡くなってしまったから――と。そしたら場所やら何やらを根掘り葉掘り聞く。聞かれたから素直に教えただけです。写真も呉《く》れと云うから、あげました」

「判って――いたんですか」

美由紀が問うた。

「何をですか」

「久保田さんと廣田さんが何故死んだのか――です」

「ああ」

香奈男が上を向くと、突然蟬が鳴き止《や》んだ。

「亀山さんの家に行った頃には、何となくですが判ってました。どうして二人が溺れたのか。でも、それで必ず死ぬとは思ってなかったし、殺してやろうなんて考えちゃいなかったですが」

美由紀は哀しそうな顔をした。

「あの様子なら亀山さんも来るんだろうなと思ってましたよ。その後、菅原さんの処へも一応は行ったけれども、矢《や》っ張《ば》り留守で。結局菅原さんには一度も会えませんでした。さっきが初対面ですよ。留守じゃしょうがないでしょう。だからそのまま帰って来ましたよ、遠内《ここ》へ。写真もあげちゃったし、もうどうでも良かったんですよ。まあ、放っておいても菅原さんは来るんじゃないかと思いましたし。どうせ久保田さんが教えてたんでしょう？」

違うようですと云った。

「久保田さんは菅原さんとも接触していたのでしょうが、思うに、相手にされていなかったんだと思いますよ。何しろ菅原さんは自分で川瀬さんを殺害した——実際はその場では亡くなってはいなかった訳ですが、兎《と》に角《かく》、菅原さんは川瀬さんを刺している訳ですから、千葉の山の中に宝石があると聞いても、俄《にわか》には信じなかったんでしょうね。香奈男さんが帰った後、亀山さんは菅原さんと会っているようですから、その段階で漸く確信したんじゃないですか」

「ふうん」

みんな同じですねと香奈男は池に向けて云った。

「結局、金が欲しいんでしょう。人を陥れたり殺したりしてまで金が欲しいんだ」

そして香奈男はいきなり振り向いた。

「これ、罠に嵌めたことになるんですか？　みんな勝手に来て、勝手に死んだだけですよ。僕は誘《おび》き寄せたりしていない。何も云ってない、寧《むし》ろ肝心なことは黙ってたんですよ。小さな嘘をたった一つ吐《つ》いただけだ。それで良からぬ気を起こしてやって来るかどうかなんて、僕の与り知らぬことですよ。欲に駆られて来たんですよ。それで死んだ。自業自得じゃないですか。結局父さんを刺したのは菅原さんで、菅原さんだけ助かってしまったけれども」

「欲に駆られたのでは——ないのかもしれませんよ」

敦子はそんな気がしている。

「違うと云うんですか？」

「亀山さん、菅原さんと口論していたようです。その際に亀山さんは菅原さんが川瀬さんに危害を加えたか殺害した可能性を感じ取ったんじゃないでしょうか。だから」

亀山は確かめに来たのではないか。

「何をですか」

「亡くなってしまったので真実は判らないです。でも、遠内《ここ》に盗んだ宝石か、川瀬さんの遺体があれば、それは菅原さんの犯罪の証拠になるでしょう」

「摘発する——と云うことですか？　菅原を？」

そんなことはしないでしょうと香奈男は云う。

「自分も捕まるでしょう。共犯ですよ、泥棒の」

「自分が不利益を被っても、それでも許せないことってあると思いますよ」

「僕は——信じられないな」

「二人が亡くなったことに就いても、亀山さんは何か疑いを持っていたのだと思いますよ。香奈男さん、あなたが復讐しようとしていると気付いたのかもしれない」

「なら来ないでしょう。寧《むし》ろ、逃げますよね」

「止《や》めさせようとしたのかもしれない」

「何ですって？」

香奈男は足を開いて、敦子を睨《にら》んだ。

「そんな訳ないじゃないか。あの人は、欲に突き動かされて、宝石を独り占めしようとしたんだ。そして勝手に死んだんですよ。そうに決まってるでしょう。そう云う顔してたんですよ、亀山さんも。宝石の写真を覧て、喜んでたんだ！」

「そんなこと判らないですよッ」

叫んだのは美由紀だった。

「どんな顔してたって心の中までは判らないですよ。私、どんな場面でも割と平気な顔してるって謂われますけど、心の中は全然平気じゃないですよ。他人の気持ちなんか、然《そ》う簡単に判るもんじゃないんです。そんなの勝手に決め付けてるだけじゃないですか」

「いいや、判る。人間は簡単に変わるもんじゃない。七年間黙り続けていた奴が、この期に及んで事件を摘発しようなんて思う訳ないだろ。そうなら、とっくの昔に自首してるだろう」

「悩んでいたのかもしれないですよ」

「怪しいな」

香奈男は大袈裟に首を振った。

「金が欲しかったんだよ。そうに決まってるだろ。あの宝石が幾値《いくら》になるのか、そんなことは知らないけど、大の大人が何人も群がって大騒ぎするくらいの値打ちがあるんだろ。なら目も眩むさ。そう云うもんだろう。ふん」

香奈男は地面を蹴《け》った。散った土くれが池の表面に波紋を作った。

「みんな、金が好きなんだよ」

「そんなことないですよッ！」

多々良が強い口調で云った。

「河童はね、鉄気《かなけ》を嫌うんです。だから、魚や胡瓜《きゅうり》は欲しがるし、好色でもあるけれど、お金を欲する河童なんかいませんよ！　いないよそんな河童。河童は金銭欲がない！　その上律義です。約束は護るんです。命に代えても——」

「なら」

父さんは矢《や》ッ張《ば》り河童ですよ——と力なく云って、香奈男は膝《ひざ》を突き、池の縁に座り込んだ。

「くだらない謂い伝えを真に受けて、一度も会ったことのない人のために戦争に行って、律義に、命を懸けて、宝石護って」

死にましたよ。

「なら——みんな河童ですよ」

敦子はそう思う。

どう云う意味ですと香奈男は問うた。

「久保田さんは宝石を売り払うのではなく、皇室に返そうとしていたようですよ。廣田さんも亀山さんも、もしかしたらお父さんの――」

「止《よ》してくださいよッ」

香奈男は池の辺《ほとり》の草を毟《むし》って水面に散らした。

「何度も云わせないでくださいよ。何があったって人の本性は変わらないですよ。そんな気持ちがあるんなら、七年前の段階で菅原なんかを仲間に引き入れたりしていないでしょうに。あいつらはみんな、強欲な金の亡者ですよ。父さんは馬鹿な河童ですよ。僕は――」

卑しい河童の子ですよ。

いい気味ですよと香奈男は笑った。

「ないんだよ、そんなものは。ここにあるのは父さんの死骸と母さんの骨だけさ。陛下のために戦争に行って、陛下のために宝石盗んで、陛下のために死んだ馬鹿な男とその男の犠牲になった哀れな女がいるだけだ。それなのにみんな――」

「宝石の箱はな〻んですね」

美由紀が問う。

だからないよと香奈男は云う。

「それが僕が吐《つ》いたたった一つの嘘なんだよ。宝石があの写真みたいな木の箱に入ってたのなら、どっかに流れて行ったんだろうさ。途中で箱が壊れたら、宝物は川の底の砂利《じゃり》の中じゃないのか！」

「だったら」

お父さんは変わったんですよと美由紀は云った。

「何でだよ！」

いい加減にしてくださいよと怒鳴って、美由紀は香奈男の前に足を開いて立ちはだかった。

「能《よ》く考えてくださいよ。だって、お父さんは最後の最後に、お母さんを選んだと云うことですよね？」

美由紀はそう云った。

香奈男は狐に抓《つま》まれたような顔で美由紀を見上げた。

「どう云う――ことだ」

「だって、水の中のお父さんはお母さんの遺骨を手に持っているんだと、香奈男さん云ってませんでしたか？」

「そうだよ。父さんは母さんの髑髏を――」

「なら」

美由紀は香奈男の真ん前に立った。

「死体は動かないですよ。死んでからじゃ遺骨は手に出来ないでしょう。つまり、生きているうちにお父さんは宝石の箱を手放して、お母さんの骨を手に取ったと云うことになるんじゃないですか？」

「え？」

「それ以外に考えられませんよね。それが妻の遺骨なんだと、お父さんには判ったんですよ」

「しかし、母さんのことは父さんには――」

何故かは知りませんけど解ったんですよと美由紀は繰り返した。

「手を離したからこそ、宝石の箱はどっか行っちゃったんでしょ？　木の箱なら浮きますよ。水もどんどん湧いて出てるんだろうし、ちゃんと持ってなきゃ流れて行きますよ。だからお父さんは、その忠誠心だか一族の名誉だか何だか知りませんけど、命懸けで手に入れた皇室の宝石よりも、お母さんの遺骨の方を選んだんですよ。死に直面したお父さんには、そっちの方が大事だったんですよッ」

「父さん――」

父さん父さん父さんと香奈男は繰り返した。

「慥《たし》かに、人は中中変わらないもんですけど――結構、自分はこうなんだ。こうすべきなんだと思い込んでるだけ、ってこともありますよ。本性は違ってるってこともありますから。私の友達に――友達じゃなかったのかな。知っている人に、自分は悪魔の申し子だと信じ込んでいた子がいたんですよ。それで、色色酷《ひど》いことをした。そして――殺されてしまったんですね。でも今思うと、あの子はとっても良い子だったように思うんです。自分は悪魔だと思い込まなくちゃやってられない現実があって、だからそうだ、そうなんだと、無理して思い込んでたんです。境遇が少しでも違っていれば、きっと仲良くなれてたと思う」

淋しいですと美由紀は云った。

「お父さんだって――そうだったんじゃないですか。無理にそうだと思い込む努力をしていただけで、本当は違ったかもしれないじゃないですか。他の人だってそうですよ。何でもかんでも決め付けてますけど、それってただ拗《す》ねてるのと変わりないですよッ！　お父さんくらい信じてあげてくださいッ」

敦子もそう思う。

「このままお父さんを河童にしておいて」

いいんですかと敦子が云うと。

香奈男は泣いた。

　そして。

　川瀬香奈男は総元の駐在所に自首した。

　小山田が身柄を引き取って県警本部に連れて行ったようだが、引き渡しをした比嘉巡査の話に依れば、かの刑事は頭を抱えていたと云う。

　果たして、どのような罪状で立件すべきなのか判らない――と云うことだった。無理に送検しても公判を維持するのは難しい。河童と違って詮議《せんぎ》無用で懲罰する訳にはいかないのだから、これは当然のことである。間違いないのは覗き――微罪だけなのである。

　池田巡査によって久我原の個人病院に担ぎ込まれた菅原市祐は一命を取り留めた。池田の応急処置が功を奏したのであった。ただ、頭の打撲傷は思いの外《ほか》深かったと云うことである。横孔の天井に打ち付けた際、菅原は軽い脳震盪《のうしんとう》を起こしてしまったらしい。その所為であまり水を飲んでいなかったのも良かったと云うことだったのだが。

　池から上がった際、一旦は意識を取り戻したものの、菅原の記憶はかなり混濁していたものと思われる。回復した後も只管《ひたすら》怯《おび》え続けていたと云う。池の底で遭遇したモノが何なのか、結局、菅原は知らされていなかったのである。

　退院を待って菅原は逮捕された。

本人は何もしていないと主張したようだが、警察によって回収された川瀬敏男の遺体に生活反応のある刺し傷が複数発見されたため、傷害致死の嫌疑が掛けられたのだそうである。余罪もかなりあるようで、いずれ何らかの罪に問われることは間違いないと云うことである。

また、隠退蔵物資の横流しをしていたらしい暴力団への捜査も、近近行われる予定であると云う。本件に関わる案件は七年以上前のことになるのだが、接収解除貴金属及びダイヤモンド関係事件は現在も鋭意捜査中であり、ならば看過出来ないことでもあるだろう。

川瀬敏男の屍蠟化した遺体は、検案後改めて火葬にされ、妻の遺骨と共に埋葬される運びだと云うことだった。葬儀や埋葬に関しては稲場麻佑の祖父、前の校長先生の尽力があったと聞く。

因《ちな》みに、池の奥の祠の中身は空だったそうだ。

元元何も入っていなかったのか、ご神体が盗まれたか、何かの拍子に流れ出るなどして紛失してしまったのかは不明らしい。

三芳彰が作った五つの模造宝石は、久保田悠介が止宿していた浅草界隈の木賃宿の天井裏から発見された。証拠品として押収されたと聞くが、何を証明するための証拠なのかは、詳《つまび》らかではない。

二十日ばかり経って。

敦子は自宅近くの駄菓子屋、子供屋《こどもや》に出向いた。

先日、美由紀の学校に出没していた覗き魔が捕獲されたと耳にしたからだ。

逮捕ではなく、捕獲である。驚いたことに学校の敷地内を徘徊《はいかい》していたのは本物の猿――日本猿だったのだそうだ。

子供屋は、美由紀の隠れ家のような場所である。間もなく新学期が始まる。美由紀もそろそろ実家から寮に帰っているだろうと当たりを付け、様子見がてらに訪れた訳だが、案の定美由紀はそこにいた。

「お猿でしたよ！」

美由紀は袋入りのポン菓子を食べ乍《なが》ら、愉快そうにそう云った。

「憧《あこが》れのひとみ先輩を覗いてたのは、腹ぺこのお猿だったんですよ。お蔭で河童はお猿だと主張していた岩手の市成さんは優勢になってます。でも猿は猿よと宮崎の橋本さんは云い続けてますけど。小泉さんが仲裁してます。もうすっかり河童ブームですよ、うちのクラス――」

何でも、上馬《かみうま》在住の男性が正月に猿回しの門付でもして一儲けしようと考え、八王子《はちおうじ》辺りまで出掛けて苦労して一匹捕獲したものの、どう扱っていいか判らず、調教する前に逃げられてしまった――のだそうである。

間抜けな話である。

「元手要らずで儲かると思ってたみたいだけど、猿を調教するのはかなり難易度高いと思う」

ですよねえと美由紀は云った。

「餌代なんかも掛かるしね。その人、警察にかなり叱られたみたいだし――」

猿に逃げられた男は、玉川署《たまがわ》に遺失届けを出したのだそうだが、ペットではなく野生動物であるし、近隣住民へ危害を加える虞《おそれ》もあるので、早速捜索が行われた。

猿は最初駒沢球場周辺の林に潜んでいたようだが、食物を求めて美由紀の学校に潜入し、棲《す》み着いてしまったらしい。夏休みで人が減り、食料に事欠いて出て来たところを捕獲されたと云う話であった。

「多々良センセイは怒ってたけど」

その話を聞いた多々良勝五郎は、猿回しは素人なんぞに出来るものではないと大いに憤慨し、その霊的歴史を滔滔《とうとう》と語ったのだった。敦子は右から左へ聞き流したのですっかり忘れてしまったのだけれど。

あのセンセイ変わった人ですねえと美由紀は感心した。

「色色凄い人ではあるの。そう云えばセンセイは、河童は菅原姓の人には忤《さから》えないんだとか、そんなことも云っていたけど――」

能《よ》く解らなかった。

「香奈男さんはどうなるんですか？」

「それは判らないな。宝石の捜索も一応は行われたようだけど、川筋からは一つも見付からなかったみたい。まあ何処をどう捜したものか、見当が付けられるものでもないんだろうし——」

夷隅川の水系は複雑なんですよと美由紀は云った。

「河童も見付からないくらいですから」

「そうだよね。もしかしたら龍神様に」

献上されちゃったのかもねと——敦子は答えた。

（了）

主な参考文献

『鳥山石燕　画図百鬼夜行』　高田衛　監修／国書刊行会

※

『千葉県郷土誌叢刊・千葉県夷隅郡誌』　夷隅郡役所編／臨川書店
『総元村史』　総元村史編纂委員会
『眼で食べる日本人　食品サンプルはこうして生まれた』　野瀬泰申／旭屋出版
『近代日本食文化年表』　小菅桂子／雄山閣
『昭和　二万日の全記録』　講談社
『第五福龍丸事件』　第五福龍丸事件編集委員会編／焼津市
『第五福竜丸は航海中　ビキニ水爆被災事件と被ばく漁船60年の記録』　第五福竜丸平和協会
『県別河童小事典』　和田寛／河童文庫
『河童の文化誌　明治・大正・昭和編』　和田寛／岩田書院

※この作品は、作者の虚構に基づく完全なフィクションであり、登場する団体、職名、氏名その他において、万一符合するものがあっても、創作上の偶然であることをお断りしておきます。

また、Twitter上で行われた『虚談』刊行記念クイズ正解者十五名の氏名が作中に盛り込まれておりますが、実在する正解者と作中のキャラクターは無関係です。

初出
「幽」vol.29（二〇一八年六月刊）
「怪」vol.0053（二〇一八年十一月刊）
「幽」vol.30（二〇一八年十二月刊）

口絵モデル／今田美桜（コンテンツ3）
スタイリスト／有本祐輔（7回の裏）
ヘア&メイク／渡嘉敷愛子
マスクアート／さろきち
デザイン／坂野公一＋吉田友美（welle design）
撮影／伊藤泰寛（講談社写真部）
背景写真／Adobe Stock